Husky-Winter

1. Auflage 2021

ISBN 978-3-7641-7116-2

Dieser Vertrag entstand durch die Vermittlung
der Verlagsagentur Lianne Kolf.

Lektorat: Judith Schumacher
Umschlaggestaltung: Vivien Heinz, Henry's Lodge
unter der Verwendung von Fotos von
AdobeStock © troutnut; © Andrey_Arkusha; © El Gaucho;
von iStock © mari_art und von Freepik © Freepik.com

Druck und Bindung: GGP Media GmbH, Pößneck
Gedruckt auf Papier aus geprüfter nachhaltiger Forstwirtschaft.
www.ueberreuter.de

Christopher Ross

Husky-Winter

ueberreuter

1

Als Josie am frühen Morgen aus dem Blockhaus trat, spürte sie sofort, dass etwas nicht stimmte. Eigentlich war alles wie immer. Nordlicht flackerte in allen Farben über den Himmel und färbte den Neuschnee auf der Lichtung. Frischer Wind verfing sich in den Schwarzfichten und trieb ihr die eisige Kälte ins Gesicht. Die Huskys waren unruhig und heulten und jaulten um die Wette, begierig darauf, ihren Hunger zu stillen. Selbst die Tür des Schuppens war wieder mal aufgesprungen und klapperte nervös. Ein Morgen wie jeder andere in Alaska.

Doch sie lebte schon zu lange in der Wildnis, um sich davon täuschen zu lassen. Seit ihr Vater auf seinen Hundeschlitten gestiegen war, nagte dieses quälende Gefühl an ihr, ihm könnte etwas passieren. Vor der Abfahrt war er nervöser als sonst gewesen, nicht nur wegen seiner kranken Mutter, die sich ständig darüber beklagte, dass er sie während seiner Touren so lange allein ließ. Irgendetwas anderes beschäftigte ihn.

Ihr Vater besaß einen Vertrag mit dem US Post Office Department, brachte einmal im Monat die Post in die abgelegenen Dörfer der Goldgräber und Fallensteller am Lake Minchumina. »Und wenn du zu Hause bist, hängst du in der Stadt rum und kümmerst dich nicht um mich«, beschwerte sich seine Mutter. Seit ihre Gelenkschmerzen schlimmer geworden waren, saß sie meist im Rollstuhl und war auf fremde Hilfe angewiesen. Auch jetzt schimpfte sie wieder. »Beeil dich gefälligst mit den Hunden!«, rief sie Josie zu. »Höchste Zeit, mich anzuziehen und zu waschen. Nach dem Frühstück brauch ich eine Massage. Ich hab wieder Schmerzen!«

»In ein paar Minuten bin ich bei dir, Grandma«, erwiderte sie.

Die Huskys waren noch ungeduldiger als ihre Großmutter und schnappten gierig nach ihr, als sie mit dem Futtereimer erschien. Gekochter Lachs mit Reis, mit lauwarmem Wasser vermischt, damit sie auch in der Kälte genug Flüssigkeit bekamen. Ihr Vater war mit acht Huskys unterwegs, zurückgeblieben waren sechs Huskys, die sie nicht als »zweites Team«, sondern als »gleichwertige Back-ups« bezeichnete, ein Gespann, um das sie zahlreiche Musher beneidet hätten. Allen voran der verlässliche Buddy. Josie war öfter mit den Back-ups unterwegs und verstand sich besonders gut mit dem Leader.

Wie alle Leithunde bekam Buddy sein Fressen zuerst. Wohl auch um seine Würde als Anführer zu unterstreichen, fraß er nicht ganz so gierig wie Bear und Niko, zwei ausgewachsene Kraftpakete, die sich sogar mit einem Elch anlegen würden. »Immer mit der Ruhe«, sagte Josie, als sie die Futtertröge der beiden füllte. »Es nimmt euch keiner was weg! Das gilt auch für dich, Blacky!« Blacky lief im Gespann hinter Buddy und hielt sich für was Besseres, würde in einer Gefahrensituation aber niemals so ruhig wie Buddy bleiben.

An diesem Morgen sprach Josie nur wenig mit den Hunden. Immer wieder glitt ihr Blick über die Lichtung und die Wälder zu den Bergen der Alaska Range, die im Licht des halben Mondes noch geheimnisvoller aussahen. Vierzehn Tage brauchte ihr Vater normalerweise für eine Tour. Fünfzehn waren bereits seit seinem Aufbruch vergangen. Noch kein Grund, unruhig zu werden, auf so einer langen Tour konnte immer etwas Unvorhergesehenes geschehen und für eine Verzögerung sorgen, doch ihr Vater hatte erst einmal länger als vierzehn Tage gebraucht, und damals hatte ihn ein gewaltiger Blizzard gezwungen, drei Tage in einer der Siedlungen zu verbringen. Während der letzten drei Wochen war das Wetter stabil gewesen, auch in den Bergen.

Josie schob ihre Kapuze nach hinten und strich einige ihrer braunen Haarsträhnen aus dem Gesicht. Unter der Kapuze lösten sie sich öfter aus dem Knoten, den sie im Nacken band. Ihre Haut war von der Kälte gerötet, ihre Augen kniff sie leicht zusammen, wie immer, wenn sie in die Ferne spähte. Die Kapuze ihres weinroten Anoraks, mit Vielfraßpelz abgesetzt, weil der in der eisigen Kälte nicht verkrustete, bauschte sich im frischen Wind auf.

»Bis später!«, rief sie den Hunden zu, alles Huskys, besonders widerstandsfähige Schlittenhunde mit dickem Fell und kräftigen Beinen. »Sobald ich Grandma versorgt habe, gehen wir auf Tour, einverstanden?« Nur weil die Hunde mit Fressen beschäftigt waren, kam keine Zustimmung.

Josie kehrte ins Haus zurück und zog ihren Anorak aus. Darunter trug sie Wollhosen und einen Pullover, der schon bessere Zeiten gesehen hatte. Sie wusste selbst, dass sie darin wenig attraktiv wirkte, aber solange sie im Haus arbeitete oder mit den Huskys unterwegs war, ließ sie ihre beiden Kleider im Schrank. Ein einfaches Hauskleid und ein hübsches für Festtage.

»Da bist du ja endlich«, sagte ihre Großmutter. Sie hatte ihr eigenes Zimmer neben dem Wohnraum, um jederzeit von einem Zimmer ins andere rollen zu können. »Bist du endlich mit den Hunden fertig? Lässt dir viel Zeit mit ihnen. Ich wäre schon froh, wenn du halb so viel Zeit für mich übrig hättest.«

»Eins nach dem anderen, Grandma. Ich geb mir alle Mühe.«

»Hilf mir auf den Nachtstuhl, sonst gibt's ein Unglück!«

Josie machte sich an die Arbeit. Sie mochte ihre Großmutter, eine immer noch stämmige Frau mit grauen Augen, die sich misstrauisch in ihrem verwitterten Gesicht bewegten, und mit ihrem leichten Buckel, der sie wie eine Hexe aus dem Märchen aussehen ließ – wenn Josie das auch niemals gesagt hätte. Ihr reichte schon, sich ständig vor ihrer Großmutter rechtfertigen zu müssen. Seit sie an den Rollstuhl gebunden war, glaubte sie, sich alles erlauben zu können. Josie ließ ihr vieles durchgehen, auch weil sie wusste, dass ihr Großvater im Krieg gegen die Spanier gefallen war und ihre Großmutter mit dem Verlust nicht zurechtkam. Ähnlich wie Josies Vater, der nicht verstanden hatte, warum ausgerechnet seine Frau der Spanischen Grippe zum Opfer gefallen war. Josie war damals fünfzehn gewesen und hatte erst sehr viel später begreifen können, wie stark diese Grippe, wie sie jeder genannt hatte, in den Staaten und auch im Territorium von Alaska gewütet hatte. Über zwanzig Millionen Menschen waren gestorben.

Josie vermisste ihre Mutter, eine warmherzige Frau, die während des Großen Krieges und in den Jahren danach als Krankenschwester gearbeitet und sich wohl deshalb angesteckt hatte. Josies Großeltern mütterlicherseits lebten noch, waren aber nach dem Tod ihrer Tochter nach Kalifornien zurückgekehrt. Josie hatte nie mehr von ihnen gehört. Anscheinend hatten sie versucht, alle Brücken hinter sich abzubrechen. Der Tod ihres geliebten Kinds hatte sie bis ins Mark erschüttert.

»Eine starke Frau mit großem Herzen« stand auf dem Grabstein von Josies Mutter, das Motto, nach dem auch sie ihr Leben ausrichtete. Nur deshalb hatte sie ihren Vater und ihre Großmutter auch als Erwachsene nicht verlassen. An ihr eigenes Glück hatte sie dabei weniger gedacht. Sie hatte noch nie einen Heiratsantrag bekommen, hätte aber jedem Mann, der es versuchte, einen Korb gegeben.

Grandma war erstaunlich schwer, und obwohl sie sich zwischen ihren Schüben einigermaßen bewegen konnte – allerdings nur unter großen Schmerzen –, unterstützte sie Josie kaum dabei, ihr auf den Nachtstuhl zu helfen. Josie zog den Vorhang zu, füllte eine Schüssel mit heißem Wasser vom Herd und machte das Bett, bis ihre

Großmutter nach ihr rief und sie mit dem Waschen und Anziehen begann. Selbst beim Kämmen und Knoten ihrer weißen Haare musste sie ihr helfen. Wieder im Rollstuhl, schob sie Grandma an den Tisch im Wohnraum und reichte ihr einen Becher mit heißem Tee.

Das Blockhaus, in dem sie wohnten, hatte zwei Stockwerke. Im Erdgeschoss lagen der Wohnraum, Grandmas Zimmer und die Küche, im ersten Stock das Schlafzimmer ihres Vaters und ihr eigenes Zimmer sowie ein Gästeraum, den Josie gern vermietet hätte, schon wegen des Geldes, aber ihr Vater war dagegen. Außerhalb vom Haus lagen ein Schuppen und das Toilettenhaus sowie die Schlafplätze der Hunde. Die Huskys brauchten keine Hütten, sie schliefen am liebsten im Freien und fühlten sich sogar in extremer Kälte wohl.

»Du sollst doch nicht so viel Laudanum trinken«, sagte Josie, als sie das Rührei vom Herd nahm und sah, wie Grandma einen Schluck aus der Flasche nahm. »Laudanum ist Opium mit Alkohol, sagt Doc Snyder, giftiges Zeug!«

»Es hilft mir aber. Und wie du siehst, lebe ich noch.«

»Aber sei vorsichtig damit. Ein Schluck reicht für den ganzen Tag.«

»Mach dich nicht lächerlich! Der Doc hat gesagt, ich soll das Zeug schlucken, wenn die Schmerzen zu stark sind, und heute Morgen sind sie zu stark.«

»Ich meine es doch nur gut mit dir, Grandma.«

»Gib mir lieber das Rührei. Und Weißbrot. Du hast doch Weißbrot?«

»Nur Sauerteigbrot. Das schmeckt sowieso besser als Weißbrot.«

»Mein Wonderbread lass ich mir nicht nehmen.«

Die geschnittenen Weißbrotscheiben waren erst seit einigen Jahren auf dem Markt und in Alaska schwer zu bekommen. »Ich fahre nachher in die Stadt und schaue mal nach, ob Northern Commerce was vorrätig hat. Neue Erdnussbutter besorge ich auch, okay?« Erdnussbutterbrote mit Marmelade gehörten zu Grandmas Lieblingsspeisen.

»Nimm am besten zwei Gläser. Wo bleibt eigentlich dein Vater?«

»Keine Ahnung … er müsste längst hier sein.«

»Wie lange ist er schon weg? Fünfzehn Tage?«

»Fünfzehn«, bestätigte Josie.

»Dann kommt er sicher heute. Spätestens morgen.«

»Ich höre mich mal um. Vielleicht hat ihn jemand gesehen.«

Nach dem Frühstück hüllte Josie ihre Großmutter in eine warme Wolldecke und spülte ab. Obwohl der Herd genügend Hitze ausstrahlte, schürte sie das Feuer im offenen Kamin an und legte einige Holzscheite auf einen Hocker, den Grandma bequem von ihrem Rollstuhl erreichen konnte. Auf dem Tisch brannte die Petroleumlampe. Ihr Blockhaus lag nur eine Meile vom Stadtrand entfernt, war aber nicht an das Stromnetz der Stadt angeschlossen.

Grandma trank von ihrem Laudanum. »Am besten fährst du gleich los«, sagte sie. »Und vergiss nicht, mir eine neue Flasche Laudanum mitzubringen. Das Zeug hält leider nicht lange.« Als hätten sie nie darüber gesprochen.

Josie wollte keine weitere Diskussion. »Ich nehme den Schlitten. Die Hunde brauchen dringend Auslauf. Bis heute Nachmittag bin ich wieder hier.«

»So lange willst du wegbleiben?«

»Du hast alles, was du brauchst, Grandma.«

»Vergiss nicht, nach Ben zu fragen!«

Ben war der Name ihres Vaters. »Old Ben Haskell« nannten ihn die Einheimischen, die ihn noch als erfolgreichen Fallensteller und Waldläufer kannten. Er stammte aus Oregon, war wegen des Goldrauschs zum Klondike in Kanada gekommen, hatte dort gerade so viel verdient, wie man zum Leben brauchte, hatte es in Nome ebenso erfolglos versucht und war um 1903 in Fairbanks aufgetaucht. Dort war er endlich fündig geworden, aber hauptsächlich als Jäger und Fallensteller. Die Goldnuggets, die in seiner Schüssel geblieben waren, hatte er in acht Huskys und einen Schlitten investiert und sich einen Namen als Musher gemacht. So nannte man in Alaska die Hundeschlittenführer.

Beim Anblick ihrer Hunde besserte sich Josies Laune zusehends. »Hab ich's euch nicht gesagt? Wir gehen auf Tour!« Sie holte den zweiten Schlitten aus dem Schuppen und spannte die Hunde an, jeweils drei auf beiden Seiten der Führungsleine. Noch bevor es losging, zerrten die Hunde an den Geschirren, und als sie den Anker aus dem Schnee zog und »Vorwärts! Go! Go!« rief, zogen sie so heftig an, dass Josie beinahe von den Kufen fiel. Im flotten Tempo ging es zur Straße nach Fairbanks hinauf. Eigentlich mehr ein Trail, gerade mal breit genug für einen Hundeschlitten. Bisher hatten sich nur wenige Autofahrer zu ihnen gewagt. Wenn, dann natürlich im Sommer, wenn kein Schnee lag, dafür Schlamm, in dem sie beinahe versanken.

Sie fuhr an der Stadt vorbei und über einen schmalen Trail nach Nordosten, bis fast in die Ausläufer der White Mountains, die sich jenseits des Chatanika River erhoben. Über den Bergen zeigte sich bereits ein heller Schimmer und vertrieb die Sterne. Der Schnee reflektierte jedes bisschen Helligkeit und schuf ein scheinbar künstliches Licht, das viele Leute als arktisches Zwielicht bezeichneten. Die Hunde waren froh, sich wieder bewegen zu können, genossen die rasante Fahrt über den geebneten Trail. Eine Rundstrecke, die bis zum Ufer des Chatanika River und in einem großen Bogen nach Fairbanks zurückführte. Abseits der Stadt waren das Scharren der Schlittenkufen und das Knarren der Geschirre die einzigen Geräusche, nur der Wind sang leise dazu und fegte in Böen über die schneebedeckten Äste und Zweige.

Josie war eine gute Musherin. Sie war fast jeden Tag mit den Hunden unterwegs, im Sommer schraubten sie Räder an die Schlitten, um die Huskys bei Laune zu halten. Ihr Bewegungsdrang war groß, und sie fühlten sich nur so richtig wohl, wenn sie einen Schlitten ziehen durften. »Brav, Buddy, brav!«, rief sie, als ihr Leithund einem herabgefallenen Ast auswich. Er zeigte auch auf diesem kurzen Ausflug, was in ihm steckte und wie stark sein Instinkt ausgeprägt war. Er bestimmte den Rhythmus, in dem das Gespann lief.

Die täglichen Fahrten bedeuteten für Josie auch, für wenigstens zwei Stunden nicht die Launen ihrer Großmutter ertragen zu müssen. Grandma, die eigentlich Catherine hieß und die Siebzig bereits überschritten hatte, war nach dem Tod ihres Mannes zu einer griesgrämigen, stets missgelaunten Frau geworden, die nicht nur ihre Verwandten spüren ließ, wie unzufrieden sie mit sich und der Welt war. Selbst an Thanksgiving und Weihnachten hatte sie was zu meckern und zog sich beleidigt in ihr Zimmer zurück, oder es kam zu einem handfesten Krach. Josies Vater konnte ebenso stur wie sie sein und dachte gar nicht daran, klein beizugeben. Er hatte gut reden. Er war den halben Monat nicht zu Hause, wenn er mit dem Postschlitten unterwegs war.

Sie erreichte Fairbanks gegen Mittag. Die Stadt war eine »Überlebenskünstlerin«, sagten die Einheimischen. Nach dem Ende des Goldrauschs fast zur Geisterstadt geschrumpft, hatte sie ein verheerendes Feuer, eine Überschwemmung, die Einberufung der jungen Männer während des Großen Krieges und die Grippeepidemie überstanden und war seit der Fertigstellung der Alaska Railroad vor sieben Jahren wieder zu einer respektablen Siedlung mit über dreitausend Einwohnern angewachsen. Die Wirtschaftskrise, die besonders an der Ostküste wie eine Bombe eingeschlagen hatte und dabei war, zahlreiche Karrieren und Existenzen zu vernichten, war in Alaska weniger zu spüren, und man hatte das dritte Jahrzehnt des 20. Jahrhunderts mit einem großen Feuerwerk und dem sprichwörtlichen Optimismus des Nordens begonnen.

Über der Stadt hingen Nebelschwaden. In den meisten Häusern, die nur schattenhaft zu erkennen waren, brannte Licht, dazwischen die Scheinwerfer der wenigen Automobile, die sich bei diesem Wetter zu behaupten wussten. Der Telegraph Tower der Armee ragte wie ein mahnender Finger aus dem Nebel heraus, ein Wahrzeichen, an dem sich die meisten Musher orientierten.

Josie lenkte ihren Schlitten über die Brücke auf die First Avenue und parkte vor dem lang gestreckten Gebäude der Northern Commerce Company, einem riesigen Kaufhaus, in dem es von Schnürsenkeln bis zu Lebensmitteln und Automobilen so ziemlich alles zu kaufen gab, was man sich vorstellen konnte. Sogar eine Kutschenlinie betrieb das Unternehmen. Ihr erster Weg führte sie jedoch in die Praxis des Arztes, die einen Block weiter über einer Apotheke und einer Versicherung lag. Doc Snyder, ein älterer Mann mit Halbglatze, der seine Nickelbrille weit vorn auf der Nase trug, hatte gerade einen kleinen Jungen behandelt und verabschiedete ihn und seine Mutter.

»Josie«, begrüßte er sie. Er kannte sie seit ihrer Geburt. »Ist dein Vater schon zurück?« Fast jeder in Fairbanks kannte die Zeitpläne der Postfahrer. Sie brachten Briefe und Päckchen von Freunden und Bekannten in der Wildnis zurück.

»Es geht um Grandma«, erwiderte Josie. »Ich soll neues Laudanum für sie holen. Zwei Flaschen, wenn es geht. Die Tinktur hilft ihr gegen die Schmerzen, sagt sie, aber wenn sie es genommen hat, sitzt sie wie bewusstlos in ihrem Rollstuhl, und ich dachte neulich schon, sie wäre …« Sie sprach den Satz nicht zu Ende. »Sie nimmt immer mehr davon, und ich mache mir Sorgen, dass sie süchtig wird.«

Doc Snyder war bereits dabei, ein Rezept zu schreiben. »So schlimm wird es hoffentlich nicht kommen. Sag deiner Großmutter, zwei Löffel jeden Tag müssten reichen und auch nur dann, wenn die Schmerzen zu stark sind.«

»Sie kann nicht davon sterben?«

»Man kann von allem sterben, sogar von harmlosen Schmerztabletten, wenn man es übertreibt.« Der Arzt lächelte. »Es soll schon Menschen gegeben haben, die an zu vielen Süßigkeiten gestorben sind. Aber keine Angst, wenn sie verantwortungsvoll mit der Medizin umgeht, kann nichts passieren.«

»Ich tue mich sehr schwer mit Grandma, Doc.«

»Das kann ich verstehen, Josie. Jeder, der sich um eine schwer erkrankte Patientin kümmern muss, kennt das, auch weil solche Menschen sehr oft Stimmungsschwankungen unterworfen sind. Ich kannte ihren Mann noch und erinnere mich sehr genau, wie gut die beiden harmoniert haben. Obwohl beide auch sehr griesgrämig sein konnten. Die Großmutter vermisst ihn sicher sehr, und wenn dann noch eine solche Behinderung dazukommt …

sei nachsichtig mit ihr. Ich sehe in den nächsten Tagen mal bei ihr vorbei, einverstanden?«

Josie bedankte sich, besorgte das Laudanum in der Apotheke und betrat das Kaufhaus, um Wonderbread, Erdnussbutter und einige andere Lebensmittel zu kaufen. Wie jedes Mal war sie von dem Angebot in den schmucklosen Hallen beeindruckt. An mehreren Türen hing ein Plakat mit dem Foto eines Buschflugzeugs, das einen »Magic Flying Circus« mit Jimmy Ferguson am nächsten Wochenende ankündigte. »Jimmy Ferguson aus North Dakota zeigt tollkühne Stunts mit seiner Stinson SB-1 – ein unvergessliches Erlebnis für alle Freunde der Fliegerei. Freie Eiscreme für alle Kinder bis zehn Jahre!«

Die Veranstaltung würde Josie auf keinen Fall versäumen. In der Einsamkeit des Nordens war jede Abwechslung willkommen, auch wenn sie für ihre Eiscreme bezahlen musste. Sie verdienten nicht schlecht, ihr Vater mit den Postfahrten und sie mit der Hundezucht. Erst vor ein paar Wochen hatten sie einen Husky an einen Musher verkauft, der bei großen Rennen mitmachte.

Vor dem Kaufhaus packte sie ihren Einkauf in den Schlittensack und verteilte Leckerli an ihre Hunde, bevor sie auf die Kufen stieg und nach Hause fuhr. Doch ihr Blick ging nach Südwesten, wo sich die Kuskokwim Mountains aus dem Nebel erhoben. Irgendwo in den Bergen musste ihr Vater sein.

2

Mit wachsendem Unbehagen fuhr Josie zurück. Ihre Großmutter wartete bereits ungeduldig. »Wo bleibst du denn so lange? Du weißt doch, was alles passieren kann, wenn ich allein bin.« Sie rollte vom Kamin weg und blickte ihr erwartungsvoll entgegen. »Hast du das Laudanum? Und Wonderbread? Und die Erdnussbutter? Sag mir nicht, dass die Sachen ausverkauft waren.«

»Ich hab alles bekommen, Grandma.« Josie nahm ihren Einkauf aus dem Schlittensack und stellte die Flaschen mit dem Laudanum ins oberste Fach des Küchenschranks, wo ihre Großmutter nicht hinkam. »Das Laudanum in der alten Flasche reicht noch mindestens drei Tage. Du musst vernünftig sein.«

»Du bist nicht meine Amme!«

Irgendwie schon, dachte Josie. »Das weiß ich doch«, sagte sie, »ich wiederhole nur, was Doc Snyder gesagt hat. Wenn du zu viel nimmst, kannst du daran sterben. Erst vor ein paar Wochen ist einer beim Chinesen gestorben.«

»Du bist nicht meine Amme, und ich bin nicht im Heim!«

»Wie wär's mit einem Erdnussbutter-Sandwich mit Marmelade?«

»Und Tee! Mit viel Zucker!«, sagte Grandma.

Josie brachte keinen Bissen herunter. Der Gedanke, dass ihrem Vater etwas passiert sein konnte, ließ sie nicht los. »So lange hat Vater noch nie gebraucht«, sagte sie, »ich fahre ihm besser entgegen. Weit kann er nicht sein.«

»Wann? Jetzt?«

»Jetzt gleich, Grandma. Hast du denn keine Angst?«

»Warum denn? Dein Vater kann auf sich aufpassen. Ihm ist noch nie was passiert. Er kennt sich besser als jeder andere Musher in der Wildnis aus, das weißt du doch. Bevor ihm was zustößt, muss schon der Himmel einstürzen.«

Josie schüttelte den Kopf. »Ich fahre jetzt. Du hast alles, was du brauchst, sogar Wonderbread und Erdnussbutter, und das Laudanum in deiner alten Flasche reicht noch aus. Länger als zwei, drei Tage bleibe ich nicht weg.«

»Du willst da draußen kampieren?«

»Wäre nicht das erste Mal, Grandma. Du kommst zurecht?«

»Ich weiß nicht. Wenn ich einen Schub bekomme …«

»Ich sage Doc Snyder Bescheid«, beruhigte Josie sie, »und meiner Freundin Mary, sie soll mal nach dir sehen.« Mit der gleichaltrigen Mary, die als Verkäuferin in einem Eisenwarenladen arbeitete, ging sie öfter aus, allerdings hatte sie vor einigen Wochen einen jungen Mann kennengelernt und sich etwas zurückgezogen. »Und du?«, hatte Mary gesagt, »wenn du nicht bald mit einem Mann ausgehst, endest du noch als alte Jungfer! Trau dich, Josie!«

»Und Grandma? Und Vater? Der wird auch langsam älter«, hatte Josie entgegnet.

»Willst du ihnen dein ganzes Leben opfern?«

Darüber hatte Josie schon öfter nachgedacht, auch jetzt wieder, als sie ein paar Sandwiches mit Käse und Elchschinken, eine Thermosflasche mit heißem Tee und eine Tüte mit Gummibären in ihren Schlittensack packte. Zu ihrer Ausrüstung gehörten Extrakleidung, Messer, eine Axt, ein Gaskocher, Schneeschuhe, ein Schlafsack, Zeltplanen, eine Taschenlampe, Streichhölzer und ein alter Colt-Revolver aus dem Erbe ihres Großvaters. Den neueren Colt hatte ihr Vater dabei. Ohne Waffe ging kein Musher auf größere Touren, nicht so sehr wegen hungriger Wölfe oder aus dem Schlaf geschreckter Grizzlys, sondern wegen aufgebrachter Elche, die gern auf Huskys losgingen und mit ihren Hufen ausschlugen, wenn sie in Panik gerieten. Noch wichtiger war der Erste-Hilfe-Kasten, falls man sich in der Wildnis verletzte.

Die Huskys spürten, dass es auf eine längere Tour ging, und jaulten aufgeregt, als Josie sie vor den Schlitten spannte. Damit sie sich an Eis oder verharschtem Schnee nicht die Pfoten aufrissen, zog sie ihnen *booties* aus Rentierhaut an, leichte Überschuhe, die jeder Musher mitführte. Den Schlittensack schnallte sie an den Rahmen, den Behälter mit dem Hundefutter wickelte sie in eine Plane und schnallte sie mit einem Riemen fest. Ihr Schlitten war kleiner als der Transportschlitten ihres Vaters, der speziell für die Posttouren gebaut worden war, und ließ sich leichter steuern. Auch deshalb kam sie mit sechs Hunden aus. Das Gespann ihres Vaters bestand aus acht Hunden.

Natürlich betonte ihre Großmutter noch einmal, wie wenig es ihr Sohn nötig hätte, dass seine Tochter nach ihm suchte, und unterdrückte nur mühsam einen Fluch. Ihr Egoismus war mit der Dauer ihrer Krankheit gewachsen, und Josie war ziemlich sicher, dass Grandma gesünder war, als sie vorgab, und sich an die Fürsorge ihrer Enkelin so gewöhnt hatte, dass sie sich ein selbstständiges Leben nicht mehr vorstellen konnte. »Bis bald!«, verabschiedete sich Josie. »Du hast alles, was du brauchst, also mach dir keine Sorgen!«

»Du hast gut reden«, erwiderte ihre Großmutter. »Beeil dich, hörst du?«

Ihr erster Weg führte Josie in die Stadt hinab. Sie sah noch einmal bei Doc Snyder vorbei, der versprach, nach ihrer Großmutter zu sehen, und sprach mit Mary im Eisenwarenladen. Ihre Freundin trug ihre Haare kurz geschnitten, auch wenn ihre moderne Frisur nicht so recht zu ihrem einfachen Kattunkleid passen wollte. Sie wünschte Josie viel Glück bei ihrer Suche. »Und mach dir keine Sorgen wegen deiner Großmutter«, fügte sie hinzu, »ich werde der alten Kratzbürste schon beibringen, dass sich nicht alles um sie drehen kann.«

»Sei nett zu ihr! Sie hat viel mitgemacht in ihrem Leben.«

Mary war rigoros, wenn von Josies Großmutter die Rede war. »Das gibt ihr noch lange nicht das Recht, dir die Zukunft zu verbauen. Such dir einen Mann, so wie ich. Du glaubst gar nicht, wie schön das Leben zu zweit ist.«

»Wenn man den richtigen gefunden hat.«

»Das habe ich, Josie. Paul ist einfach wunderbar!«

»Ich lasse das Leben auf mich zukommen«, sagte Josie. »Und glaube ja nicht, dass ich mir von Grandma alles gefallen lasse. Irgendwann ist auch bei mir Schluss. Manchmal glaube ich, sie braucht gar keinen Rollstuhl mehr.«

»Schön wär's. Kommst du am Samstag mit zum Flying Circus?«

»Klar doch, das lasse ich mir nicht entgehen. Kommst du mit ... Paul?«

»Mit wem denn sonst? Paul liebt Flugmaschinen.«

»Dann störe ich doch nur. Vielleicht sollte ich doch ...« Sie überlegte kurz. »Ich sag dir Bescheid falls ich es mir anders überlege, und wenn nicht, sehen wir uns auf dem Weeks Field.« So hieß der neue Flughafen von Fairbanks, ein ehemaliger Baseballplatz.

Ein Kunde betrat den Laden, und Josie verabschiedete sich. Sie folgte dem Chena River nach Westen, musste etwas langsamer fahren als sonst, damit sie keine Spuren übersah. Falls ihr Vater aus irgendeinem Grund vom Trail abgekommen und gestürzt war, konnte er bewusstlos in einem Dickicht liegen und nur wenige Schritte vom Trail entfernt in Lebensgefahr geraten sein. Als es dunkler wurde, leuchtete sie an besonders kritischen Stellen mit ihrer Taschenlampe in die Büsche, ohne etwas zu entdecken. Sie kannte den Trail, war schon öfter im fünfzig Meilen entfernten Nenana gewesen, auch vor fünfzehn Jahren, als Präsident Harding nach Alaska gekommen war und den goldenen Nagel in die letzte Schwelle der Alaska Railroad geschlagen hatte. Sie war damals zehn gewesen und hatte einen roten Luftballon fliegen lassen.

Nur zu gerne hätte sie sich auf den Posttouren mit ihrem Vater abgewechselt. Sie war eine gute Musherin, kannte sich mit Huskys aus und liebte es, mit der Wildnis allein zu sein. Doch ihr Vater dachte nicht daran, ihr diese »Männerarbeit« anzuvertrauen, kam gar nicht auf die Idee, sie könnte mit der Hausarbeit und der Pflege ihrer Großmutter unglücklich sein. Selbst wenn er zu Hause war, half er ihr nicht und begnügte sich damit, im Sessel zu sitzen und mit Grandma über alte Zeiten zu reden. Die beiden ließen sich gern von ihr bedienen. Sie konnten nicht wissen, dass Josie von einer anderen Zukunft träumte, besonders wenn sie mit den Hunden unterwegs war und ihre Freiheit in der ungestümen Wildnis genoss. Sie war für das Leben in dieser Wildnis geboren, wenn auch anders als Mary, die ein gepflegtes Häuschen in der Stadt bevorzugte und von einem Automobil träumte.

Auf halber Strecke nach Nenana traf Josie einen Fallensteller, der nach Fairbanks unterwegs war. Auf seinem Schlitten lag ein dicker Packen mit Fellen. Die Hunde beider Gespanne stimmten sofort ein wildes Jaulkonzert an und drohten aufeinander loszugehen, aber als erfahrene Musher waren beide darauf vorbereitet und hielten so, dass die Schlitten sie daran hinderten. Er stellte sich als Jeremiah O'Rourke vor. Ein bärtiger Mann, der älter als ihr Vater wirkte und ihr verriet, dass er in einem Tal der White Mountains in einer Blockhütte lebte.

»Wusste gar nicht, dass sich Ladys wie Sie auf den Trail wagen.«

»Erstens, ich bin keine Lady«, konterte sie. »Zweitens, ich bin in der Wildnis zu Hause. Und drittens, Sie dürfen mich Josie nennen. Ich bin mit Huskys aufgewachsen, und weiß, wie man einen Schlitten steuert.«

»Das sehe ich, Josie. Wo soll's denn hingehen?«

»Ich suche meinen Vater«, erklärte sie. »Old Ben Haskell, der Musher, der die Post zum Lake Minchumina bringt. Sind Sie ihm zufällig begegnet?«

Der Fallensteller brauchte nicht zu überlegen. »Zwischen Nenana und hier ist er nicht, sonst hätte ich ihn gesehen. Ich hab immer noch Augen wie ein Berglöwe, und wenn ich was übersehe, entdeckt es Barney für mich, mein Leithund.«

»Ich hab Angst, dass mein Vater einen Unfall hatte.«

»Old Ben Haskell?« Er schüttelte lächelnd den Kopf. »Ich bin ihm nie begegnet, hab aber von ihm gehört. Er ist so was wie 'ne Legende in dieser Gegend, stimmt's? Ein Mann wie er hat keinen Unfall. Wahrscheinlich sitzt er irgendwo auf seinem Schlitten und knabbert an einer Elchkeule. Oder er sitzt in einem Roadhouse und trinkt Feuerwasser. Sie finden ihn, Josie, bestimmt.«

»Danke, Mister. Bringen Sie die Felle zur NCC?«

»Die zahlen die besten Preise.«

»Na, dann viel Glück!«

»Ihnen auch, Josie! Ihnen auch!«

Josie trieb die Huskys an. Nachdem feststand, dass sich ihr Vater noch jenseits von Nenana aufhielt, konnte sie volles Tempo gehen und erreichte die Stadt am späten Nachmittag. Sie widerstand der Verlockung, sich in einem der Lokale aufzuwärmen und eine warme Suppe zu essen, blieb auf den Kufen ihres Schlittens und überquerte den zu Eis erstarrten Tenana River im Westen der Stadt. Über einen geräumten Trail fuhr sie den Bergen entgegen.

Der Trail hatte sich wenig geändert seit dem November, als sie ihren Vater zum letzten Mal begleitet hatte, die meiste Zeit als Passagier auf dem Schlitten, und nur wenige Male auf den Kufen. Ihr Vater konnte es nicht ertragen, auf der Ladefläche zu sitzen, während ein anderer den Schlitten steuerte. Selbst oder gerade dann nicht, wenn es seine eigene Tochter war. Er gehörte zu den Männern, die nicht loslassen konnten, glaubte sie, deshalb hatte ihn auch der Tod seiner Frau besonders schmerzhaft getroffen, mehr noch als sie, obwohl sie ein sehr inniges Verhältnis zu ihrer Mutter gehabt hatte. Er wollte, dass alles so blieb, wie es war: seine Familie, seine Umgebung, das ganze Leben.

Eine Meile südwestlich von Nenana erreichte Josie mehrere mit Schwarzfichten bewachsene Hügel, die sich bis zum Ufer des Kantishna River zogen. Der Trail schlängelte sich durch dichte Bestände von Schwarzfichten, die im Norden wesentlich kleiner als im Süden waren und kaum Schutz boten. Die Sonne, die sich während der langen Winter ohnehin nur selten sehen ließ, war bereits hinter den Hügeln im Westen verschwunden, doch die hellen Spuren, die sie hinterlassen hatte, waren noch immer zu sehen und tauchten die verschneiten Hügel in goldfarbenes Licht. Sie hatte kaum Augen für das Naturschauspiel, suchte angestrengt nach ihrem Vater und wollte nicht daran denken, was passieren würde, wenn sie ihn gar nicht oder nur noch tot auffand.

Als das Licht verblasste, begann es zu schneien. Dicke Flocken, die ziellos im böigen Wind herumwirbelten, zwangen sie, wieder langsamer zu fahren und darauf zu achten, nicht vom Trail abzukommen. »Vorwärts, Buddy!«, rief sie ihrem Leithund zu. »Du machst das ganz toll! Wir finden Vater. Mit eurer Hilfe finden wir ihn!« Überzeugend klang das nicht, eher hoffnungsvoll oder wie ein Hilferuf, an den man selbst nicht mehr ganz glaubte. Aber hatte der Fallensteller nicht gesagt, dass eine Legende wie ihr Vater gar nicht verunglücken konnte?

Eine der leer stehenden Blockhütten, die den Trail zum Lake Minchumina in weiten Abständen säumten, lag am Ufer des Kantishna River. So weit wollte sie noch fahren, bevor sie den Hunden und sich eine Ruhepause gönnen musste. Um ihren Vater zu finden, musste sie hellwach sein und sich auf ihre Huskys verlassen können. Erschöpft über den Trail zu taumeln und dabei unfähig zu sein, einen klaren Gedanken zu fassen, würde sie keinen Schritt voranbringen.

Die Hütte war noch zwei Meilen entfernt, als sie lautes Jaulen und Bellen vernahm. Sie beschleunigte ihr Tempo und entdeckte den Schlitten und das Hundegespann ihres Vaters zwischen den Bäumen. Der Schlitten war umgekippt, und die Hunde hatten sich in den Leinen verheddert. Von ihrem Vater keine Spur. »Whoaa!«, rief sie ihren Hunden zu. »Das ist Vaters Schlitten!«

Sie bremste den Schlitten und verankerte ihn, lief zu dem anderen Gespann, löste die Leinen und stellte den Schlitten auf. »Wie ist das passiert, Skip?«, rief sie dem Leithund zu. »Ist euch ein Elch in die Quere gekommen?« Sie zog das Gespann auf den Trail zurück, weit genug von ihren Hunden entfernt, obwohl sie sich kannten, und rammte den Anker in den Schnee.

Sie schnallte ihre Schneeschuhe an, um in dem verschneiten Unterholz einen festeren Halt zu haben, schaltete ihre Taschenlampe ein und machte sich auf die Suche. Den Erste-Hilfe-Kasten nahm sie mit, um ihn im Notfall gleich parat zu haben. »Ihr wartet hier!«, rief sie beiden Gespannen zu. »Ich beeile mich.«

Die Huskys schienen sie zu verstehen und verhielten sich einigermaßen ruhig. Sie suchte parallel zum Trail im Unterholz, ließ ständig den Lichtkegel ihrer Taschenlampe wandern und rief nach ihrem Vater. »Vater! Ich bin's, Josie! Bist du hier irgendwo?« Auch zwischen den Bäumen reflektierte der Schnee das Licht des halben Mondes und der Sterne, aber es war nicht hell genug, und sie wäre ohne die Lampe verloren gewesen. Sie war Schneeschuhe gewöhnt und fand festen Halt, selbst im Tiefschnee vereinzelter Senken.

Ihren Vater hörte sie, bevor sie ihn sah. Es war nur ein leises Stöhnen, das in der klaren Luft und der Stille aber deutlich zu hören war und ihr den Weg wies. »Vater!«, rief sie, als sie ihn zwischen einigen umgestürzten Bäumen liegen sah. »Gott sei Dank, ich habe dich gefunden!« Sie kniete neben ihm, umarmte ihn und ließ ihn schnell wieder los, als er vor Schmerzen jammerte.

»Josie! Wo kommst du denn her?«

Sie richtete die Taschenlampe auf ihren Vater und sah, dass er sich einige blutige Schrammen geholt hatte und aus einer Wunde an der Stirn blutete.

»Mein linker Fuß!«, presste er hervor. »Gebrochen oder verstaucht, keine Ahnung. Bei der kleinsten Bewegung tut er höllisch weh! Ich kann … ich kann von Glück sagen, dass du mich gefunden hast, sonst wäre ich erfroren!«

»Wie lange liegst du schon hier?«

»Keine Ahnung. Eine Stunde, vielleicht auch zwei. Ich hab mich mit Fichtenzweigen zugedeckt, sonst wäre ich jetzt schon erfroren. Ich hab kriechend versucht, von hier wegzukommen … hab den Schlitten gesucht, aber nicht mal die Hunde gehört. Weggelaufen, dachte ich, also wollte ich … wollte ich zu der Hütte … verdammt, ich muss hier weg, Josie!«

Sie öffnete den Erste-Hilfe-Kasten und reichte ihm zwei starke Schmerztabletten. Mit einem festen Verband stabilisierte sie seinen verletzten Fuß. Soweit sie erkennen konnte, war er nicht gebrochen. Auf die leichte Wunde klebte sie ein Pflaster. »Warte hier!«, bat sie ihn. »Ich hole deinen Schlitten.«

»Im Unterholz kommst du nicht weit.«

»Ich hab ihn auf den Trail gezogen. Ist nicht weit.«

Sie eilte zurück und lief zu ihrem Schlitten. »Tut mir leid«, sagte sie, als sie ihren Schlittensack löste, »ich muss Vaters Schlitten nehmen. Keine Angst, ich lasse euch nicht zurück.« Ihre Hunde jaulten beleidigt, als sie davonfuhr, waren aber nicht mehr zu hören, als sie den Schlitten ihres Vaters verankerte, sich einige Wolldecken schnappte und durchs Unterholz zu ihm stapfte. Sie half ihm mühsam auf, ein Unterfangen, das beinahe eine halbe Stunde dauerte, und legte ihm die Decken um die Schultern. »Alles okay?«

Er lehnte sich mit dem Rücken gegen einen Baum und schnaufte ein paarmal. Die Tabletten begannen glücklicherweise zu wirken, aber er schrie dennoch bei jedem Schritt, den er auf seine Tochter gestützt zum Schlitten wankte. Josie half ihm auf die Ladefläche und deckte ihn zu. Erst jetzt erkannte sie, wie erschöpft er war. »Ich bringe dich nach Nenana zu einem Arzt«, sagte sie. »Doc Miller, stimmt's? Der weiß besser, wie man deinen Fuß behandelt.«

»Ich will aber nicht zum Doc! Der schickt mich ins Krankenhaus!«

»Willst du lieber hierbleiben?«

Anscheinend auch nicht, denn er wehrte sich nicht mehr. Sie fuhr zu ihrem eigenen Schlitten, zog den Anker aus dem Schnee und redete auf Buddy ein. »Wir fahren nach Nenana und bringen Vater zu Doc Miller. Ihr lauft hinter uns her, verstanden? Das können nur erfahrene Leithunde wie du, Buddy! Bleibt dicht hinter mir, dann kann gar nichts passieren. Wir kriegen das hin.«

Es dauerte eine Weile, bis die Hunde verstanden, was sie vorhatte, dann ging es zurück nach Nordosten. Im Gänsemarsch fuhren sie nach Nenana und hielten auf die Hauptstraße zu. Mehrere Augenpaare richteten sich auf sie, als sie mit zwei Schlitten durch die Stadt fuhr und vor der Praxis des Docs hielt.

3

Die Praxis war um diese Zeit längst geschlossen, doch Doc Miller wohnte im selben Haus und half ihr sogar, ihren Vater in seinen Behandlungsraum zu bringen. Er hatte sie durch das Fenster kommen sehen. »Sie haben Glück, dass ich zu Hause bin«, sagte er. »Wir wollten heute Abend eigentlich ins Theater, aber meiner Frau geht es nicht besonders.« Er half ihrem Vater auf die Liege und lächelte aufmunternd. Im elektrischen Licht wirkte Old Ben Haskell ungewöhnlich blass und schwach.

Josie berichtete ihm, was geschehen war und welche Tabletten sie ihrem Vater gegeben hatte. »Meinen Sie, wir können heute noch weiterfahren? Mein Vater ist Musher bei der Post und wird schon seit zwei Tagen in Fairbanks erwartet. Er hat etliche Päckchen und Briefe vom Lake Minchumina dabei.«

»Das kann ich Ihnen erst nach der Untersuchung sagen«, erwiderte Doc Miller. »Auf den ersten Blick würde ich sagen, lieber nicht. Aber Sie können mein Telefon benutzen und beim Post Office anrufen oder telegrafieren.« Er machte sich daran, den Stiefel vom verletzten Fuß ihres Vaters zu ziehen. »Sie warten am besten in meinem Büro. Das hier ist nichts für eine Lady.«

Sie hatte sich nie als Lady gesehen. Eine Lady trug kostbare Kleider und kam aus San Francisco oder New

York. Dennoch befolgte sie seinen Rat. Im Büro setzte sie sich auf einen der freien Besucherstühle und hielt sich erschrocken die Ohren zu, als der markerschütternde Schrei ihres Vaters aus dem Behandlungsraum drang. Auch wenn Doc Miller sehr vorsichtig gewesen war, hatte es sicher höllisch wehgetan, als er den Stiefel ausgezogen hatte.

Als sie die Hände wieder herunternahm, hörte sie die stöhnenden Laute ihres Vaters und die beruhigende Stimme des Arztes. Was er sagte, verstand sie nicht, wahrscheinlich irgendetwas, um ihn abzulenken und zu beruhigen. Danach war nur noch Gemurmel zu hören. Sie vertrieb sich die Zeit, indem sie die Fotos auf dem neuen Coca-Cola-Kalender bewunderte, der jeden Monat eine andere hübsche Frau präsentierte. Sie waren sorgfältig geschminkt und trugen prächtige Kleider, wie man sie in Alaska nicht mal auf Hochzeiten oder Bällen trug. Sie würde niemals solche prächtigen Kleider besitzen und spürte auch kein Verlangen danach. Sie fühlte sich in ihren einfachen Kleidern oder Röcken und auf den Kufen eines Schlittens sogar in Hosen wohler.

Über eine halbe Stunde war vergangen, als Doc Miller sie in den Behandlungsraum rief. Ihr Vater trug einen neuen Verband um seinen verletzten Knöchel und stützte sich auf zwei Krücken, die ein anderer Patient vor wenigen Tagen abgelegt und in der Praxis zurückgelassen hatte. Bis auf seinen linken Stiefel war ihr Vater vollständig angezogen. Auf der Liege lag ein Beutel mit seinem Stiefel und der Medizin, die ihm Doc Miller gegeben hatte.

»Ihr Vater hatte Glück«, teilte ihr der Arzt mit, »es ist nichts gebrochen. Nur eine Verstauchung, die allerdings nur langsam heilen wird und sehr schmerzhaft sein kann. Ich habe ihn gebeten, dennoch auf Laudanum zu verzichten. Die letzten Forschungsergebnisse, die ich gelesen habe, weisen ausdrücklich darauf hin, dass die Opiumtinktur gefährlicher ist, als wir bisher angenommen haben. Die Schmerztabletten werden ausreichen.« Seine Miene wurde ernst. »Aber etwas anderes macht mir Sorgen. Ich habe die Lunge Ihres Vaters abgehört und ein Rasseln festgestellt, das mir nicht gefällt. Ich habe ihn gebeten, sich sobald wie möglich im Krankenhaus untersuchen zu lassen. Mit einer Lungenkrankheit ist nicht zu spaßen, wie Sie sicher wissen.«

»Was für eine Lungenkrankheit?«, fragte sie besorgt.

»Das kann ich nicht sagen«, antwortete Doc Miller, »das weiß man erst, nachdem man die Lunge geröntgt hat.« Er blickte ihren Vater an. »Sie versprechen mir, dass Sie sich sobald wie möglich röntgen lassen? Nehmen Sie so eine Krankheit nicht auf die leichte Schulter, auch wenn die Symptome Sie im Augenblick noch nicht behindern. Meinen Befund haben Sie. Sagen Sie dem zuständigen Arzt, er könne mich jederzeit anrufen, falls er eine Frage hat.« Er reichte ihm auch die Rechnung, die Josie mit einem Scheck bezahlte.

»Vielen Dank für Ihre Hilfe. Können Sie uns ein Hotel empfehlen?«

»Mrs. Cooneys Hotel gegenüber«, erwiderte der Arzt. »Ich würde empfehlen, von dort beim Post Office anzurufen. Dort können Sie auch ein Telegramm an das Post Office aufgeben. Gute Besserung, Mister Haskell!«

Josies Vater war viel zu benommen von den starken Tabletten, die auch der Arzt ihm gegeben hatte, um an diesem Abend noch viel zu reden. Sie gab ihm eines ihrer Sandwiches, falls er nachts Hunger bekam, und nahm den Schlittensack mit seiner Thermosflasche mit, als sie ihn aufs Zimmer brachte.

Sie kümmerte sich um die Huskys, die hinter dem Hotel in einem Hof schlafen durften und in das Konzert einstimmten, das die anderen Huskys in der Stadt veranstalteten. An der Rezeption gab sie ein Telegramm an das Post Office auf: »HATTE UNFALL – NUR LEICHT VERLETZT – KOMME MORGEN MITTAG – BEN HASKELL.« Mit ihrem eigenen Schlittensack ging sie in ihr Zimmer und war schon nach wenigen Minuten eingeschlafen.

Früh am nächsten Morgen fütterte sie die Huskys und sprach mit der freundlichen Besitzerin an der Rezeption, bevor sie ihren Vater weckte. Sie hatte mit einem Lastwagenfahrer verhandelt, der sie und ihre Gespanne und den Schlitten nach Fairbanks mitnehmen wollte, für einen fürstlichen Lohn, versteht sich, und ihnen dadurch viel Zeit ersparen würde. Ihr Vater konnte seinen Schlitten auf keinen Fall selbst steuern und brauchte dringend Ruhe, auch wegen der unbekannten Lungenkrankheit, die Doc Miller entdeckt hatte. Der Fahrer hatte versprochen, sie um acht Uhr in der Hotellobby zu treffen.

Ihr Vater hatte sich gut erholt, und auch seine Blässe hatte sich verflüchtigt. Seine schlechte Laune war geblieben. Er kam nur mühsam mit den Krücken zurecht, die Schmerzen waren zu ertragen, nervten aber, und die Aussicht, die Hundeschlitten auf einen Lastwagen zu verladen und mit Motorkraft nach Fairbanks zurückzukehren, nagte an seiner Berufsehre. »Irgendwie hätte ich's mit dem Schlitten geschafft«, sagte er, »so schlimm ist es nicht.«

»Drei, vier Stunden auf dem Trail?« Josie blickte ihren Vater ungläubig an. »Du hast es doch gehört, du brauchst Ruhe! Stell dir vor, du bekommst eine Lungenentzündung oder so was, dann liegst du monatelang im Krankenhaus.«

Ein fürstliches Frühstück im Restaurant nebenan versöhnte ihn etwas. Ein kleines Steak, drei Spiegeleier und Bratkartoffeln – mehr konnte man an einem eisigen Morgen in Alaska nicht verlangen. Josie begnügte sich mit Rührei und Schinken und Toast mit Marmelade. Ihr Vater trank zwei Becher Kaffee, bevor er sich einigermaßen wohlfühlte, und wirkte dann endlich wieder weniger griesgrämig. Mehr als ein mildes Lächeln schaffte er aber nicht.

»Du kommst besser mit einem Hundeschlitten zurecht, als ich dachte«, sagte er. »Normalerweise komme ich nicht vom Trail ab, jedenfalls nicht, wenn ich nüchtern bin, und das war ich, aber mir wurde plötzlich übel, und ich hab für einen Moment die Kontrolle verloren. Da konnte selbst Skip nichts mehr machen. Bevor wir uns versahen, lag ich im Wald, und die Hunde liefen durchs Unterholz davon.«

»Du brauchst dich nicht zu entschuldigen, Vater.«

Er wischte sich den Mund ab. »Wie geht es Grandma?«

»Geht so«, antwortete sie ehrlich, »sie nimmt zu viel von dem Laudanum, sagt auch Doc Snyder. Und sie hat ständig schlechte Laune. Manchmal glaube ich, sie käme auch ohne Rollstuhl aus, wenn sie nur wollte. Sie schimpft ständig mit mir. Mal ist es ihr zu warm, dann wieder zu kalt, mal will sie nur ein Sandwich, dann Eintopf, mal soll ich mich zu ihr setzen, dann ist sie froh, wenn ich mit den Huskys wegfahre und sie in Ruhe das Zeug trinken kann.«

»Du musst nachsichtig mit ihr sein, Josie.«

»Ich hab aber auch ein Leben!«

»Du hast noch Zeit genug.«

Josie verspürte keine Lust, sich auf eine Diskussion mit ihrem Vater einzulassen, und bat ihn zu warten, bis sie mit den Schlitten zurück wäre. Der Lastwagen stand bereits vor dem Hotel, als sie mit dem zweiten Schlitten kam, und der Fahrer, ein junger Mann in Wollhose, Pullover und Seemannsmütze, half ihr, die Schlitten und die Gespanne zu verladen. Die Huskys jaulten um die Wette, als er die Heckklappe schloss, und beruhigten sich erst, als Josie sie mit einigen Worten versöhnte. »Immer mit der Ruhe, ihr Lieben! Vater und ich kommen auch mit. Sobald ich Vater geholt habe, klettere ich zu euch auf die Ladefläche …«

Josies Vater ließ sich von Josie und dem jungen Mann auf den Beifahrersitz helfen und schien sich nicht allzu wohlzufühlen. Er mochte weder Automobile noch Flugzeuge, nicht einmal Züge. Ein gesundes Misstrauen gegenüber dem Fortschritt, wie man es öfter bei älteren Menschen fand. Aber er sagte nichts und fügte sich in sein Schicksal. Was blieb ihm auch sonst übrig?

Josie kletterte auf die Ladefläche und wickelte sich in mehrere Wolldecken. Der Fahrer hatte eine alte Matratze besorgt, auf der sie einigermaßen bequem sitzen konnte, was den Wind nicht davon abhielt, ihr kräftig ins Gesicht zu blasen. Einige der Huskys rückten dicht an sie heran und schützten sie gegen die Kälte und den Schnee, der auf dem letzten Teilstück vom Himmel fiel. Ihr Vater und der Fahrer hatten es besser. Der junge Mann konnte mit einem Truck umgehen, auch auf dem verschneiten Highway, und geriet selten ins Schleudern, steuerte sie sicher und wohlbehalten nach Fairbanks zurück.

Sie stiegen vor dem Post Office ab, luden Schlitten und Hunde von der Ladefläche und bezahlten den Fahrer, der sich über den Extraverdienst sichtlich freute. E. G. Marshall, der schnauzbärtige Postmaster, wie immer in einem dunklen Anzug, trat auf den Gehsteig und begrüßte sie. Er war erleichtert, als er sah, dass ihr Vater in seinem Telegramm nicht geschwindelt und während des Sturzes keine Post verloren hatte. »Sehr gut«, sagte er und klopfte ein paarmal auf den wasserdichten Postsack. »Nur zwei Tage Verspätung.«

Sie gingen mit dem Postmaster ins Büro, und Josie wartete geduldig, bis ihr Vater den Papierkram erledigt hatte. Obwohl die Schmerzen sicher nicht nachgelassen hatten, tat er so, als würde ihm die Verletzung nichts ausmachen. »Halb so schlimm«, log er, »in zwei Wochen bin ich auf dem Damm.«

»Ich rechne fest mit Ihnen«, sagte Marshall.

Josie brachte ihren Vater mit seinem Schlitten nach Hause, gefolgt von einem jungen Angestellten des Postmasters, der ihren Schlitten fuhr und zurücklaufen würde. Vor ihrem Haus bedankte sie sich mit einem Trinkgeld.

»Grandma! Ich hab Vater gefunden!«, rief sie, als der Postangestellte gegangen war. Sie führte ihren Vater ins Haus, half ihm in seinen Sessel vor dem Kamin und erschrak, als sie ihre Großmutter benommen auf dem Boden liegen sah. Die leere Laudanum-Flasche war gegen den Kamin gerollt. »Vater! Grandma!«

Ihr Vater vergaß seine Verletzung, wollte aufspringen und sank mit einem Aufschrei zurück. »Verdammt … was ist mit ihr? Ist sie verletzt? Sag schon!«

Josie tastete nach ihrem Puls. »Alles okay«, sagte sie nach einer Weile. »Ihr Puls geht regelmäßig. Sie hat zu viel von dem Laudanum erwischt.« Sie hielt die leere Flasche hoch und stellte sie auf den Tisch. »Keine gefährliche Dosis, die neuen Flaschen stehen im obersten Regal des Küchenschranks. Aber vier, fünf Esslöffel waren in der alten Flasche noch drin, und sie hatte sowieso schon zu viel genommen. Warum hat sie nicht auf den Doc gehört?«

»Sie wird schon wieder zu sich kommen, stimmt's?«

Weil sie genauso stur ist wie du, antwortete Josie sich selbst. Sie hob ihre Großmutter vorsichtig in den Rollstuhl und deckte sie mit einer Wolldecke zu. Grandma öffnete leise stöhnend die Augen. »Grandma! Hörst du mich?«

»Josie? Bist du das?«, lallte sie.

»Wie geht es dir, Grandma? Bist du okay?«

Sie benahm sich wie eine Betrunkene. »Ich bin gesund … kerngesund!«

»Du hast zu viel von dem Laudanum geschluckt!«

Ihre Augen weiteten sich. »Laudanum? Ich brauche neues Laudanum!«

»Du brauchst erst mal Ruhe, Grandma!«, sagte sie. Es fiel ihr schwer, ihre Wut zu unterdrücken. »Sobald ich das Feuer in Gang gebracht habe, koche ich dir einen heißen Tee, einverstanden?« Sie konnte nicht erkennen, ob ihre Großmutter alles verstand, was sie sagte. »Vater ist wieder hier, Grandma!«

»Vater? Vater?«

»Ich bin hier, Ma«, rief er. »Wir kümmern uns um dich.«

Was natürlich gelogen war, weil ihr Vater sich kaum bewegen konnte und selbst Pflege brauchte. Die Arbeit würde an Josie hängen bleiben. Der Haushalt, die Versorgung der Huskys, der Papierkram. Sie beklagte sich nicht, zündete das Feuer im Herd an und befeuerte den Kamin. Anschließend setzte sie Tee auf. Ihr Vater und sie aßen die letzten Sandwiches aus ihrem Proviant, für ihre

Großmutter schmierte sie ein Erdnussbutter-Marmelade-Sandwich.

Grandma brauchte die ganze Nacht, um sich von ihrem Sturz zu erholen, war aber am Frühstückstisch schon wieder die Alte. »Doc Snyder war hier«, beklagte sie sich, »wollte mir weismachen, dass ich mich umbringen würde, wenn ich zu viel von dem Laudanum nehme. Und Mary, dieses unscheinbare Ding aus dem Kaufhaus. Du hättest sie geschickt, um nach mir zu sehen.«

»Mary ist meine Freundin«, erwiderte sie, »und ich bin ihr sehr dankbar, dass sie vorbeigekommen ist. Du solltest dich freuen, dass sich so viele Menschen um dich sorgen. Oder willst du lieber in einem Altenheim versauern?«

»Ich will, dass du dich um mich kümmerst.«

»Wenn du dich ein bisschen anstrengen würdest, kämst du schon zurecht«, konnte Josie nicht länger an sich halten. »Einen Rollstuhl bräuchtest du doch eigentlich nur, wenn du einen dieser Schübe bekommst. Warum versuchst du es nicht mal ohne, wenn es dir gerade einigermaßen gut geht?« Ihr stieg das Blut ins Gesicht. »Aber wie soll es dir gut gehen, wenn du Laudanum trinkst!«

»Die Medizin hat mir Doc Snyder verschrieben.«

»Aber du sollst sie nur bei starken Schmerzen nehmen!«

»Ich habe starke Schmerzen!«

»Opium und Alkohol, das ist eine tödliche Mischung!«

»Mach dich nicht lächerlich, Josie!«

Josie wollte aufbrausen, doch ihr Vater hielt sie zurück. »Benimm dich, Josie!«, wies er sie zurecht. »So spricht man nicht mit seiner Großmutter. Du weißt doch selbst, was sie durchmachen musste. Entschuldige dich bei ihr!«

»Entschuldige, Grandma«, sagte sie.

Während des Frühstücks redeten sie kaum. Jeder kaute gemächlich und hing seinen Gedanken nach. Die Eier waren ausgegangen, und der Nachschub ließ im Winter wie immer auf sich warten, obwohl der Hafen von Valdez eisfrei war und der Highway nach Fairbanks im Winter gut zu befahren war. Stattdessen gab es geräucherten Elchschinken und frisches Sauerteigbrot.

»Wollen wir?«, fragte Josie nach dem Abspülen.

»Was denn?«, fragte ihr Vater.

»Zum St. Joseph's fahren und dich röntgen lassen.«

»Wie kommst du denn darauf?«

Josie hatte beinahe so etwas erwartet. »Ja, weißt du denn nicht mehr, was Doc Miller gesagt hat? Du hast irgendwas an der Lunge, das du so schnell wie möglich untersuchen lassen sollst. Mit der Lunge soll man nicht spaßen.«

»Ärzte reden viel, wenn der Tag lang ist. Die wollen auch verdienen.«

»Lass uns gleich fahren, dann hast du es hinter dir.«

»Das hat keine Eile. Morgen ist auch noch ein Tag.«

»Und übermorgen und überübermorgen, das kenn ich schon.«

»Ich hab nichts, Josie. Ich fühl mich schon viel besser.«

Sie verstand nicht, wie man so stur sein konnte. Ihre Mutter hatte es verstanden, seine Sturheit mit ihrer liebevollen Art zu durchbrechen, seit ihrem Tod ließ er sich kaum einmal umstimmen. »Du weißt doch, wie heimtückisch manche Krankheiten sein können. Gegen die Spanische Grippe war kaum ein Kraut gewachsen, aber wenn du was an der Lunge hast und dich rechtzeitig behandeln lässt, kann man die Krankheit vielleicht noch heilen. Bitte, Vater!«

»Also gut. Morgen früh, einverstanden?«

»Versprochen?«

»Versprochen«, sagte er. »Und jetzt bring mir bitte noch einen Tee und Grandma und mir die guten Kekse, die du im Küchenschrank versteckt hast!«

»Ich glaube, so einen brauche ich jetzt auch«, sagte sie.

4

Old Ben Haskell hielt nur widerwillig Wort. Nach dem Frühstück dachte er sich alle möglichen Ausreden aus, um sich vor der Fahrt zum Krankenhaus zu drücken, aber Josie fiel nicht darauf rein und sagte: »Du hast es versprochen, Vater! Und der legendäre Old Ben Haskell hält, was er verspricht, stimmt's?«

»Ich würde mich lieber noch einen Tag ausruhen«, versuchte ihr Vater es noch mal. »Der Sturz war heftig, und ich hab keine Lust, mit meinem verstauchten Fuß stundenlang im Krankenhaus rumzusitzen und auf die Untersuchung zu warten. Du weißt doch, wie lahm die Nonnen im St. Joseph's sind.«

»Netter Versuch«, erwiderte sie lachend, »aber keine Angst, ich sorge schon dafür, dass du nicht zu lange warten musst. Ich hab da meine Tricks.«

»Und ich?«, beschwerte sich Grandma. »Was mache ich in der Zwischenzeit? Einen Pullover stricken? Eine neue Patchworkdecke anfangen? Kaum ist mein Sohn mal zu Hause, lässt er mich wieder allein. Wo ist meine Flasche?«

Josie wurde ernst. »Wenn du das Laudanum meinst, das steht an einem sicheren Platz. Morgens und abends je einen Löffel, sagt Doc Snyder, jeder Löffel mehr wäre gefährlich. Die Schmerztabletten sind schon stark genug.«

»Muss ich mir von meiner Enkelin sagen lassen, was ich tun darf?«

»Ich meine es doch nur gut mit dir, Grandma. Mit dir und mit Vater. Ich will, dass ihr wieder gesund werdet und gar nicht mehr auf meine Hilfe angewiesen seid. Du wirst sehen, wenn du nicht mehr so benommen vom Laudanum bist, kommst du ohne Rollstuhl aus. Vielleicht jeden Tag nur für ein, zwei Stunden, aber das wäre doch schon was. So alt bist du doch gar nicht.«

»Ich weiß selbst am besten, was gut für mich ist.«

»Vertrau mir, Grandma. Wir sind bald zurück, einverstanden?«

Ihre Großmutter war alles andere als einverstanden, sagte aber nichts, als sie ihrem Vater in seinen Anorak half und zu dem angespannten Schlitten führte. Mit nur einem Stiefel und dem dicken Verband am anderen Fuß sah er bedauernswert aus, als Passagier auf der Ladefläche wie ein unerfahrener Musher, der von seinem Schlitten gestürzt war und auf diese Weise dafür büßen musste. »Die Leute werden denken, ich wäre zu alt, um einen Hundeschlitten zu steuern, und sollte mich zur Ruhe setzen. Dabei kann ich doch gar nichts dafür! Ich hab keinen Fehler gemacht, verdammt. Vielleicht war der Käse auf meinem Sandwich verdorben. Du hast ihn doch gekauft, Josie!«

»Der Käse war nicht verdorben«, widersprach sie. »Grandma und ich haben ihn auch gegessen, und uns wurde nicht übel. Wenn dir schwarz vor Augen wurde, lag's am Kreislauf. Oder du hast es tatsächlich an der Lunge.«

»Unsinn! Worauf wartest du noch?«

Josie trieb die Hunde an und lenkte den Schlitten auf die verschneite Straße. Die Hunde schienen verwundert, den Musher der Familie auf der Ladefläche zu haben, zumindest hatten sie für einen Augenblick vergessen zu heulen, als sie ihm auf den Schlitten geholfen hatte. Sie fuhr langsamer als sonst, auch wenn ihr Vater ständig drängte, die Huskys anzutreiben, doch sie wollte kein Risiko eingehen. Mit seinem verstauchten Fuß wäre ein Sturz äußerst schmerzhaft und auch gefährlich gewesen. Er hatte lange geschlafen und sich einigermaßen erholt, wirkte aber immer noch schwach und schien einige Schwierigkeiten beim Atmen zu haben. Sie machte sich große Sorgen um ihn.

Das St. Joseph's Hospital lag auf ihrer Seite des Chena River, ein quaderförmiger schmuckloser Holzbau direkt neben der katholischen Kirche, die auch die Schwestern für das Krankenhaus stellte. Sie parkte dicht neben dem Eingang, half ihrem Vater vom Schlitten und zog ein Paket aus dem Schlittensack.

»Willst du was verschicken?«, fragte ihr Vater.

»Ein Bestechungspaket für die Schwestern«, sagte sie.

Sie betraten das Krankenhaus, das innen genauso nüchtern wie außen wirkte, und wandten sich an die Schwester am Empfang. Das Lächeln schien sie längst verlernt zu haben. Über dem Tresen hing ein Kruzifix an der Wand.

»Gelobt sei Jesus Christus. Was wünschen Sie bitte?«

»Wir müssten dringend einen Arzt sprechen«, sagte Josie, im Gegensatz zu der Nonne mit einem Lächeln im

Gesicht. »Mein Vater soll geröntgt werden.« Sie reichte ihr das Schreiben von Doc Miller und legte das Päckchen auf den Tresen. »Selbst geräucherter Elchschinken«, beantwortete sie den fragenden Blick der Schwester. »Ein kleiner Dank für die Mühe, die Sie sich machen.«

Die Schwester kapierte schnell und ließ das Päckchen unter dem Tresen verschwinden. »Einen Augenblick bitte«, sagte sie zumindest mit der Andeutung eines Lächelns, ging ins Nebenzimmer und kehrte mit einem Arzt zurück. »Dr. William Morrow«, stellte sie ihn vor, »einer unserer Spezialisten.«

Josie und ihr Vater folgten dem Arzt in sein Sprechzimmer und schilderten ihr Anliegen. Morrow studierte den Untersuchungsbericht von Doc Miller. »Ich verstehe«, sagte er nach einer Weile. »Mit Lungenschäden muss man sehr vorsichtig sein, da hat der Kollege völlig recht.« Er bat Josie, ins Wartezimmer zu gehen, dort lägen Zeitschriften, es könne leider etwas dauern.

Es dauerte über eine Stunde, bis Dr. Morrow sie in sein Sprechzimmer zurückrief. Schon beim Hereinkommen merkte sie, dass er keine guten Nachrichten hatte. Ihr Vater saß niedergeschlagen auf der Liege, den Blick von einigen Tränen verschleiert, und bemühte sich, seinen Schmerz zu verbergen.

Josie setzte sich auf einen Besucherstuhl. »Doktor?«

»Ich habe leider keine guten Nachrichten«, sagte Dr. Morrow. Er war ein älterer Mann mit grauen Schläfen und wachen Augen. »Die Lunge Ihres Vaters wirkt sehr angegriffen, und ich muss ihn leider hierbehalten, zumindest für ein paar Tage. Noch ist sein Zustand nicht dramatisch, so viel kann ich schon mal sagen, aber eine genaue Diagnose kann ich erst erstellen, wenn ich vor allem sein Herz untersucht habe. Was ich ihm aber unbedingt empfehlen möchte: auf lange Fahrten mit seinem Hundeschlitten zu verzichten. Zumindest für diesen Winter. Alles andere wäre leichtsinnig.« Er bemühte sich um ein Lächeln. »Kein Grund, sich zu grämen, Mister Haskell. Sie sind glücklicherweise früh genug zu uns gekommen. So haben wir ausreichend Zeit, uns um Sie zu kümmern und dafür zu sorgen, dass Sie wieder gesund werden.«

»Aber mir tut doch gar nichts weh. Irren Sie sich auch nicht?«

»Ein Röntgenbild lügt nicht, Mister Haskell. Die Methode ist absolut sicher. In Ihrer Lunge hat sich etwas Wasser gesammelt, und das ist immer ein Alarmzeichen. Aber die Medizin hat sich während der letzten Jahre rasant entwickelt. Wir haben Mittel und Wege für eine baldige Genesung. Aber Sie müssen uns dabei helfen, auch wenn Sie wieder zu Hause sind. Ganz wichtig wird sein, dass Sie sich schonen. Jede übermäßige Anstrengung könnte zu einer Verschlechterung Ihres Zustands führen.« Er blickte sie beide an. »Haben Sie noch Fragen? Nein? Dann würde ich Sie bitten, Schwester Agnes zu folgen.« Er rief die Schwester in sein Büro. »Sie wird Ihnen Ihr Zimmer zeigen.«

Josie stand auf und umarmte ihren Vater. Auch sie hatte Tränen in den Augen. »Ich bringe dir ein paar Sachen vorbei. Waschzeug, Schlafanzug und so. Keine Angst! Heute ist Donnerstag. Bis Montag bist du wieder draußen.«

»Und dann? Drehe ich Däumchen wie Grandma?«

Darauf wusste sie nichts zu sagen. Sie wartete, bis die Schwester mit ihrem Vater gegangen war, bedankte sich bei Doktor Morrow, der bereits in einigen Akten blätterte, und verließ ebenfalls sein Sprechzimmer. Die Nonne an der Rezeption hatte sich wohl inzwischen den Elchschinken angesehen und lächelte freundlich. Ohne das Geschenk würden sie wohl noch immer warten.

Ihre Huskys jaulten aufgeregt, als sie auf den Schlitten stieg.

»Vater muss leider hierbleiben«, sagte sie zu ihnen. »Irgendwas an der Lunge. So genau wusste der Arzt das auch nicht. Er muss ein paar Untersuchungen über sich ergehen lassen, dann wissen wir mehr, aber es ist jetzt schon sicher, dass er in diesem Winter nicht mehr auf Tour gehen darf.«

Die Huskys drehten sich neugierig nach ihr um, verstanden wohl nicht, dass sie tatenlos auf den Kufen stand und kein Kommando gab. Nur Buddy, ihr schlauer Leithund, schien zu ahnen, dass auch sie damit ein Problem hatte.

»Ich weiß, ihr denkt, das macht doch nichts, dann übernehme ich eben die Touren und fahre die Post zum Minchumana Lake, aber so einfach ist das nicht. Vater wird mich niemals fahren lassen. Zur Not fährt er eben krank.«

Sie lenkte den Schlitten nach Norden, war viel zu sehr in Gedanken versunken, um zu merken, dass auch dieser Tag mit einem Naturschauspiel begann. Arktisches Zwielicht verdrängte die Dunkelheit und überzog die verschneite Stadt und den nahen Chena River mit orangefarbenen Schleiern. Jenseits der Häuser reckten die Berge der Alaska Range ihre schroffen Gipfel zum Himmel. Stramm wie Soldaten erhoben sich die Schwarzfichten aus dem Schnee, der über Nacht gefallen war, nur unterbrochen von einigen Laubbäumen, deren kahle Äste sich wie Scherenschnitte vom Himmel abhoben.

Grandma saß in ihrem Rollstuhl und schlief, als sie das heimatliche Blockhaus betrat. Josie verzichtete darauf, sie zu wecken, packte einige Sachen für ihren Vater zusammen und fuhr zum Krankenhaus zurück. Die Schwester am Empfang nickte ihr freundlich zu. Josie hatte den Eindruck, dass sie kaute.

Sie hielt ihre Tasche hoch und stieg in den ersten Stock hinauf. Ihr Vater war allein im Zimmer, lag am Fenster mit Blick auf die Stadt und die Berge.

»Waschzeug, Extrakleidung, Morgenmantel und ein paar Kekse«, sagte sie und stellte die Tasche in den Schrank gegenüber. »Ich komme dich jeden Tag besuchen, Vater. Sag mir Bescheid, falls du noch irgendwas brauchst.«

»Ich brauche bald gar nichts mehr«, erwiderte er mürrisch.

Sie versuchte, fröhlich zu wirken. »Sieh's nicht so negativ, Vater. Sind doch nur ein paar Untersuchungen, dann kommst du wieder nach Hause.

»Darum geht's doch gar nicht.«

Sie wusste ganz genau, was er meinte. »Sondern?«

»Das hast du doch gehört.« Sein Bein mit dem verstauchten Fuß lag auf einem Kissen über der Decke. »Der Arzt sagt, dass ich diesen Winter nicht mehr fahren darf. Soll ich auf meine alten Tage in einem Büro arbeiten?«

»Wir haben eine Huskyzucht, da gibt es viel zu tun.«

»Ich bin Musher«, erwiderte er trotzig. »Wenn ich nicht mit den Huskys unterwegs sein darf, fehlt mir was. Außerdem bringen die Posttouren ordentlich Geld. Wo soll das denn herkommen, wenn ich nur noch leichte Arbeiten verrichten darf? Mit der Züchterei verdienen wir lange nicht so viel.«

»Ich könnte doch fahren«, sagte sie.

»Rede keinen Unsinn!«

»Im Ernst, Vater. Ich könnte die Posttouren übernehmen, zumindest so lange, bis du wieder gesund bist. Vielleicht hast du es noch nicht bemerkt, aber ich bin eine gute Musherin. Vielleicht nicht so erfahren wie du, aber gut genug für die Posttouren. Ich kenne die Strecke auswendig, hab mir sogar eine Karte angelegt, um sie mir genau einprägen zu können. Und mit den Huskys komme ich auch zurecht. Ich bin jeden Tag zwei, drei, manchmal sogar mehr Stunden mit ihnen unterwegs. Ich kenne sie, und sie kennen mich.«

»Hirngespinste!«

»Weil ich eine Frau bin?«

»Weil ... weil ... weil es sich einfach nicht gehört.«

»Dass eine Frau mit so was Geld verdient?«

»Auch«, räumte er ein. »Frauen werden Lehrerinnen und Krankenschwestern, meinetwegen auch Sekretärinnen in einem Büro. Aber ich bin sicher, in ganz Alaska ist keine einzige Musherin für das Post Office unterwegs.«

»Es gibt für alles ein erstes Mal.«

»Selbst wenn ich einverstanden wäre«, erwiderte er, »der Postmaster würde dich niemals einstellen. Ein Gentleman wie er würde sich niemals dazu überwinden, einer Frau eine solche Arbeit anzubieten. Viel zu gefährlich.«

»Ein Gentleman? Der Postmaster? Weil er einen Anzug trägt?«

»Wahrscheinlich ist er nicht einmal befugt, diese Arbeit einer Frau zu übertragen. Also vergiss das Ganze lieber. Vielleicht bin ich ja schon in vierzehn Tagen wieder auf dem Damm. So schnell gibt ein Haskell nicht auf.«

»Das gilt auch für mich, Vater.«

»Du hältst dich zurück«, sagte ihr Vater. »Marshall darf nicht mal erfahren, dass ich im Krankenhaus liege. Und wenn doch, sagst du ihm, dass es sich um eine harmlose Routineuntersuchung handelt. Das ist es doch auch, oder?«

»Sicher, Vater. Aber dein Fuß …«

»Wenn ich die Zähne zusammenbeiße, klappt das schon.«

»Das sah heute Morgen aber anders aus.«

»Gib mir ein bisschen Zeit«, bat ihr Vater. »Ich habe schon genug am Hals und keine Lust, mich mit Problemen herumzuschlagen, schon gar nicht so absurden Dingen, wie du sie vorschlägst. Wir reden am Montag darüber, wie wir zurechtkommen, falls ich tatsächlich für einige Wochen aussetzen muss.«

Josie sah ein, dass eine weitere Unterhaltung nichts bringen würde, und küsste ihren Vater auf die Stirn. »Du bist ein Sturkopf, Vater, weißt du das?«

»Und du bist ein aufsässiges Mädchen.«

»Ich bin fünfundzwanzig. Das vergisst du manchmal.«

»Und wärst wahrscheinlich längst mit einem Mann über alle Berge, wenn du nicht so gewissenhaft wärst und dich um Grandma kümmern würdest.«

»Und um dich«, erwiderte sie lachend.

Sie verabschiedete sich und kehrte zu ihren Huskys zurück. Normalerweise sprach sie mit ihren Hunden, bevor sie auf die Kufen stieg, doch in ihrem Kopf schwirrten noch immer die letzten Worte ihres Vaters herum und legten sich schwer auf ihre Seele. Ihr Vater hatte recht, sie war gewissenhaft und vielleicht auch mitfühlend, obwohl ihre Großmutter sie manchmal wie eine Dienstmagd behandelte. Eine Unart, die ihrer Krankheit geschuldet war und Josie dennoch verletzte. Mehr als einmal wäre sie am liebsten davongelaufen, um irgendwo ein neues Leben zu beginnen und sich mehr um ihre eigene Zukunft kümmern zu können. Aber was hätte das gebracht? Gewissensbisse und Schuldgefühle und das Gefühl, ihre Großmutter und ihren Vater im Stich zu lassen. Keine guten Voraussetzungen für eine glückliche Zukunft.

Sie hatte schon daran gedacht, sich zusätzliche Hilfe ins Haus zu holen, eine Haushälterin oder Krankenschwester, aber die kosteten viel Geld, und sie hätte es als

Armutszeugnis betrachtet, nicht allein mit ihrer Großmutter fertigzuwerden. Sie musste es lediglich schaffen, diese Sucht nach dem Laudanum einzuschränken. Grandma durfte sich nicht aufgeben. An ihren schmerzfreien Tagen musste sie sich zwingen aufzustehen und zumindest für kurze Zeit ohne den Rollstuhl auszukommen. Josie brauchte nur an früher zu denken, um zu erkennen, dass ihre Großmutter zwar manchmal etwas ruppig, aber auch fröhlich und ausgelassen sein konnte. Das Laudanum veränderte ihren Charakter.

Ob es mit ihrem Vater auch so weit kommen würde? Allein der Gedanke erschreckte sie bereits. Wenn sich bei den Untersuchungen ein ernsthafter Lungenschaden oder noch eine ernsthaftere Krankheit zeigen sollte, würde er vielleicht ähnlich reagieren wie Grandma. Wenn der Tod seiner geliebten Frau ihn nicht völlig aus der Bahn geworfen hatte, schaffte es vielleicht die Aussicht, nie mehr auf eine ausgedehnte Tour mit dem Hundeschlitten gehen zu können. Diese Fahrten waren sein Leben, ohne sie hätte er kaum noch etwas, an das er sich klammern konnte. Sich um die Hundezucht zu kümmern, reichte ihm nicht, und sie bezweifelte, ihn jemals vom Gegenteil überzeugen zu können. »Hoffentlich wird er wieder gesund!«, sagte sie mehr zu sich selbst als zu den Hunden, die den Weg nach Hause auch ohne Kommandos fanden.

»Grandma! Ich bin zurück!«, rief sie, als sie von den Kufen stieg. Normalerweise reagierte ihre Großmutter, indem sie lauthals schimpfte, weil sie sich zuerst um die Huskys und erst dann um sie kümmerte, obwohl es jeder Musher in Alaska so hielt. »Grandma?«, rief sie noch einmal.

Als wieder keine Antwort kam, lief sie ins Haus und sah ihre Großmutter vor dem Küchenschrank liegen. Sie befürchtete das Schlimmste und beugte sich erschrocken über sie, doch sie war bei Bewusstsein und giftete: »Da bist du ja endlich! Wo warst du denn die ganze Zeit? Ich hätte tot sein können!«

Josie überhörte den Vorwurf. »Ich war bei Vater im Krankenhaus, ihm einige Sachen bringen. Er muss ein paar Tage bleiben und sich untersuchen lassen. Bist du verletzt, Grandma? Du hast dir doch nichts gebrochen, oder?«

»Dann würde ich wohl kaum so ruhig hier liegen. Mir war ein bisschen schummrig.« Ihre Augen blitzten. »Was ist? Willst du mir nicht aufhelfen?«

Sie half ihr vorsichtig auf und setzte sie in den Rollstuhl. Erst jetzt sah sie den umgestürzten Hocker. »Hast du etwa versucht, das Laudanum aus dem Küchenschrank zu holen? Du hättest dir den Hals brechen können, Grandma! Dass dir nicht mehr passiert ist als ein paar blaue Flecken, ist ein Wunder!«

»Ich bin gar nicht auf den Hocker gekommen.«

»Dann werde ich das Laudanum in Zukunft an mich nehmen. Ich sehe doch nicht zu, wie du dich mit dem Zeug umbringst. Du sollst die Dosis nicht erhöhen, sondern verringern, hat Doc Snyder gesagt.« Sie seufzte leise. »Wir meinen es doch nur gut mit dir, Grandma. Wir wollen, dass du lange lebst.«

»Dann gib mir die Flasche!«

»Tut mir leid, Grandma.«

Ihre Großmutter verzog verächtlich das Gesicht. »Dann gib mir wenigstens was von dem Schnaps, den dein Vater im Stall versteckt hat. Mach schon!«

»Nach dem Essen vielleicht. Pfannkuchen?«

5

Am Samstag zeigte sich das Wetter von seiner besseren Seite. Der Himmel war klar, der Wind hielt sich in Grenzen, und am späten Morgen zeigte sich die Sonne am Horizont und verzauberte das Land mit ihrem schwachen Licht.

Ideale Bedingungen für eine längere Fahrt mit dem Hundeschlitten, diesmal mit dem Gespann ihres Vaters, um sich noch besser mit Skip und seinen Artgenossen anzufreunden. Falls sie die Postroute übernahm, musste sie mit dem Gespann vertraut sein und sich besonders auf Skip verlassen können.

Diesmal verstaute sie die Flasche mit dem Laudanum in ihrem Schlittensack und sagte ihrer Großmutter, dass es keinen Zweck hatte, nach ihr zu suchen. Sie warf genug Holz in den Herd und heizte auch den Kamin an, stellte heißen Tee und einen Teller mit Brot, Schinken und Käse bereit. Neben die Petroleumlampe auf dem Tisch legte sie ein Buch mit spannenden Geschichten von Jack London, ein Magazin mit Liebesgeschichten und einige Süßigkeiten.

»Auf dem Rückweg fahre ich bei Vater vorbei«, sagte sie, bevor sie das Haus verließ. Dass sie sich auch mit Mary zu Kaffee und Kuchen treffen wollte, verriet sie ihr nicht. Ein solches Geständnis hätte nur Ärger gebracht.

»Vorwärts!«, feuerte Josie die Hunde an. »Lauft, ihr Lieben! Heute geht es auf große Tour, da könnt ihr zeigen, wie gut ihr in Form seid! Go, Skip, go!«

Auf dem schmalen Trail, der von der Straße nach Nenana abbog und durch die Wälder nach Nordosten führte, hatte sie schon nach wenigen Minuten das Gefühl, allein in der Wildnis zu sein. Obwohl die Stadt noch immer in Reichweite lag, fühlte es sich an, als wäre sie meilenweit davon entfernt. Auf dem Trail gab es kaum Spuren, und wenn, dann von Tieren. Die einzigen Geräusche waren das Scharren der Schlittenkufen, das Rauschen der Baumkronen im Wind und das nervöse Flattern einiger Raben, die sich durch ihr Kommen gestört fühlten und nun das Weite suchten. Ein Eichhörnchen huschte vor den Hunden über den Trail und kletterte an einem Baum empor.

Mit den acht Hunden war Josie noch schneller unterwegs als mit ihren sechs. Besonders Stormy und Leo, die beiden Schwergewichte direkt vor dem Schlitten, legten sich mit voller Kraft in ihre Geschirre und zeigten, wie wichtig sie für das Gespann waren. Josie trug eine Schutzbrille gegen den strammen Fahrtwind und hatte die Kapuze ihre Anoraks unter ihrem Kinn festgezurrt. Unter dem Anorak trug sie einen dicken Pullover, ein Flanellhemd und warme Unterwäsche, ihre Hosen und die kniehohen Stiefel aus Rentierleder waren wasserdicht. Ihren Schal hatte sie fest um den Hals geschlungen.

So würde sie auch auf ihrer Posttour angezogen sein, immer vorausgesetzt, dass sich der Postmaster auf das

Wagnis einlassen würde, sie mit der Post zum Minchumina Lake fahren zu lassen. Der Trail in die White Mountains bereitete ihr einen Vorgeschmack auf die Hindernisse, die sich ihr in den Kuskokwim Mountains in den Weg stellen würden. Abseits der schützenden Bäume war der Trail oft so vereist, dass es ihr Mühe bereitete, auf Kurs zu bleiben. Teilweise verbargen sich Eisbrocken unter dem Neuschnee. An einer Biegung, die während des letzten Sturms besonders gelitten hatte, lag ein entwurzelter Baum im Weg, und sie musste sich mit ihrem Schlitten durch das Unterholz kämpfen, bis sie zurück auf den Trail kamen. Skip war ein erstklassiger Leithund, genauso intelligent wie Buddy, aber kräftiger und sehr entschlossen, wenn es darum ging, wieder festen Boden unter die Pfoten zu bekommen. Bei ihm hätte man sich jedes forsche Kommando sparen können.

Weil sie auch auf der Postroute lange Strecken in möglichst kurzer Zeit bewältigen musste, legte sie die erste Pause erst nach drei Stunden ein, trank von ihrem Tee und aß ein halbes Sandwich, bevor sie sich daranmachte, ihr Gespann auf einen steilen Trail zu treiben, der sich in zahlreichen Serpentinen auf einen Hügelkamm zog. Ein Unterfangen, das Mushern und Hunden viel abverlangte. Die meiste Zeit war Josie zu Fuß, die Hände an der Haltestange, und half den Hunden, indem sie kräftig anschob. Sie war nicht so stark wie ein Mann, hatte sich aber genug Muskeln antrainiert, um während des Anstiegs nicht schlappzumachen und in Rekordzeit die Steigung zu erklimmen.

Über den Hügelkamm fuhr sie zu einem anderen Trail, der beinahe schon eine Straße war und die Hauptverbindung zwischen den vereinzelten Siedlungen in den White Mountains und Fairbanks bildete. Auch hier gab es am späten Morgen keinen Verkehr, und Josie hatte genug Platz, um die Sprintfähigkeit ihres Gespanns zu testen und sie nach Herzenslust laufen zu lassen. Auch als Sprinter bewiesen sie ihre Extraklasse, in ihrem Vater hatten sie auch einen erstklassigen Lehrer gehabt. »Einfach toll, wie ihr das macht! Weiter so, Skip! Immer weiter so!«

Ein Ausflug mit dem Hundeschlitten war die beste Therapie für Josie. Mit dem Fahrtwind im Gesicht vergaß sie die Probleme und Sorgen. Nur in der Wildnis war sie so frei und ungebunden, wie sie es sich immer erträumt hatte. Die Fahrten und der Umgang mit den Hunden gaben ihr die Kraft, den Ärger mit ihrer Großmutter zu ertragen und am Alltag nicht zu verzweifeln. Ein zweifelhaftes Glück, wenn sie daran dachte, was ihr immer wieder fehlte: ein Partner an ihrer Seite. Trotz ihrer fünfundzwanzig Jahre hatte Josie noch nie eine längere Beziehung mit einem Mann gehabt. Ihr Leben schien nicht vollkommen, ohne sich mit einem geliebten Partner austauschen zu können. Mary war die Einzige, mit der sie wirklich reden konnte.

Sie erreichte Fairbanks am frühen Nachmittag und parkte ihren Schlitten vor dem Krankenhaus. Die Schwester am Empfang begrüßte sie lächelnd und sagte: »Sie wissen ja, wo es langgeht. Der Schinken schmeckt großartig!«

»Das freut mich. Mal sehen, ob ich etwas Nachschub finde.«

Josie stieg in den ersten Stock hinauf und erschrak, als sie ihren Vater im Flur an der Wand lehnen sah. Seine Hände waren auf die Krücken gestützt. »Vater!«, rief sie. »Warum bist du nicht in deinem Zimmer? Komm, ich bringe dich zurück. Dass du hier rumläufst, wird der Schwester nicht gefallen.«

»Ich halt's hier nicht mehr aus, Josie! Ich muss raus!«

»Aber dein Fuß! Den musst du sicher noch eine Weile schonen, sonst wird es doch nur schlimmer.« Sie stützte ihren Vater und führte ihn in sein Zimmer. Höchst widerwillig ließ er sich auf sein Bett sinken. »Ist doch nur für ein paar Tage, Vater. Spätestens am Montag bist du wieder zu Hause, dann bekommst du ein großes Elchsteak mit Kartoffeln und eingemachten Beeren.«

»Besser als der Fraß hier.«

»So schlimm wird's doch nicht sein.«

»Ich komm mir wie im Gefängnis vor.«

Josie zog einen Stuhl heran und setzte sich zu ihm. »Haben sie dich schon weiter untersucht, Vater? Können sie schon irgendwas über deine Lunge sagen?

»Sie haben alles Mögliche mit mir gemacht, aber mir sagt ja niemand was. *Morgen oder übermorgen, wenn wir alles ausgewertet haben.* Dabei bin ich doch wieder voll bei Kräften. Den Fuß kann ich zu Hause auskurieren.«

»Zuerst müssen wir wissen, was mit dir los ist.«

»Was soll denn groß sein? Ich spüre nichts.«

»Sicher ist sicher.«

Ihr Vater schob das Kissen unter den verletzten Fuß, verzog das Gesicht vor Schmerz, ließ sich aber sonst nichts anmerken. »Wie geht es Grandma?«

»Heute wieder besser.« Sie berichtete vom Versuch ihrer Großmutter, das Laudanum aus dem Schrank zu holen. »Es dauert sicher eine Weile, bis ihre Sucht nach dem Zeug nachlässt. Davon sind schon Menschen gestorben.«

»Sie hat manchmal furchtbare Schmerzen.«

»Ich weiß, ich will's ihr ja auch nicht verbieten. Doc Snyder sagt, zweimal am Tag einen Löffel, später auch weniger und lieber eine Tablette, wenn wieder ein Schub kommt. Zwischen den Schüben soll sie wieder mehr laufen.«

»Laufen? Grandma? Die kommt aus dem Rollstuhl nicht mehr raus.«

»Sei doch nicht so pessimistisch, Vater!«

»Und wer weiß, was die Ärzte mit mir noch alles anstellen.«

Es klopfte, und Schwester Agnes betrat das Zimmer. In ihrer Nonnentracht mit der seltsam geformten Haube, die kaum etwas von ihrem Gesicht freiließ, sah sie strenger aus, als sie wirklich war. »Miss Haskell, nicht wahr?«, sagte sie. »Das ist nett, dass Sie Ihren Vater besuchen. Er kann es gar nicht erwarten, wieder nach Hause zu kommen, aber übers Wochenende muss er wohl noch durchhalten. Sie sollten den Ärzten mehr vertrauen, Mister Haskell.«

»Warum? Weil sie mich hier gefangen halten?«

Schwester Agnes musste lachen. »Niemand hält Sie gefangen, Mister Haskell. Im Gegenteil, wir tun alles, um

Ihnen den Aufenthalt so angenehm wie möglich zu machen. Aber ohne eine gründliche Untersuchung gibt es leider auch keine wirksame Therapie. Sie haben es doch beinahe schon überstanden.« Sie legte zwei Tabletten auf den Nachttisch. »Ich lasse Ihnen Schmerztabletten hier, nur für alle Fälle. Rufen Sie mich, wenn Sie ins Bad müssen.«

Nachdem die Schwester das Zimmer verlassen hatte, unterhielt sich Josie über unverfängliche Themen mit ihrem Vater. Erst als Schwester Agnes zurückkehrte, verabschiedete sie sich. »Morgen komme ich etwas früher«, sagte sie. »Mary und ich gehen zur Flugshow.«

»Ich dachte, das wäre nur was für Männer.«

»Wir Frauen sind im Vormarsch, Vater! Gewöhn dich lieber dran!«

Josie hatte keine feste Zeit mit Mary verabredet, aber der Besitzer des Eisenwarenladens war ein großzügiger Mann und gestattete ihr, ihre Mittagspause auf den Nachmittag zu verlegen. Sie wartete bereits, als Josie vor dem Eisenwarenladen hielt, und trat in ihrem langen Mantel auf den Gehsteig.

»Das Café in der Second Avenue?«, fragte Josie.

»Was sonst?«, erwiderte Mary.

In dem kleinen Café gab es die besten Pies von ganz Alaska, behaupteten nicht nur Josie und Mary, sondern die meisten Einheimischen, und entsprechend schwer war es, dort Platz zu finden. Die meisten Lunchgäste waren aber schon gegangen, und sie setzten sich an einen runden Tisch am Fenster.

Josie trank selten Kaffee, machte in diesem Lokal aber regelmäßig eine Ausnahme, weil er so gut war, und bestellte wie Mary einen Apple Pie. Die ersten Bisse genossen sie stumm, dann erzählte Josie vom Besuch bei ihrem Vater. »Ihn werde ich vielleicht breitschlagen«, sagte sie, »aber der Postmaster ist ein strenger Mann. Der kann sich wahrscheinlich nicht vorstellen, dass eine Frau die Postroute zum Lake Minchumina übernehmen könnte.«

»Du machst das schon. Aber nur für den gleichen Lohn!«

»So weit sind wir noch nicht.«

»Wir sollten zu den Frauenrechtlerinnen gehen.«

»Die für das Alkoholverbot gestimmt haben? Das gäbe Ärger.«

»Bei mir zu Hause auch. Der Moonshine soll furchtbar schmecken.« Moonshine war illegal gebrannter Alkohol, den Schnapsbrenner in versteckten Destillerien brannten und für teures Geld verkauften. Immer nur Limonade oder Wasser waren nicht jedermanns Geschmack. »Schon mal probiert?«

»Ich trink lieber Tee … und Coca-Cola. Wie geht es Paul?«

Mary schien nur darauf gewartet zu haben, über ihn zu reden. »Paul … Paul ist einfach himmlisch! Ein Prinz, den mir eine gütige Fee geschickt hat! Seine Augen sind strahlend blau, und sein Schnurrbart ist was ganz Besonderes.« Sie lachte vor Begeisterung. »Du solltest sehen, wie er angezogen ist. Sein dunkler Anzug sitzt makellos, wie bei einem erfolgreichen Geschäftsmann, und seine Schuhe sind stets blank geputzt. Und sein Mantel ist mit weißem Pelz besetzt. Ich bin sicher, das ist Hermelin. Mein Paul ist ein Gentleman.«

»Du liebst ihn wirklich?«

»Natürlich liebe ich ihn! So was fühlt man doch.«

»Und er denkt genauso?«

»Er hat es mir sogar gesagt!« Sie löffelte etwas Schlagsahne von dem Apple Pie. »Er ist weit gereist, hab ich das schon erzählt? Er hat mit seinen Eltern in San Francisco gelebt, bevor sie nach Alaska kamen. Sein Vater leitet ein Sägewerk außerhalb der Stadt. Paul sollte eigentlich im selben Business arbeiten, aber er hatte es schon immer mit Zahlen und arbeitet in einer Bank.«

»Das klingt nach einem guten Job.«

»Ist es auch«, erwiderte Mary strahlend. »Er verdient so viel Geld, dass es für uns beide reichen würde und ich mich um den Haushalt und die Kinder kümmern könnte.« Sie grinste. »Ich will mindestens zwei Kinder haben.«

»Ihr habt schon über Heirat gesprochen?«

»Nein, aber ich hab davon geträumt.«

»Ich weiß nicht, ob ich von meinem Mann abhängig sein möchte«, sagte Josie. »Willst du denn immer nur zu Hause sein und den Haushalt führen?«

»Das tun doch die meisten Frauen. Du tust es jetzt schon.«

»Das stimmt«, musste Josie zugeben, »mir bleibt auch nichts anderes übrig mit einem verwitweten Vater und einer kranken Großmutter. Aber ich gehe jeden Tag mit den Huskys auf Tour, das ist die beste Abwechslung für mich.«

»Warte mal ab, bis du deinen Traumprinzen triffst.«

»Ich weiß nicht …«

»Vielleicht morgen schon, bei der Flugshow.«

»Ganz bestimmt!« Josie aß das letzte Stück von ihrem Apple Pie und trank von ihrem Kaffee. »Du weißt doch, wie viel Pech ich mit Männern hatte.«

»Doug?«

»Douglas Danford Borland«, bestätigte Josie, »der vielleicht eingebildetste Mann des nordamerikanischen Kontinents! Der Angeber, der glaubte, alles besser zu können, und sich dabei wie ein Tollpatsch benahm. Der mir weismachen wollte, er könnte einen Hundeschlitten steuern, und gleich in der ersten Kurve in den Schnee fiel. Der sich für einen begnadeten Handwerker hielt und nicht mal einen Nagel in die Wand schlagen konnte, ohne sich auf die Finger zu hauen. Der beim Reden spuckte und mich schon beim ersten Date küssen wollte. Und damit habe ich noch lange nicht alles aufgezählt.«

»Und wie bist du noch mal auf ihn reingefallen?«

»Er sah ganz manierlich aus, auf den ersten Blick jedenfalls, und ich hatte wieder mal Ärger mit Grandma und war froh, etwas Abwechslung zu haben.«

»Aber nicht deine einzige Pleite.«

»Das kannst du laut sagen«, sagte Josie. »Da war noch dieser Angsthase aus Nenana. Elias Wheeler, der Sohn vom Schmied. Keine Ahnung, warum ich mich auf ihn eingelassen habe. Er lief mir auf einem Volksfest über den

Weg, und ich mochte ihn ganz gern, weil er sich so höflich und zurückhaltend benahm. Aber obwohl er jedem, der ihm dumm gekommen wäre, mit einem Schlag zu Boden gehauen hätte, wurde er schon nervös, wenn irgendwo Wölfe heulten. Er wäre niemals mit mir auf den Trail gefahren. Egal, wie freundlich, mit so einem Mann könnte ich nichts anfangen.«

»Elias … er soll eine Tänzerin geheiratet haben.«

»Ehrlich? Warum fragst du mich das alles?«

»Keine Angst, ich will dich nicht …«

»Verkuppeln? Untersteh dich, Mary! Sonst lasse ich dich und Paul morgen allein zum Flying Circus gehen. Ich warte lieber, bis der Richtige kommt, und wenn sich bei mir kein Prinz blicken lässt, bleibe ich eben allein. Auch gut.«

»Gar nicht gut. Aber du kannst unbesorgt sein.«

Sie bezahlten und gingen zum Laden zurück. Mary war etwas spät dran und hatte es eilig. »Nächstes Mal erzählst du mir von deinen Fehltritten!«, sagte Josie. »Wenn ich mich recht erinnere, hattest du auch einige Nieten.«

Sie verabredeten sich für den nächsten Tag. Josie versprach, ihre Freundin und Paul mit dem Schlitten abzuholen und dann gemeinsam mit ihnen zum Weeks Field zu fahren, wo der Flying Circus stattfinden würde. Sie winkte ihr noch einmal zu, stieg auf die Kufen und war noch keinen Block gefahren, als E. G. Marshall vor ihr die Straße überquerte und überrascht stehen blieb.

»Miss Haskell«, rief er. »Gut, dass ich Sie treffe.«

Sie bremste den Schlitten und schob die Kapuze ihres Anoraks aus der Stirn. Die Begegnung kam ihr äußerst ungelegen. Der Postmaster durfte auf keinen Fall erfahren, dass ihr Vater noch im Krankenhaus lag. Es hörte sich nicht gut an, auch wenn die Untersuchungen ein gutes Ergebnis zeigten und er nicht ernsthaft erkrankt war. »Mister Marshall! Schön, Sie zu treffen.«

»Ist Ihr Vater am Montag zu Hause?«

»Natürlich«, hoffte sie. »Wollen Sie uns besuchen?«

»Ich habe einen wichtigen Auftrag für Ihren Vater«, antwortete er, »sozusagen außerhalb der Reihe. Aber das bespreche ich alles am Montag mit ihm. Am kommenden Montag um, sagen wir, um drei Uhr nachmittags?«

»Gern, Mister Marshall. Ich sag ihm Bescheid.«

Sie war froh, als der Postmaster gegangen war, und sie über die Brücke nach Norden fuhr. »Da haben wir uns was Schönes eingebrockt«, rief sie ihren Hunden zu. »So, wie der aussieht, gibt er mir den Job bestimmt nicht.«

6

Mary und Paul warteten vor dem Eisenwarenladen, als Josie die Stadt erreichte. In seinem langen Mantel und den sauber geputzten Stiefeln sah er tatsächlich sehr schick, aber auch ein wenig langweilig aus. Seine Haut war auffällig blass, wie bei fast allen Büromenschen, und der Schnurrbart sauber gestutzt.

Der Anblick ihrer Wollhosen ließ ihn erstaunt die Augenbrauen heben. In seiner Bank waren Frauen in Hosen nicht geduldet. Und die aufgeregten Huskys machten ihn so nervös, dass er einen großen Bogen um sie machte, bevor er sich auf den Schlitten setzte. Mary war weniger scheu, begrüßte sogar die Hunde und platzierte sich vor ihm auf der Ladefläche. Sie lächelte zufrieden.

Josie trieb ihr Gespann an. Sie hatte ihre Großmutter versorgt, ihr Eintopf und Tee vorgekocht und die Laudanum-Ration für den Abend in einer kleinen Flasche bereitgestellt. Die große Flasche steckte in ihrem Schlittensack. Ihr Vater war ungeduldig wie immer seit seiner Einlieferung gewesen, wusste aber, dass er am Montagmorgen gehen durfte. Erst dann, nach der letzten Untersuchung, würde er erfahren, wie es um ihn stand. Josie hatte versucht, mit dem Arzt zu sprechen, war aber ebenfalls auf den Montag vertröstet worden.

Sie hatte ihrem Vater von ihrer Begegnung mit Marshall erzählt. Er war erschrocken, aber zufrieden mit ihrer Reaktion. Auf keinen Fall durfte er den Eindruck erwecken zu krank oder schwach für seine Arbeit zu sein. Über ihr Angebot, seine Touren zu übernehmen, hatten sie nicht mehr gesprochen. Er dachte wahrscheinlich gar nicht mehr daran, und sie wollte eine hitzige Diskussion vermeiden. Es reichte schon, dass ihr Vater das Bett hüten musste.

Weeks Field lag im äußersten Südwesten der Stadt und bestand aus einer Startbahn, die von Räumfahrzeugen platt gewalzt worden war, einem Hangar und mehreren Baracken. Von dem Baseballplatz war nur noch eine Tribüne übrig, die bereits voll besetzt war. Am Rande des Flugfeldes gab es einen Jahrmarkt mit Schießbuden, Karussells, Schiffschaukeln und einem Riesenrad. Für alle sichtbar lockten ein Hot-Dog-Stand, ein Getränkewagen und der Wagen, vor dem Kinder auf ihre freie Eiscreme warteten. Ihnen war es egal, wie kalt es war, eine Waffeltüte mit Eis schmeckte fast immer. Die Musik kam von einer Drehorgel, die von einem Mann mit Zylinder bedient wurde.

Josie kam sich ein wenig wie das fünfte Rad am Wagen vor, als sie mit Mary und Paul über den Festplatz schlenderte, obwohl die beiden sich alle Mühe gaben, sie nicht auszugrenzen. Paul spendierte beiden Frauen ein Eis und erntete neidische Blicke von anderen Männern. Am Rand der mit einem Seil abgesperrten Startbahn blieben sie stehen. Mit den anderen Zuschauern warteten sie ungeduldig auf die Ankunft des Piloten. Um zwölf Uhr wollte er in Fairbanks landen.

Um fünf nach zwölf übertönte das röhrende Geräusch eines Flugzeugmotors die Drehorgel. Alle Blicke richteten sich zum Himmel und folgten dem Flugzeug, das über der Stadt auftauchte, ein knallgelb lackierter Doppeldecker, der so rapide an Höhe verlor, dass die Zuschauer unwillkürlich die Köpfe einzogen. Im nächsten Augenblick rauschte die Maschine so tief über das Flugfeld hinweg, dass einem Kind die Zuckerwatte aus den Händen gerissen wurde. Mit röhrendem Motor gewann die Stinson rasch wieder an Höhe und stieg in zwei Serpentinen zum Himmel empor. Das Wetter war wie geschaffen für eine Flugshow, für ein paar Stunden siegte die Helligkeit über die arktische Nacht, am hellen Himmel zeigten sich nur wenige Wolken, und der Wind hielt sich in Grenzen, als hätte er beschlossen, dem Piloten beizustehen.

»Ladies and Gentlemen«, rief der Veranstalter durch sein Megafon, »der ›König der Lüfte‹, wie sie ihn in seiner Heimat nennen, der zweite Ben Eielson, hier kommt Jimmy Ferguson!« Ben Eielson war ein bekannter Flugpionier, der erste Postflieger in Alaska und wahrscheinlich so bekannt wie Präsident Hoover.

Ängstliches Stöhnen ging durch das Publikum, als der Pilot scheinbar die Kontrolle über seine Stinson verlor und die Maschine zu trudeln begann. Sie drehte sich mehrfach um die eigene Achse, die Schnauze nach unten, und näherte sich der Erde so schnell, dass einige Zuschauer bereits aufschrien, aber gleich darauf erleichtert zu jubeln begannen. Der Pilot hatte die Maschine abgefangen und ging dicht über dem Flugfeld vom Sturzflug in den Steilflug über. Von stürmischem Applaus begleitet schoss die Stinson in den Himmel und drehte wieder einige Runden, bis der nächste Stunt an der Reihe war.

»Der versteht sein Handwerk«, sagte Paul. Er war sichtlich beeindruckt.

»Und irgendwann bricht er sich den Hals«, sagte Mary.

Josie sagte gar nichts, verfolgte atemlos, wie die Stinson erneut an Tempo gewann und einen Looping drehte. Das Bild des gelben Doppeldeckers, wie er sich in die Luft schwang, sekundenlang auf dem Kopf stand und wieder in den Normalflug überging, war etwas, das Josie niemals für möglich gehalten hätte. Sie fand es schon erstaunlich, dass sich eine so schwere Maschine überhaupt vom Boden lösen und in der Luft bleiben konnte.

Ein weiterer Tiefflug, ein doppelter Looping und ein Überflug mit schaukelnden Tragflächen standen auf dem Programm, bis der Pilot auf dem Flugfeld landete und unter dem Beifall der Zuschauer aus seiner Maschine stieg. Eine Stinson SB-1, wie es auf dem Rumpf geschrieben stand. Vor seinem Flugzeug blieb er stehen, schob seine Schutzbrille auf die Stirn und breitete die Arme auseinander. »Mister Jimmy Ferguson!«, tönte der Veranstalter.

Viel war von Jimmy Ferguson nicht zu sehen. Die lederne Fliegerkappe ließ nur wenig von seinem Gesicht frei, und doch fielen Josie seine sportliche Figur und seine wachen Augen auf. Unter der Kappe lugten einige Strähnen seines widerborstigen dunklen Haares hervor. »Nicht übel, der Junge, was?«, hörte sie Mary flüstern.

Jimmy genoss den Beifall wie ein Akrobat in der Zirkusarena und ließ sich das Megafon reichen. »Vielen Dank, vielen Dank für den Applaus!«, rief er. »Sie sind sehr gut zu mir! Aber so was sollte ein Pilot in Alaska beherrschen, sonst kann's ein böses Erwachen geben. ›Die Luft hat keine Balken‹, sagen sie in meiner Branche, da oben beherrschst du besser dein Handwerk, es sei denn, du willst auf deinem Hintern landen.«

Josie hörte dem Piloten aufmerksam zu. Sie mochte seine Stimme und dieses freche Grinsen über seinen eigenen Scherz. Genau das Gegenteil von dem eher biederen Paul. Beides okay, aber wenn sie sich entscheiden müsste, bräuchte sie nicht lange zu überlegen. Sie war selbst nicht auf den Mund gefallen, hielt sich aber oft zurück, um keinen Ärger zu bekommen.

»Ich bin sehr stolz, seit einiger Zeit in Fairbanks zu leben«, fuhr er fort, »und freue mich, dass Sie so zahlreich erschienen sind, um meine Kunststücke zu bestaunen. Obwohl …«, wieder dieses Grinsen, »… einige sind sicher nur wegen der Zuckerwatte und der Eiscreme gekommen.« Er ging langsam um seine Maschine herum, damit ihn jeder sehen konnte. »Ich bin auch hier, um für mein neues Unternehmen ›Jimmy's Flying Service‹ zu werben. Mein Büro ist in der kleinen Baracke dort drüben, und ich bin Ihnen gern zu Diensten, übernehme den Transport von Menschen und Fracht zu annehmbaren

Preisen. Besonders empfehlen möchte ich meine Sightseeing-Flüge zum Mount McKinley, so nahe haben Sie den König der Berge noch nie gesehen.«

Natürlich hatte er Handzettel dabei, die er von einigen Kindern verteilen ließ, welche er für den Einsatz mit Zuckerwatte belohnte. Er wartete, bis sie sich an die Arbeit machten, und fuhr fort: »Sicher wollen Sie noch wissen, was für ein verrückter Bursche das ist, der sich mit seinem Flugzeug am Himmel überschlägt. Wie gesagt, ich heiße Jimmy Ferguson, aber Sie können mich natürlich Jimmy nennen, so bin ich es von meinen Freunden gewöhnt. Und Freundinnen«, fügte er mit einem Augenzwinkern hinzu. Josie begegnete dem Blick ihrer Freundin, sah ihr vielsagendes Lächeln und konnte nicht verhindern, dass ihr das Blut ins Gesicht schoss. Was zum Teufel war bloß mit ihr los?

Rasch wandte sie sich wieder dem Piloten zu und hörte ihn sagen: »Meine Maschine ist eine Stinson SB-1-Detroiter, eine der ersten Maschinen mit geschlossener Kabine, einer Heizung an Bord, neuen Radbremsen und elektrischem Anlasser. Kein Drehen am Propeller mehr, und auf die vielen Pullover und Unterhosen kann ich auch verzichten. Außer mir passen noch vier weitere Leute und reichlich Gepäck in die Maschine, und die doppelten Tragflächen sorgen bei fast jedem Wetter für einen ruhigen Flug.« Er freute sich über den Beifall und erhob noch einmal seine Stimme. »Sicher sind die meisten von Ihnen noch nie mit einem Flugzeug geflogen, und Sie haben sich gefragt, wie es sich wohl anfühlt, durch die Lüfte zu fliegen. Probieren Sie es, Ladies and Gentlemen, für einen Dollar nehme ich Sie für einen kurzen Flug über Fairbanks mit. Kinder unter zehn in Begleitung Erwachsener zahlen nichts. Und nein, ich drehe keinen Looping mit Ihnen. Ergreifen Sie die einmalige Gelegenheit, Ihre Heimatstadt aus der Vogelperspektive kennenzulernen!«

Ein Ehepaar mit zwei Kindern meldete sich sofort und wurde von Jimmy in die Maschine gebeten, nachdem sie ihre zwei Dollar gezahlt hatten. Ihre ängstlichen Gesichter sah man an den Fenstern, als die Maschine startete.

»Und du stellst dich nicht an?«, fragte Mary.

Josie sah das freche Grinsen ihrer Freundin und hatte schon eine patzige Antwort auf den Lippen, besann sich aber rechtzeitig. »Warum sollte ich?«

»Weil du diesem Jimmy schöne Augen gemacht hast.«

»Hab ich nicht.«

»Wer weiß? Vielleicht ist er dein Märchenprinz?«

»Mach keine Witze!«

Paul lud sie zu Hot Dogs ein. Danach fuhr Josie mit ihnen Riesenrad, spürte aber, dass Mary und er lieber allein wären, und trennte sich nach der Fahrt von ihnen. »Ich muss mich um die Hunde kümmern«, erklärte sie. Sobald es dunkel wurde, wollten sie sich alle wieder am Hot-Dog-Stand treffen und dann nach Hause fahren.

Josie sah tatsächlich nach den Huskys, die es sich auf dem verschneiten Parkplatz bequem gemacht hatten, zusammen mit einigen anderen Gespannen, die in ausreichender Entfernung im Schnee lagen. Die lautstarke Begrüßung hatten sie hinter sich, ein minutenlanges Heulkonzert, das in jeder anderen Stadt südlich von Alaska zu einem Aufstand geführt hätte, im Hohen Norden jedoch zum Alltag gehörte. »Na, wie geht's euch?«, begrüßte sie ihre vierbeinigen Freunde. »Ihr langweilt euch doch hoffentlich nicht?« Sie verteilte Leckerli, zuerst an Skip, dann an die sieben anderen. »Ruht euch doch auch mal aus! Bald geht es auf Posttour, vielleicht sogar mit mir, dann könnt ihr laufen. Ich muss am Montag nur noch den Postmaster überreden.«

Nachdem sie noch ein wenig mit den Huskys geplaudert hatte, kehrte sie zum Festplatz zurück. Jimmy drehte eine Runde nach der anderen, alles Fünf-Minuten-Flüge, die bei fast allen Passagieren bestens ankamen, wenn auch manche nach der Landung etwas grün um die Nase waren. Nur ein junger Mann musste sich übergeben, ausgerechnet ein Champion des Highschool-Football-Teams, der in der Schule das große Wort führte und sich für den Allergrößten hielt.

Josie stand an der Absperrung, als Jimmy den letzten Rundflug hinter sich hatte und sich noch einmal bei seinen Passagieren bedankte. Zu spät bemerkte sie, dass er sie schon seit einiger Zeit beobachtet hatte und genau auf sie zukam. Sein strahlender Blick wirkte aus der Nähe noch unwiderstehlicher. Er blieb vor ihr stehen und sagte: »Sie haben das große Los gezogen, Miss …«

»Josie … äh, einfach nur Josie.«

»Ich heiße Jimmy. Eigentlich James Sylvester Felix Ferguson, wenn ich ehrlich sein soll, aber jeder, der mich so nennt, lebt gefährlich. Du darfst die letzten Runden mit mir über Fairbanks drehen, ein besonderer Service für die hübscheste Lady in ganz Alaska. Und es kostet dich nicht mal einen Penny!«

Josie wurde noch verlegener, als sie ohnehin schon war, und hätte sich am liebsten verkrochen. Gleichzeitig spürte sie den Wunsch, weiter in die strahlenden Augen des Piloten zu blicken. »Und da kommst du auf mich? Du kennst mich doch gar nicht? Und ich … ich kenne dich auch nicht.«

»Aber ich habe dich den ganzen Nachmittag angehimmelt«, erwiderte er, »sogar aus der Luft. Und ich muss zugeben, dass ich mich erkundigt habe, ob du in festen Händen bist. Wenn ich eine Lady in mein Flugzeug einlade, will ich schließlich keinen Ärger mit einem wütenden Ehemann bekommen.«

»Gehen alle Piloten so forsch ran?«

»Nun ja«, antwortete er grinsend, »die meisten von uns halten sich für unwiderstehlich und würden niemals damit rechnen, einen Korb zu bekommen. Aber wenn du mich erst mal näher kennst, wirst du wissen, dass ich es ernst meine. Ich hab dich schon entdeckt, als ich zum ersten Mal gelandet bin, und als ich während meines kleinen Vortrags in deine Augen blickte, war es um mich geschehen. Ich weiß, das klingt ein bisschen kitschig und platt, aber ich meine es wirklich ehrlich.«

»Ehrlich?«, wiederholte sie und musste lachen.

»Stimmt genau. Mag sein, dass ich früher ein Casanova war, aber das ist lange her. Warum steigst du nicht ein?«

Josie gab sich einen Ruck, bückte sich unter dem Absperrband hindurch und ließ sich von ihm in die Maschine helfen. Besonders wohnlich sah es nicht darin aus, obwohl die beiden Sitze vorne und die Bänke hinten mit dunkelrotem Velours überzogen waren. Sie durfte neben Jimmy sitzen, das Armaturenbrett mit verwirrend vielen Anzeigen direkt vor sich. Einige Zeiger schlugen aus, als er den Motor startete und dröhnender Lärm die Maschine erfüllte. Die Stinson zitterte, als würde jemand daran rütteln, und der Lärm nahm noch einmal zu, als Jimmy sie in den Wind drehte und nach Süden startete.

Eingehüllt in eine aufwallende Schneewolke hob die Maschine ab und stieg über die Bäume empor. Sie hielt sich mit beiden Händen fest, fand den Start aber mehr aufregend als angsteinflößend und freute sich über die Gelegenheit, die Jimmy ihr bot. Als sie aus dem Fenster blickte, wurden die Häuser und anschließend die Bäume unter ihr immer kleiner, bis sie ihre Flughöhe erreicht hatten, Jimmy an einem Knopf drehte und der Motor etwas leiser wurde.

»Wow!«, freute sie sich. »Das gefällt mir. Ein bisschen laut. Aber …«

»Spitze, oder?«

»Du hast recht … nicht übel!«

»Dein erster Flug, nehme ich an.«

»Ich hab nicht mal ein Flugzeug aus der Nähe gesehen.«

»Du nimmst lieber den Zug?«

»Den Hundeschlitten. Ich bin Musherin.«

»Wow!« Jetzt war es an ihm zu staunen. »Du fährst mit deinem Schlitten durch die Wildnis und legst dich mit Grizzlybären, Elchen und Wölfen an?«

»Grizzlys schlafen im Winter … meistens.«

»Allein in den Bergen, nur mit einem Schlitten und deinen Huskys, das hat sicher auch was? Aufregend! Du musst mich unbedingt mal mitnehmen.«

»Du hast es aber eilig.«

»Sorry, ich wollte dich nicht bedrängen.«

»Warst du schon mal mit Hunden unterwegs?«

Er saß entspannt hinter seinem Steuerknüppel, als wäre Fliegen die selbstverständliche Art, sich fortzubewegen. »Ich komme aus North Dakota, da sind nur wenige Leute mit dem Hundeschlitten unterwegs. Die meisten haben ein Automobil oder nehmen den Bus. Ich hatte aber einen Mischlingshund. Er hieß Rusty und war uns zugelaufen.«

»Hattet ihr eine Farm?«

»Eine Werkstatt. Wir reparierten alles, was Räder hatte, aber als ich zum ersten Mal ein Flugzeug sah, wusste ich, dass ich in die Welt hinausziehen und eine dieser Maschinen fliegen würde. Was anderes kam nicht infrage.«

»Und wie hast du das geschafft?«

»Ich hab repariert, was mir in die Finger kam, und jeden Penny gespart. Als ich genug hatte, bin ich nach Bismarck getrampt und hab dort bei einem Barnstormer angefangen. So nennen sie die Kunstflieger. Ich hatte alles über Flugzeuge gelesen und kannte jede Schraube, das beeindruckte ihn. Weil er mir kaum Lohn zahlen konnte, gab er mir kostenlos Flugstunden, und nach ein paar Jahren, als er krank wurde und eine Pause einlegen musste, schnappte ich mir seinen Flieger und übernahm seinen Job bei einer Flugshow. Die machten vielleicht Augen.«

Sie blickte aus dem Fenster. Die fünf Minuten waren längst vorbei, und Fairbanks war nicht mehr in Sicht. »Müssen wir nicht zurück?«, fragte sie.

Er grinste. »Zuerst hab ich noch eine Überraschung für dich.«

»Eine Überraschung? Hier oben?«

»Halt dich gut fest!«, warnte er sie.

7

Josie befürchtete schon, er würde einen Looping drehen, stattdessen ging er langsam tiefer und hielt auf den zugefrorenen Tanana River zu. Er flog einmal im Tiefflug über den Fluss hinweg, wie es alle Buschpiloten machten, bevor sie auf unbekanntem Terrain niedergingen, und setzte zur Landung an. In dem Neuschnee, der sich auf dem festen Eis gebildet hatte, war das kein Problem.

Sie hielten nahe dem Ufer und kletterten aus der Maschine. Durch die Uferböschung waren sie gegen den böiger werdenden Wind geschützt. Josie hatte keine Ahnung, was der Pilot vorhatte. Auf dem vereisten Tanana River gab es keine Überraschungen zu sehen. Der Fluss, der Fairbanks und Nenana miteinander verband, gehörte auch für Musher zu den wichtigsten Wintertrails.

Als er eine Tafel Schokolade aus der Tasche zog, blickte sie ihn überrascht an. Alles hätte sie erwartet, nur nicht so etwas. »Schokolade?«, fragte sie.

»Nicht irgendeine Schokolade«, antwortete er, »das ist Schokolade aus der Schweiz. Die haben Schokolade sozusagen erfunden, hab ich mir sagen lassen. Nirgendwo schmeckt sie besser. Ich hab sie aus einem Laden in Anchorage und für eine besondere Gelegenheit bei mir getragen. Und die Begegnung mit dir ist so ein Augenblick. Ein Gentleman aus San Francisco oder New York hätte vielleicht eine Flasche Champagner und zwei Gläser dabei, aber ich komme aus North Dakota und mag keinen Champagner …« Er wusste nicht weiter. »Was soll's, Schokolade schmeckt viel besser als Champagner, und ich dachte mir …« Er öffnete die Verpackung und gab ihr ein Stück.

Sie schob sich den Riegel in den Mund und spürte den zarten Schmelz auf der Zunge. Jimmy hatte nicht übertrieben. Die Schokolade schmeckte besser als die Schokoriegel, die sie auf eine längere Schlittentour mitnahm, nach Milch und echter Sahne und Kakao, der diesen Namen auch wirklich verdiente. »Wow!«, staunte sie. »So gute Schokolade hab ich noch nie gegessen.«

Auch Jimmy aß einen Riegel und grinste über das ganze Gesicht. »Kostet beinahe so viel wie Champagner, ist aber jeden einzelnen Cent wert.« Er gab ihr die restliche Tafel. »Die gehört dir, Josie. Damit du mich nicht vergisst.«

Sie nahm die Packung wie ein kostbares Schmuckstück entgegen und steckte sie in ihre Anoraktasche. »Das ist lieb von dir. Ich hab schon mal Blumen bekommen, von einem Verehrer auf der Highschool, aber so eine besondere Schokolade ist tausendmal besser. Und warum sind wir nun hier gelandet?«

Er lächelte mutig. »Damit ich die Arme frei habe, wenn du mir einen Kuss gibst. Auf die Wange natürlich, wie es sich gehört, wenn man sich erst ein paar Minuten kennt. Was meinst du? Oder ist diese Bitte sehr unverschämt?«

Auch sie lächelte jetzt. »Nein, ganz im Gegenteil.« Sie umarmte ihn und küsste ihn auf die Wange, blickte in seine strahlenden Augen und küsste ihn auf den Mund. Nur flüchtig, aber lange genug, um ihm zu zeigen, dass sie ihn mochte. »Besser … viel besser«, sagte sie und errötete im gleichen Augenblick. So mutig war sie noch nie bei einem jungen Mann gewesen, hatte auch nie das Verlangen danach gehabt. Sie versteckte sich hinter einem Lächeln.

»Das war mehr, als ich mir erhofft hatte«, erwiderte er.

Josie wurde verlegen und wechselte rasch das Thema. »Mary wird sagen, such dir lieber einen wie meinen Paul. Piloten sind wie Seeleute, die haben in jeder Stadt eine andere und wollen nur Spaß.«

»Mary?«

»Meine Freundin. Sie ist mit einem Bankangestellten zusammen, einem Gentleman, der jeden Werktag von neun bis fünf arbeitet und am Sonntag mit seiner Liebsten im Park spazieren geht. Sie mag ein geordnetes Leben.«

»Und du?«

»Ich werde nie ein geordnetes Leben haben, das ist mit Huskys beinahe unmöglich. Die fragen nicht nach der Uhrzeit oder ob gerade Sonntag oder Montag ist. Und wenn ich länger mit dem Schlitten unterwegs bin, hab ich überhaupt keinen Feierabend mehr. Aber für mich gibt es nichts Schöneres.«

»Klingt aufregend.«

»Pilot … Musherin … wir sind beide unterwegs.«

»Aber wenn ich auf der Erde bin, sitze ich in meinem kleinen Büro am Flugfeld und warte darauf, dass mich meine Schoko-Prinzessin besucht.«

Sie merkte, dass sie noch die Arme auf seinen Schultern liegen hatte, und nahm sie rasch herunter. »Ich glaube, wir müssen zurück. Mary und Paul warten sicher schon auf mich. Wir sind mit meinem Schlitten gekommen.«

Auf dem Rückflug redeten sie wenig. Jimmy musste in dem arktischen Zwielicht, das sich inzwischen über das Land gelegt hatte, mehr aufpassen als während des kurzen Tages, und sie hing ihren Gedanken nach. Das Glück, einen jungen Mann kennengelernt zu haben, der zumindest den Eindruck machte, er könnte tatsächlich ihr Traumprinz sein, überwog ihre Sorge, sie könnte zu viel aus einer Schwärmerei machen, die nach wenigen Tagen schon wieder Vergangenheit sein könnte. Aber war nicht jede Beziehung ein Risiko? Josie lächelte ihr Spiegelbild im Fenster an. Ja, ein Risiko, und ein aufregendes Abenteuer.

Jimmy landete die Stinson sicher auf dem Flugfeld und steuerte sie zum Hangar von Alaska Airways. »Willkommen in Fairbanks, Alaska!«, sagte Jimmy, als er ihr aus der Maschine half. Es war empfindlich kalt geworden, aber weder sie noch er spürten die Kälte. »Kommst du mich morgen besuchen?« Er deutete auf seine Baracke. »Viel hab ich nicht zu bieten, aber wir könnten spazieren gehen oder in der Stadt was essen oder trinken.«

»Klingt gut«, erwiderte sie. »Irgendwann am späten Nachmittag? Ich muss mich vorher um meine Großmutter kümmern, sie sitzt im Rollstuhl, und mein Vater liegt im Krankenhaus. Er hatte einen Unfall mit dem Hundeschlitten.«

»Wenn du keine Zeit hast …«

»Eigentlich hab ich nie Zeit, Jimmy, aber ich nehme sie mir.« Sie küsste ihn auf die Wange. »Es hat Spaß gemacht, mit dir zu fliegen. Vielen Dank.«

»Es war hoffentlich nicht das letzte Mal.«

Noch immer etwas benommen von ihrem Flug suchte Josie nach ihrer Freundin und sah sie mit Paul vor dem Eiscremestand stehen. Beide hielten eine Waffeltüte mit Vanilleeis in der Hand. Mary feixte wie früher auf der Highschool, wenn sie ein Mädchen mit einem der Jungen überraschten.

»Ich dachte schon, du wärst mit ihm durchgebrannt.«

»Tut mir leid«, entschuldigte sich Josie verlegen.

»Unsinn! Ich freue mich für dich. Hat es sich gelohnt?«

Josie strahlte. »Jimmy ist einfach …« Sie schien jetzt erst zu merken, dass Paul neben ihnen stand, und flüsterte: »… wunderbar!« Wieder lauter sagte sie: »Aber jetzt muss ich leider zurück. Grandma wartet bestimmt schon.«

»Kein Problem. Willst du etwas von meinem Eis?«

»Ich hab gerade Schokolade gegessen.«

»Schokolade?«, wunderte Mary sich.

»Schweizer Schokolade«, verbesserte Josie, »die ist was ganz Besonderes, zergeht wie Sahne auf der Zunge. Jimmy hatte eine Tafel dabei, nur für besondere Gelegenheiten.« Sie zog die Tafel aus der Tasche, brach einen Riegel ab und gab ihn ihr. »Hier … zur Feier des Tages.«

»Wow!«, staunte Mary.

Josie bot Paul ebenfalls einen Riegel an, aber er lehnte ab und interessierte sich natürlich auch weniger als Mary für Josies Begegnung mit einem Piloten. Immerhin machte er gute Miene zum bösen Spiel und bedankte sich artig, dass sie ihn nach Hause brachte. Mary wohnte nur ein paar Häuser weiter. Josie umarmte sie zum Abschied und sagte: »Vielleicht hattest du ja recht, und Jimmy ist tatsächlich mein Traumprinz. Mach's gut, Mary!«

Auf der Heimfahrt eilte sie mit ihren Gedanken bereits zu ihrer Großmutter voraus. Grandma bereitete ihr Sorgen. Wenn sie ihre Sucht nicht in den Griff bekam, würde sie irgendwann in einem Heim landen oder an einer Überdosis sterben. Allein im letzten Jahr waren fünf Menschen am Laudanum gestorben. Wie viel schöner wäre es, wenn Grandma mit ein oder zwei Löffeln pro Tag auskäme und sich während ihrer schubfreien Zeit zumindest zeitweise ohne Rollstuhl bewegen könnte. Josie liebte sie, trotz ihrer Kratzbürstigkeit, wollte aber auch Zeit für sich haben und nicht mehr unter einem schlechten Gewissen leiden, wenn sie mal länger von zu Hause wegblieb wie jetzt.

Auf ihren Vater durfte sie sich nicht verlassen. Er hatte die Pflege von Grandma immer ihr überlassen und sich damit herausgeredet, dass er genug mit seinen Posttouren zu tun habe und auch mal Ruhe brauchte. Und das würde noch schlimmer werden, wenn er aus dem Krankenhaus käme und der Arzt ihm verbieten würde, mit einem Hundeschlitten auf große Tour zu gehen. Sie wagte gar nicht daran zu denken, wie er darauf reagieren würde.

Es wurde bereits dunkel, als sie das Blockhaus erreichte. Die zurückgebliebenen Huskys empfingen ihre Artgenossen mit eifersüchtigem Gebell und zerrten teilweise wütend an ihren Ketten. Es wurde höchste Zeit, wieder das andere Gespann zu benutzen. Ihre Huskys waren es gewöhnt, jeden Tag einen Schlitten ziehen zu dürfen, und konnten es kaum erwarten, wieder aufzubrechen. Huskys waren nicht wie andere Hunde, die auch mal faul herumliegen konnten und zufrieden waren, wenn sie an einer Leine ausgeführt wurden.

»Keine Angst, Buddy!«, rief sie dem Leithund zu. »Morgen seid ihr wieder dran. Versprochen. Ich stelle euch meinen neuen Freund vor, einverstanden?«

Buddy ließ nicht erkennen, ob er daran interessiert war.

»Nun sei doch nicht gleich beleidigt«, sagte sie zu ihm, nachdem sie die anderen Hunde ausgespannt hatte. Sie steckte ihm ein Leckerli zu und belohnte auch seine Artgenossen. »Ihr wisst doch, wie gern ich euch habe. Ihr seid die besten Huskys der Welt, alle vierzehn, und ihr seid alle erste Wahl.«

Buddy rieb sich an ihr, um ihr wohl auf diese Weise zu zeigen, dass er nicht nachtragend war. Der Rest des zweiten Gespanns beruhigte sich ebenfalls. Josie nickte zufrieden, nahm ihren Schlittensack und ging ins Haus.

Grandma saß in ihrem Rollstuhl und empfing sie mit vorwurfsvoller Miene. »Du warst aber lange weg. Ich dachte schon, du kommst gar nicht mehr.«

»Ich vergesse dich nicht, Grandma.«

»Da bin ich mir nicht so sicher.«

Josie zog Anorak und Handschuhe aus und tauschte ihre Stiefel gegen bequeme Hausschuhe. Sie rieb ihre Hände gegeneinander. »Warum hast du denn kein Brennholz nachgelegt? Ich hab dir doch extra welches hingelegt.«

»Was soll ich denn noch alles machen?«, fragte ihre Großmutter. Sie hatte wieder einen ihrer schlechteren Tage. »Hast du vergessen, dass ich im Rollstuhl sitze? Ich kann mich kaum bewegen, geschweige denn Holz nachlegen.«

»Aber du hast den Schub doch überstanden.«

»Hab ich nicht.«

Josie legte Brennholz nach und hielt ihre Hände über den Ofen. »Und den Eintopf hast du auch nicht gegessen. Hattest du keinen Hunger?«

»Allein macht mir das Essen keinen Spaß.«

»Ich mach dir gleich was.« Sie hielt das Fläschchen, in das sie das Laudanum abgefüllt hatte, ans Licht. »Und deinen zweiten Löffel hast du auch schon genommen. Den sollst du doch erst nach dem Abendessen nehmen!«

»Ich hab ihn aber früher gebraucht.«

»Und die Schmerztabletten?«

»Die bringen doch nichts. Ich brauche Laudanum.«

»Morgen früh.«

»Jetzt gleich!«, giftete Grandma. »Oder weigerst du dich, mir die Medizin zu geben, die Doc Snyder mir verschrieben hat? Das darfst du nicht, Josie!«

»Zwei Löffel pro Tag, sagt der Doc.«

»Und wenn ich Schmerzen habe, auch mehr.«

Josie seufzte. »Du tust dir keinen Gefallen, Grandma!«

»Ich bin erwachsen. Gib mir die Flasche!«

»Du bekommst einen Löffel.« Josie kramte die Flasche aus dem Schlittensack und flößte ihrer Großmutter das Laudanum ein. Ein Jammer, was dieses Zeug aus vielen Menschen machte, dachte sie. Wie schädlich die Opium-Tinktur wirklich war, wurde erst vor einigen Jahren herausgefunden, hatte sie gelesen. Die Flasche stellte sie an ihren Platz im Regal, unerreichbar für Grandma. »So schützt du dich selbst, oder willst du in einem Heim landen?«

»Rede keinen Unsinn! Es geht mir schon besser, das siehst du doch.«

Es ging ihr tatsächlich besser, nachdem sie das Laudanum geschluckt hatte, aber so ging es allen Süchtigen. Das Glücksgefühl, das sie anscheinend beim Genuss von solchen Rauschmitteln hatten, verflog schnell. »Du musst dagegen ankämpfen, Grandma! Ich glaube dir ja, dass es schwierig ist, weniger Laudanum zu nehmen, aber du weißt doch, wie du dich danach fühlst. Lass uns noch mal mit dem Doc sprechen, Grandma.«

»Das kann ich auch allein. Und jetzt lass uns essen!«

Während des Essens benahm sich ihre Großmutter normal, beinahe so wie vor ihrer Krankheit. Das Laudanum hatte eine erstaunliche Wirkung. Wenn man es nahm, hatte man keine Schmerzen mehr, und das Gefühl, über den Wolken zu schweben, war so stark, dass man auch nach der Genesung nicht davon loskam. Leider war es auch lebensgefährlich, wenn man es übertrieb.

»Morgen früh hole ich Vater ab«, sagte Josie während des Essens.

»Wird Zeit, dass er zurückkommt. Ist doch nur ein verstauchter Fuß.«

»Sie untersuchen seine Lunge, Grandma.«

»Ach was, dein Vater hat nichts an der Lunge.«

»Und wenn doch? Wir müssen uns auf alles einstellen.«

»Und wer soll dann die Posttouren fahren?«

»Ich«, antwortete Josie.

»Mach dich nicht lächerlich!«

»Ich habe schon mit Vater darüber gesprochen und ihm gesagt, dass ich das schaffen würde«, fuhr Josie fort. »Ich trainiere täglich mit den Huskys. Er glaubt nicht, dass der Postmaster damit einverstanden wäre, aber ich werde versuchen, ihn zu überreden. Er kommt morgen zu Besuch.«

»Der Postmaster? Zu uns?«

»Keine Panik, Grandma! Vater und ich kümmern uns um ihn.«

Wie fast jeden Abend gingen sie früh zu Bett, doch Josie konnte nicht einschlafen und blieb lange am Fenster stehen. Sie blickte zum Mond und den Sternen empor und erfreute sich am Nordlicht, das in allen Farben des Regenbogens über den Himmel flackerte. Nach dem Glauben der Inuit gehörten die Lichter zu den Toten, die sich im Jenseits trafen. Vielleicht auch zu ihrer Mutter, die sicher in einem hellen Rot leuchtete, ihrer Lieblingsfarbe, als sie noch bei ihnen gewesen war. Josie glaubte nicht an Geister und war eigentlich überhaupt nicht für

Überirdisches zu haben, aber an dieser Vorstellung hielt sie fest.

»Mach dir keine Sorgen, Mom!«, flüsterte sie. »Wir kriegen das hin. Es wird nicht einfach mit Vater und Grandma, aber so leicht lasse ich mich nicht unterkriegen, das weißt du doch. Ich bin zäh. Geht es dir gut da oben, Mom?«

Für einen Moment schien der rote Streifen am Horizont etwas heller zu flackern, aber vielleicht war das auch Einbildung oder nur Wunschdenken. Sie lächelte. »Ich hab einen Mann kennengelernt, Mom. Ich weiß, mein letztes Date ist eine ganze Weile her, und ich hatte ziemlich viel Pech mit den Männern, aber Jimmy ist der Richtige, das spüre ich jetzt schon. Er ist Pilot.«

Wieder flackerte das rote Licht.

»Ja, Mom, ich passe auf. Kannst dich auf mich verlassen.«

Mit den Gedanken an Jimmy schlief sie ein. In ihrem Traum war sie mit ihm in seiner Stinson unterwegs, am Horizont das Nordlicht, das in dieser magischen Nacht nur in Rot leuchtete. Ein ungeahntes Glücksgefühl durchströmte sie, bis das Bild zerbrach und ein Poltern sie aus dem Schlaf riss.

Sie ahnte, was geschehen war. »Grandma! Ist dir was passiert?«

Sie zog sich in Windeseile an und lief nach unten. Ihre Großmutter lag stöhnend auf der Schwelle zwischen ihrem Zimmer und dem Wohnraum und jammerte vor Schmerzen. Ihre Krücken lagen in ihrem Zimmer auf dem Boden. »Mein Bein!« Ihr Gesicht war schmerzverzerrt. »Es … es ist gebrochen!«

Josie zündete eine Kerosinlampe an und untersuchte ihre Großmutter flüchtig. Sie hatte starke Schmerzen, aber gebrochen schien nichts zu sein. »Ich bring dich ins Krankenhaus, Grandma! Die wissen am besten, was zu tun ist.«

»Krankenhaus? Ich will nicht ins Krankenhaus!«

Sie hörte nicht auf ihre Großmutter, schlüpfte in Anorak und Stiefel, schnappte sich einen ganzen Stapel Wolldecken und lief zur Tür. »Ich spanne die Hunde an, Grandma. Hab keine Angst, ich bin gleich wieder zurück.«

Die Huskys spürten, dass etwas Ungewöhnliches passiert war, und zerrten längst an ihren Ketten. Sie jaulten ungewöhnlich laut, konnten es gar nicht abwarten, wieder angespannt zu werden. Josie entschied sich für das Sechsergespann, bereitete ein bequemes Deckenlager auf der Ladefläche und holte ihre Großmutter aus dem Haus. Sie schrie, als Josie sie vom Boden aufhob.

Auf dem Schlitten schnallte sie Grandma mit einigen Lederriemen an die Ladefläche, dann rannte sie ins Haus zurück, löschte die Lampe und griff im Vorbeilaufen nach einer Mütze für ihre Großmutter. Jetzt rächte sich, dass sie außerhalb der Stadt wohnten und keinen Telefonanschluss besaßen. Aber das Krankenhaus war nicht weit, und sie würde so vorsichtig, aber auch so schnell wie möglich fahren. »Vorwärts, Buddy! Zum Krankenhaus! Schnell!«

8

Zwei Pfleger trugen ihre Großmutter auf einer Trage ins Krankenhaus. Sie stöhnte vor Schmerzen und war nahe daran, das Bewusstsein zu verlieren. Ein Arzt kam ihnen entgegen, betrachtete Grandma und sagte etwas, das Josie nicht verstand. Am Eingang wartete eine Schwester und hielt ihnen die Tür auf.

Josie pflockte den Schlitten an und folgte ihnen ins Krankenhaus. Erst ein Blick auf die große Uhr über dem unbesetzten Empfang verriet ihr, dass es fünf Uhr morgens war. Sie blieb unschlüssig stehen und ging zu dem Zimmer, in dem man ihren Vater untersucht hatte, und hörte aufgeregte Stimmen.

Noch bevor sie klopfen konnte, kam die Schwester heraus und schien überrascht zu sein, sie zu sehen. »Sie sind die Enkelin?«, fragte sie und deutete auf das Zimmer gegenüber, als sie nickte. »Gehen Sie bitte ins Wartezimmer, es kann etwas dauern.« Ohne eine Antwort abzuwarten, lief sie weiter.

Josie betrat das unbeheizte Wartezimmer und ließ die Tür offen stehen, um etwas Wärme hereinzulassen. Wie in jedem Haus in Fairbanks gab es elektrisches Licht, nur die abseits liegenden Grundstücke wie ihres waren nicht an das städtische Netz angeschlossen. Sie setzte sich auf einen der Stühle, griff sich die neue *Cosmopolitan* und blätterte lustlos darin, ohne einen der Artikel wirklich wahrzunehmen. Sie legte die Zeitschrift zurück und wartete ungeduldig, ging zum Fenster, um nach den Huskys zu schauen, und setzte sich dann wieder.

Nach ungefähr einer Stunde erschien der Arzt und setzte sich neben sie. »Tut mir leid, dass es so lange gedauert hat, Miss Haskell. Ich kenne Ihre Großmutter, deshalb brauchte ich nicht nach ihren Personalien zu fragen. Catherine Haskell, nicht wahr? Wie alt ist sie inzwischen? An die achtzig?«

»Achtzig«, antwortete sie. »Wie geht es ihr, Doktor?«

»Dr. Amos Guinn«, stellte er sich vor. »Es geht ihr den Umständen entsprechend. Es ist zum Glück nichts gebrochen, aber sie hat ein paar schwere Prellungen davongetragen, die man gerade in ihrem Alter nicht auf die leichte Schulter nehmen darf.« Er wischte einige Fussel von seinem weißen Kittel. »Sie war nur für ein paar Minuten ansprechbar, konnte mir aber sagen, dass sie an einer Muskelkrankheit leidet, die sich in unregelmäßigen Schüben meldet. Das fanden wir in unseren Unterlagen auch bestätigt. Sie sei bei dem Versuch, etwas zu trinken aus der Küche zu holen, gestürzt und habe heftige Schmerzen gespürt. Ich zweifele nicht an ihren Angaben, nur eines macht mir Sorgen: Ihre Großmutter zeigt deutliche Anzeichen einer Sucht. Laudanum?«

»Ja«, erwiderte Josie, »das hätte ich Ihnen natürlich gleich sagen müssen. Während der Schübe hat sie oft unerträgliche Schmerzen und braucht das Laudanum. Morgens und abends je einen Löffel, sagt Doctor Snyder, aber sie hat oft mehr genommen, und ich musste die Flasche verstecken. Ich vermute, sie hat auch heute Morgen nach dem Laudanum gesucht und ist dabei gestürzt.« Sie zögerte einen Moment. »Was sollte ich denn machen, Doktor?«

»Ich verstehe Sie, Miss. Wurde Ihre Großmutter aggressiv?«

»Aggressiv ist gar kein Ausdruck. Sie ist ständig schlechter Laune und meckert an mir herum. Mein Vater und ich müssen uns um sie kümmern, aber er ist ständig mit dem Hundeschlitten für das Post Office unterwegs und hat wenig Zeit. Und zu allem Unglück ist er gestürzt und liegt hier im Krankenhaus.«

»Ich weiß … er soll heute Morgen entlassen werden.« Der Arzt überlegte eine Weile. »Ihre Großmutter wird wohl noch einige Tage hierbleiben müssen, bis wir sicher sein können, dass ihr Sturz keine anderen Schäden ausgelöst hat und sie sich wieder einigermaßen bewegen kann. Inwieweit wir ihre Abhängigkeit von der Opiumtinktur behandeln können, weiß ich nicht. Die Behandlung ist nicht gerade einfach und gelingt nur im Anfangsstadium der Sucht.«

»Ich danke Ihnen, Doctor Guinn. Kann ich mit ihr sprechen?«

»Jetzt nicht, Miss Haskell. Ich habe ihr ein starkes Beruhigungsmittel gegeben, und sie wird den ganzen Tag schlafen. Vor morgen früh sicher nicht.«

Josie verabschiedete sich. Inzwischen war der Empfang besetzt, und sie erfuhr von der Schwester, dass ihr Vater um acht Uhr für seine Abschlussuntersuchung eingetragen war und danach entlassen würde. Zeit genug, um noch einmal nach Hause zu fahren, die Huskys zu versorgen und zu frühstücken.

Bevor sie zum Krankenhaus zurückfuhr, heizte sie noch einmal kräftig ein und tauschte die Tischdecke für den Besuch des Postmasters aus. Ein arbeitsreicher Tag, der mit ihrem ersten Date seit vielen Monaten zu Ende gehen sollte. Der Gedanke an Jimmy zauberte ein Lächeln auf ihr Gesicht, noch nie hatte sie sich in der Gegenwart eines Mannes so beschwingt gefühlt. Er löste irgendetwas in ihr aus, das sich nicht beschreiben ließ. War das die Liebe, nach der sich fast jeder sehnte?

Nach einer weiteren Fahrt parkte sie ihren Schlitten zum zweiten Mal an diesem Morgen vor dem Krankenhaus. »Tut mir leid, Buddy, aber heute reicht es nur für ein paar kurze Fahrten«, rief sie ihrem Leithund zu. »Drückt meinem Vater die Daumen!«

Im Gang lief sie Schwester Agnes in die Arme. »Guten Morgen, Schwester! Wird mein Vater schon untersucht? Ich darf ihn doch heute mitnehmen?«

»Ganz bestimmt, Miss Haskell. Aber vorher möchte Doctor Morrow noch mit Ihnen sprechen. Er holt Sie nach der Untersuchung im Wartezimmer ab.«

Josie blätterte erneut in der *Cosmopolitan*, die neben einigen anderen Zeitschriften und katholischen Hirtenbriefen auf einem Tisch lag. Die Artikel waren inzwischen nicht interessanter geworden. Sie legte die Zeitschrift beiseite, studierte ein Plakat, das vor ansteckenden

Krankheiten warnte, und setzte sich wieder. Die Minuten tickten nur langsam dahin und ihre Nervosität wuchs mit jeder Zeigerumdrehung. Vom Ergebnis der Untersuchung hing viel ab.

Endlich klopfte es, und Doctor Morrow betrat den Raum. Sie erhob sich und blickte ihn erwartungsvoll an. »Wie geht es meinem Vater?«, fragte sie.

»Das erzähle ich Ihnen gleich. Kommen Sie mit?«

Sie folgte ihm ins Behandlungszimmer, wo ihr Vater bereits angezogen auf einem Stuhl saß. »Josie! Ich hab gehört, Grandma liegt im Krankenhaus.«

»Es geht ihr gut«, beruhigte sie ihn. »Sie hat sich nichts gebrochen, aber sie muss einige Tage hierbleiben.« Sie blickte Morrow an. »Wie geht es Vater?«

Doctor Morrow ließ nicht erkennen, was in ihm vorging. »Über sein verstauchtes Fußgelenk brauchen wir nicht zu reden«, begann er in dem nüchternen Tonfall, den er wohl für solche Gespräche gespeichert hatte. »In spätestens vier Wochen dürfte das Gelenk wieder voll belastbar sein. Leider ergab die Untersuchung der Lunge einen eher kritischen Befund. Verstehen Sie mich nicht falsch, das Organ ist noch nicht so weit beschädigt, dass Sie für alle Zeiten auf das Lenken eines Hundeschlittens verzichten müssten, aber diesen und nächsten Winter sollten Sie es auf jeden Fall sein lassen. Alles andere wäre zu gefährlich und nicht mehr zu verantworten. Tut mir leid, dass ich Ihnen nichts anderes mitteilen kann.«

»Ich soll zwei Jahre lang zu Hause rumsitzen?«, rief ihr Vater.

»Ich habe nicht gesagt, dass Sie alle Tätigkeiten einstellen sollten«, erwiderte Doctor Morrow, »aber Sie sollten vorerst jede Anstrengung vermeiden. Kein Holz hacken, nichts Schweres tragen, und auf Alkohol und Zigarren oder Zigaretten sollten Sie ganz verzichten. Das Problem ist nicht nur Ihre Lunge, sondern Ihr Herz. Es ist nicht besonders kräftig, und die Gefahr, dass sich Wasser in der Lunge sammelt, ist zu groß. Also seien Sie vorsichtig!«

Josies Vater brauchte einige Sekunden, um die Nachricht zu verdauen. Er war den Tränen nahe. »Aber ich arbeite als Musher fürs Post Office! Auf das Geld kann ich nicht verzichten! Die Huskyzucht bringt viel zu wenig ein!«

»Die Touren übernehme ich. Das kriegen wir hin, Vater«, sagte sie.

Doctor Morrow gestattete sich ein aufmunterndes Lächeln. »Kein Grund, die Flinte ins Korn zu werfen, Mister Haskell. Wenn Sie auf meine Anordnungen hören, steht Ihnen noch ein langes Leben bevor. Kommen Sie bitte in zwei Wochen noch mal zu einer Untersuchung vorbei, dann sehen wir weiter.«

Ihr Vater war wie in Trance, als sie das Krankenhaus verließen. Als hätte er soeben sein Todesurteil bekommen und müsste jetzt in seine Zelle zurück. Mit leeren Augen folgte er ihr nach draußen und setzte sich widerwillig auf die Ladefläche. »Mein Platz ist auf den Kufen«, glaubte sie ihn sagen zu hören.

»Sieh nur, wie sich die Hunde freuen!«, versuchte Josie, ihn aufzuheitern. Buddy und seine Artgenossen hatten längst seine Witterung aufgenommen und jaulten aufgeregt. »Die finden es sicher toll, wenn du dich in Zukunft mehr um die Zucht kümmerst.«

»Und du willst die Posttouren übernehmen? Wer hat dir eigentlich diesen Floh ins Ohr gesetzt? Ich hab nichts dagegen, dass du täglich deine Runden drehst und auch mal über Nacht in den Bergen bleibst, aber bei der Post geht es rauer zu. Da musst du schnell sein und schwere Lasten befördern. Und in jedem Dorf musst du dir Beschwerden anhören, wenn jemand keine Antwort auf seinen Brief bekommen hat oder ein Päckchen nicht angekommen ist.«

»Ich bin erwachsen, Vater. Wie oft soll ich das denn noch sagen?«

»Kommt Marshall heute Nachmittag?«

»Um drei.«

»Dann wirst du ja sehen, was die Post von deinem Vorschlag hält.«

Josie stieg auf die Kufen und löste den Anker. »Mit dem komme ich schon klar. Und dann zeige ich dir, was deine Tochter alles fertigbringt. Ich hatte einen guten Lehrmeister, oder etwa nicht? Den besten, den man finden kann!«

Sie fuhren nach Hause und spannten die Hunde aus. Auch Skip und die Huskys des ersten Gespanns waren begeistert, Josies Vater wiederzusehen, sie führten sich jedenfalls so auf und sprangen aufgeregt auf und ab oder drehten sich im Kreis. Huskys waren nicht für überschwängliche Gefühlsausbrüche bekannt, aber die meisten ihrer Hunde lebten seit vielen Jahren bei ihnen und genossen wohl die gute Behandlung, die ihnen bei den Haskells zuteilwurde.

Im Haus setzte sich ihr Vater in seinen Sessel und legte den frisch verbundenen Fuß auf einen Hocker. Josie legte Holz nach, kochte Tee und breitete eine gemusterte Wolldecke über seinen Schoß. Als der Tee lange genug gezogen hatte, stellte sie ihm einen Becher auf den Beistelltisch und setzte sich mit ihrem eigenen Becher gegenüber. Sie berichtete ihm, was mit Grandma geschehen war, und dass sie Angst hatte, sie würde noch süchtiger werden.

»Jetzt hast du zwei nichtsnutzige Alte am Hals«, erwiderte er, »eine süchtige Großmutter, die ständig meckert, und einen Vater, der im Sterben liegt.«

Josie erschrak. »So was darfst du nicht sagen, Vater! Du hast den Arzt doch gehört! Wenn du dich schonst, hast du noch ein langes Leben vor dir.«

»Auf dem Sofa oder im Sessel … toll.«

»Unsinn! Grandma wird auch wieder gesund.«

»Und du lernst irgendwann einen Mann kennen und verschwindest nach Anchorage oder sonst wohin. Ich könnte dir das nicht mal übel nehmen. Du bist Mitte zwanzig, da sind andere Frauen längst verheiratet und haben Kinder.« Er blickte in seinen Teebecher. »Um mich hab ich keine Angst. Ich komme auch allein zurecht. Aber wer soll sich dann um Grandma kümmern?«

Josie dachte an Jimmy und spürte, wie sich ihr Magen sträubte. »Selbst wenn ich verheiratet wäre, würde ich hier wohnen bleiben. Nicht nur wegen Grandma und dir, auch wegen der Hunde. Ich will mein Leben nicht nur in der Küche und am Waschbrett verbringen. Ich will mit den Huskys arbeiten.«

»Meinst du, das macht ein Mann mit?«

»Ein guter Mann schon.«

»Du klingst so, als hättest du schon jemanden an der Angel.«

Josie hätte ihm am späten Nachmittag ohnehin von Jimmy erzählen müssen und sträubte sich nicht. Ihr war klar, dass sie ihrem Vater einiges zumutete nach der Diagnose des Arztes und den bedrohlichen Nachrichten über ihre Großmutter. »Das stimmt, ich habe einen Mann kennengelernt, Vater. Ich kenne ihn erst seit gestern Mittag, und ich habe keine Ahnung, was aus uns beiden wird, aber irgendwie hat schon beim Kennenlernen alles gestimmt. Er heißt Jimmy … und er ist Pilot.«

»Pilot? Er fliegt eine dieser Flugmaschinen?«

»Ein Flugzeug, Vater. Eine Stinson SB1-Detroiter. Ein Doppeldecker.«

»Du kennst dich aus.« Er knabberte noch an der überraschenden Nachricht. »Ich hab mir sagen lassen, diese Himmelsstürmer sind wie Seeleute. In jedem Hafen eine andere und zehn uneheliche Kinder von zehn armen Weibern.«

Josie schüttelte den Kopf. »So darfst du nicht reden, Vater! Jimmy ist kein Schürzenjäger.«

»Das sagen alle Verliebten, bis es in die Brüche geht.«

»Ich bin keine siebzehn mehr, Vater, und kann einen Schürzenjäger von einem anständigen Mann unterscheiden. Mom konnte es bei dir doch auch.«

»Das stimmt«, sagte er, »wir wussten auf Anhieb, dass es bei uns passt. Vielleicht hast du recht, und es geht dir tatsächlich wie deiner Mutter und mir. Aber lass dir Zeit. Du weißt doch … gut Ding will Weile haben.«

»Ich treffe ihn heute Nachmittag, nach der Verabredung mit Marshall.«

»Du triffst ihn? Heute noch?«

»Ich kann dich doch allein lassen?«

»Sonst hätten sie mich nicht entlassen. Komm her!« Sie ging zu ihm, und er küsste sie auf die Stirn. »Haben wir noch was von dem guten Eintopf?«

»Mit Elchfleisch und Bohnen. Gib mir eine Viertelstunde.«

Josie war erleichtert. Ihr Vater schien die Hiobsbotschaft, die ihm Doctor Morrow überbracht hatte, besser aufgenommen zu haben, als sie befürchtet hatte, und schien auch nichts gegen Jimmy zu haben. Sie hoffte, dass seine Milde nicht nur der Erschöpfung nach dem langen Krankenhausaufenthalt zuzuschreiben war. Grandma würde ganz anders reagieren, zumindest ohne ihr Laudanum oder ein anderes Beruhigungsmittel, und sie als herzlose Verräterin an der eigenen Familie beschimpfen. Sie würde Jimmy als Bedrohung ansehen und alle Hebel in Bewegung setzen, um sie und ihn auseinanderzubringen. Aber das würde ihr nicht gelingen, nicht bei einem Mann wie Jimmy.

Woher sie die Zuversicht und den Glauben an ihn nahm, hätte sie nicht erklären können. Seine Unbeschwertheit, sein Lächeln, sein Humor, an ihm war nichts Falsches und wenn doch, würde sie wohl nie mehr einem Mann vertrauen können. Sie wurde stattdessen von dem überwältigenden Gefühl beherrscht, einem Mann begegnet zu sein, der zu seinem Wort stand. Einem Mann wie ihrem Vater, der ihre Mutter vergöttert hatte und wohl bis zu seinem Ende unter ihrem zu frühen Tod leiden würde.

Der Eintopf schmeckte wie immer am besten, wenn er aufgewärmt war. Zum Nachtisch gab es Dosenpfirsiche, genau die richtige Kost nach schlechten Nachrichten.

Für E.G. Marshall hielt Josie frischen Tee und mit Marmelade gefüllte Kekse bereit. Der Postmaster mochte Süßes. Sie deckte den Tisch und behielt ganz bewusst die Hosen und den Pullover an, den sie auch auf einem Trip mit dem Hundeschlitten trug. In ihrem Sonntagskleid hätte sie ihn nur darin bestärkt, eine schwache Frau vor sich zu haben. Ein Musher trug Hosen.

Ihr Vater ließ sich von ihr auf einen Stuhl helfen und streckte die Beine unter den Tisch, wo man seinen verbundenen Knöchel nicht sah. Bereits um halb drei warteten sie, beide nervös und blasser als sonst – schließlich ging es um den stattlichen Lohn, den ihr Vater jeden Monat vom Post Office erhielt.

Der Postmaster war so pünktlich, wie man es von einem Angestellten seiner Zunft erwarten durfte. Die Huskys kündigten sein Kommen an, noch bevor der tuckernde

Motor seines neuen Ford Model A erklang. Gleich darauf verstummte er blubbernd, und Josie war schon an der Tür, als es klopfte.

»Mister Marshall, kommen Sie doch rein!«

Sie nahm ihm den Anorak und die Pelzmütze ab und führte ihn zum Tisch. Ihr Vater stellte sich auf seinen gesunden Fuß und begrüßte ihn. »Schön, Sie zu sehen, E.G.! Setzen Sie sich doch. Wir haben heißen Tee und Kekse.«

Marshall wunderte sich ein wenig, dass sich Josie zu ihnen setzte, kam aber nach dem Austausch der üblichen Freundlichkeiten gleich zur Sache. »Wie schon angedeutet, Ben, ich habe einen Auftrag außer der Reihe für Sie.«

»Und der wäre?« Ihr Vater versuchte, Zuversicht zu verbreiten.

»Ich bekomme morgen ein wichtiges Dokument für einen gewissen Jeremiah O'Rourke zugestellt. Einen Fallensteller, einen ziemlichen Eigenbrötler, der in einer unwegsamen Gegend der White Mountains in einer Blockhütte lebt. Mit einem Auto kommt man da nicht hin, nicht mal ein Flugzeug könnte dort landen. Alles viel zu steil und unwegsam. Nur mit einem Hundeschlitten klappt das, allerdings unter großen Anstrengungen. Wir müssen ihm dieses Dokument so schnell wie möglich zustellen. Es geht um zehntausend Dollar.«

»Zehntausend Dollar?«, riefen Josie und ihr Vater im Chor.

»Ein entfernter Onkel hat sich an ihn erinnert und ihm das Geld vermacht. O'Rourke rechnet bestimmt nicht damit, sollte das Dokument aber so schnell wie möglich unterschreiben, bevor es Ärger mit den anderen Erben gibt.«

Josies Vater überlegte kurz. »Die White Mountains? Die sind in einem Tag zu schaffen, wenn O'Rourke nicht unterwegs ist. Maximal in zwei Tagen.«

»So hatte ich auch kalkuliert. Dann sind wir uns einig?« Der Postmaster schob sich einen Keks in den Mund, kaute genüsslich und trank einen Schluck Tee hinterher. »Natürlich gibt es einen Extralohn für die Tour.«

»Wunderbar … nur … mit dem verstauchten Fuß kann ich nicht fahren.«

»Sie können nicht fahren? Aber …«

»Ich könnte die Tour übernehmen, Mister Marshall«, sagte Josie.

9

Der Postmaster blickte sie an, als hätte sie vorgeschlagen, die Post auf Schneeschuhen in die entlegenen Siedlungen zu tragen. Sekundenlang war er sprachlos und saß wie versteinert, den Becher in beiden Händen, erst dann erwachte er aus seiner Starre und rief verwundert: »Sie, Miss Haskell?«

»Warum denn nicht? Ich bin eine gute Musherin, trainiere jeden Tag mit den Huskys und kenne mich in den White Mountains aus. Ich war vorgestern erst dort, in den Ausläufern zumindest, und kenne fast jeden Trail in den Bergen. Sogar Jeremiah O'Rourke bin ich mal begegnet. Was spricht dagegen?«

»Sie sind eine Frau.«

»Machen Sie mir das zum Vorwurf? Auch Frauen können einen Hundeschlitten steuern, das haben wir doch oft genug bewiesen. Wir sind nicht so stark wie Männer, aber das ist dabei auch nicht entscheidend. Man muss die Gegend kennen, durch die man fährt. Man muss mit den Gefahren der Wildnis vertraut sein. Man muss wissen, wie man das Gewicht verlagern muss, um die Richtung beizubehalten. Vor allem muss man mit Huskys auskommen, und das können viele Frauen sogar besser.«

»Das mag ja alles stimmen, aber …«

Josie ließ ihn nicht ausreden. »Sie meinen, eine Frau sollte den ganzen Tag in der Küche stehen und ihrem Mann das Essen und die Pantoffel bringen? Nein, das können Sie nicht glauben, Mister Marshall. Sie leben schließlich nicht hinterm Mond. Ich bin weit davon entfernt, eine Suffragette oder Frauenrechtlerin zu sein, aber wir Frauen können mehr als kochen und Windeln wechseln. Manche Frauen können sogar beides: einen Haushalt führen und einen Hundeschlitten lenken und für das Post Office Department arbeiten.«

»Schön und gut, Miss, aber …« Er wusste selbst nicht weiter.

»Erinnern Sie sich daran, was Frauen während des Großen Krieges taten? Sie übernahmen die Arbeit ihrer Männer, die irgendwo in Europa gegen den Feind kämpften. Sie schufteten in Fabriken und Büros, und niemand fragte danach, ob sich das auch schickte. Ich war damals noch zu jung, aber ich erinnere mich heute noch daran, was meine Mutter immer sagte: ›Der Hauptfehler vieler Männer ist, dass sie uns Frauen unterschätzen.‹ Meine Mutter starb leider viel zu früh, Mister Marshall. Mein Vater und meine Großmutter haben mich erzogen und immer darauf geachtet, dass ich mich allein behaupten kann. Unterschätzen Sie mich nicht, ich bin die Richtige für den Job!«

Das war eine ziemlich lange Rede für Josie, die sonst eher zurückhaltend war, und ihre Worte verfehlten ihre Wirkung nicht. Zumindest brachten sie den Postmaster dazu, länger darüber nachzudenken. Er trank einen Schluck.

»Das mag alles sein, Miss Haskell«, sagte er, »aber es wäre doch recht ungewöhnlich, eine Frau auf eine so schwierige Tour zu schicken. Nach Nenana oder Chena, da würde ich nichts sagen, aber in die White Mountains? Die Strecke ist viel zu gefährlich für Sie. Am Ende fragen Sie mich noch, ob Sie zum Lake Minchumina fahren können?«

Auf die Frage hatte Josie nur gewartet. »Stimmt, das ist die zweite Frage, die ich Ihnen stellen wollte. Erschrecken Sie nicht, Mister Marshall! Ich möchte nicht, dass Sie sich allein auf eine Frau verlassen. Betrachten Sie meinen Vater und mich als Team. Selbstverständlich berät mich mein Vater während meiner Vorbereitungen. Ich bin bereits einige Male mit ihm zum Lake Minchumina gefahren und war dort auch selbst schon unterwegs, und er wird mir natürlich alle Tricks verraten, die ich für die Fahrt wissen muss.«

»Stimmt das?«, fragte Marshall und blickte ihren Vater an.

Old Ben Haskell bemühte sich, gute Miene zum auch für ihn ungewohnten Spiel zu machen. Für ihn ging es nicht nur um die Rechte seine Tochter, sondern auch den Verdienst, der für sie auf dem Spiel stand. »Ja, das stimmt, E.G. Wir beide halten zusammen, und ich hab mich selbst davon überzeugt, wie gut sie mit einem Schlitten umgehen kann. Josie ist ein Naturtalent.« Er bemühte sich um ein Lächeln. »Ist ja auch kein Wunder bei dem Vater, oder?«

»Alles richtig, Ben, nur …«

Wieder fiel ihm Josie ins Wort. Sie wusste, dass es unhöflich war, aber sie wollte ihre Argumente so schnell wie möglich loswerden. »Könnte sein, dass Vater für einige Touren ausfällt. Sein Knöchel verheilt schnell, nur hat er nach seinem Unfall ein wenig zu lange im Schnee gelegen, und der Arzt rät ihm, während der nächsten Wochen und Monate etwas kürzer zu treten.«

»Du fällst aus, Ben?«

»Nur vorübergehend«, antwortete Josie für ihn. »Eine reine Vorsichtsmaßnahme, sagt der Arzt. Nichts Ernstes, was uns Sorgen machen müsste.« Das war natürlich schamlos gelogen, aber die Wahrheit hätte Marshall nur noch nervöser gemacht. Wenn sie erst mal mehrere Touren erfolgreich absolviert hätte, würde es hoffentlich kein Problem mehr für ihn sein, eine Musherin zu beschäftigen. »Geben Sie mir ... uns eine Chance, Mister Marshall! Ein besseres Team als meinen Vater und mich werden Sie nirgendwo bekommen.«

Damit hatte Josie auch ihre letzte Patrone verschossen, und es hing allein vom Postmaster ab, wie ihre nähere Zukunft aussehen würde. Ein kritischer Moment, der ihre Nerven bis zum Äußersten spannte. Marshall blickte in seinen Teebecher, erhoffte sich vielleicht dort eine Antwort und zuckte unentschlossen die Achseln. Schließlich gab er sich einen Ruck. »Also gut«, sagte er, »aber unter einer Einschränkung: Falls Sie die Fahrt in die White Mountains nicht schaffen, muss ich mich nach einem anderen Ersatz für Ben umsehen. Mir ist es ja auch lieber, wenn ich mich nicht an einen neuen Musher gewöhnen muss, aber ich bin nicht allein. Ich bin dem Postmaster General verantwortlich, und wenn in unserem Territorium etwas nicht so läuft, wie man sich das in Washington vorstellt, bin ich draußen.«

»Wir werden Sie nicht enttäuschen, Sir.«

»Und Sie, Ben, sind auch dafür?«

»Ich kenne meine Tochter. Sie schafft das.«

Seine Worte klangen anders als die Antworten, die sie vor einigen Tagen von ihrem Vater bekommen hatte. Ein Meinungsumschwung, der ihm sicher nicht leichtgefallen war, und für den sie ihn bewunderte. Natürlich ging es ihm auch ums Geld, aber dass er seine eigene Schwäche einräumte und sich durch eine Frau ersetzen ließ, auch wenn sie seine Tochter war, forderte ihm sicher alles ab.

»In Ordnung«, sagte Marshall zu ihr, »dann erwarte ich Sie morgen früh um zehn Uhr in meinem Büro. Früher bekomme ich die Unterlagen leider nicht. Außerdem bekommen Sie einen Vertrag für die Fahrt und eine Karte der White Mountains, auf der ich die Lage von O'Rourkes Blockhütte eingetragen habe. Was Sie sonst brauchen, wissen Sie als erfahrene Musherin ja sicher.« Er stand auf und ergriff ihre Hand. »Bis morgen früh, Miss Haskell.«

Nachdem er gegangen war, schenkte Josie ihrem Vater frischen Tee ein, und sie blieben noch eine Weile sitzen. Josie erhob ihren Becher. »Auf dich, Vater! Dass du über deinen Schatten gesprungen bist und mich unterstützt hast! Und dass du schnell gesund wirst und bald selbst wieder fahren kannst.«

»Ich langweile mich jetzt schon.«

»Denk positiv, Vater« Sie stand auf und räumte ihren Becher weg. »Dann will ich mal los und mich von meinem Kunstflieger verabschieden.« Sie lächelte schwach. »Ich weiß, ich mute dir heute eine Menge zu, Vater, aber es wird alles gut.« Sie griff nach ihrem Anorak. »Ich bleibe nicht lange, okay?«

Auf der Fahrt in die Stadt fiel die Anspannung von Josie ab. Die Unterredung mit dem Postmaster war besser verlaufen, als sie befürchtet hatte. Und dass ihr Vater sich beruhigt hatte und die Abmachung mit dem Post Office und sogar ihre Verabredung mit Jimmy guthieß, machte sie doppelt glücklich. Obwohl es ihn sicher unbändige Kraft gekostet hatte, über seinen Schatten zu springen und sich mit seinem Schicksal abzufinden. Ganz anders würde wahrscheinlich Grandma reagieren, aber daran wollte sie jetzt nicht denken.

Dunkle Schatten krochen über das Land, als sie Fairbanks erreichte. Die Nacht begann früh im arktischen Winter, sperrte die Sonne fast völlig aus. Alle Einheimischen waren daran gewöhnt, auch Josie, schien es doch stiller und friedlicher während der kalten Jahreszeit zu sein und alles ein wenig bedächtiger voranzugehen. Der Winter passte zu dieser Wildnis, die sich bis zum fernen Horizont erstreckte und in ihrem Urzustand zu verharren schien. Ein grenzenloses Land, in dem man meilenweit fahren oder sogar fliegen konnte, ohne einem einzigen Menschen zu begegnen. Ihr Herz schlug schneller, als sie das Flugfeld in der Dämmerung liegen sah. Sie freute sich darauf, Jimmy wiederzusehen und ihn in die Arme schließen zu können. Nur in einer entfernten Ecke ihres Unterbewusstseins meldeten sich leichte Zweifel. War ihre Begeisterung übertrieben? Verwechselte sie wahre Liebe mit einer vorübergehenden Schwärmerei? Mochte er sie wirklich so sehr, wie er behauptete, oder hatte er geschwindelt und war sie nur eine von mehreren jungen Frauen, die Jimmy umgarnte? Unlautere Gedanken, für die sie sich am liebsten selbst geohrfeigt hätte. Es durfte einfach nicht sein, dass seine Zuneigung nur gespielt war. Wer solche Gedanken hegte, vertraute seinen eigenen Gefühlen nicht mehr.

Vor der Baracke, die Jimmy ihr nach der Landung gezeigt hatte, bremste sie den Schlitten. »Macht es euch bequem!«, sagte sie zu ihren Hunden. »Und seid schön brav!« Sie verteilte Leckerli an alle Hunde und senkte ihre Stimme. »Ich hab ein Date mit Jimmy, also reißt euch ein wenig zusammen!«

Jimmy hatte sie kommen gehört und empfing sie in der offenen Tür. Er hatte sich nicht verändert seit gestern, wirkte immer noch so unbeschwert und fröhlich wie auf ihrem gemeinsamen Ausflug. In seinen Augen fand sie die Antwort auf die düsteren Gedanken, die sie auf dem Schlitten gequält hatten.

»Josie! Ich hatte schon Angst, du kommst nicht!«

»Wie kommst du denn darauf?« Sie umarmte ihn und spürte, wie erleichtert sie über seine liebevolle Begrüßung war. Länger als erwartet hielt Jimmy sie in seinen Armen, dann lösten sie sich lächelnd voneinander. »Ich bin froh, dich zu sehen«, erklärte Josie.

»Ich auch«, sagte er, »willkommen in meiner bescheidenen Hütte!«

Die Baracke war schlicht eingerichtet. Sie bestand aus einem Wohnraum mit einer Kommode, einer Sitzecke mit zwei ausrangierten Sesseln und einer Stehlampe, einem kleinen Aktenschrank und einem Holztisch mit vier Stühlen, der ihm wohl auch als Schreibtisch diente, einem kleinen Küchenschrank und einem alten Kanonenofen, auf dem er wohl auch sein Essen zubereitete.

»Alles andere kommt, wenn Jimmy's Flying Service so bekannt wie Alaska Airways ist und ich mir eine anständige Bleibe leisten kann.« Sein Lächeln wirkte zuversichtlich. »Was meinst du? Wollen wir einen Cheeseburger essen gehen? Ich hab mein Sparschwein für unser Date geschlachtet.«

»Eine gute Idee. Nicht weit von hier ist ein Roadhouse.«

»Ich könnte mir ein Automobil von Alaska Airways leihen.«

»Ach was, wir nehmen meinen Schlitten!«

Jimmy war etwas skeptisch, als sie nach draußen gingen und ihn die Huskys mit einem Jaulkonzert begrüßten.

»Mit dem Gespann geht mein Vater auf große Tour«, erzählte Josie. »Der mit der schwarzen Schnauze ist Skip, sein Leithund. Er ist ein ganz Schlauer. Die beiden Schwergewichte sind Stormy und Leo. Die beiden benehmen sich manchmal wie Wachhunde, aber du weißt ja: ›Hunde, die bellen, beißen nicht.‹ Also keine Angst!

Wenn du sie näher kennst, macht dir das alles nichts mehr aus.«

Auch beim Besteigen des Schlittens ließ Jimmy Vorsicht walten. Josie hatte ihm einen bequemen Sitz aus gefalteten Decken gebaut, aber er saß erst zum zweiten Mal auf einem Schlitten und zögerte, bevor er sich setzte. »Halt dich fest!«, riet sie ihm, »dann kann dir nichts passieren. Ist beinahe wie Fliegen.«

»Und? Gefällt's dir?«, rief Josie nach vorn, als sie unterwegs waren.

Er konnte schon wieder grinsen. »Du hast recht! Beinahe wie Fliegen! Nur dass ich nicht selbst am Steuerknüppel sitze und das Ding in Sicherheit bringen kann, wenn die Turbulenzen zu stark werden. Ganz schön schnell, so ein Hundeschlitten! Sind das besondere Hunde?«

»Siberian Huskies … aus unserer Zucht!«, erwiderte sie.

»Respekt!«, rief er.

Das Roadhouse lag am Ufer des Tanana River, keine zwei Meilen von Weeks Field entfernt. Es war ein zweistöckiges Blockhaus, das im Gegensatz zu vielen anderen Rasthäusern dieser Art über elektrischen Strom verfügte. Auch deshalb brannten neben dem Haus zwei Straßenlampen, die das Parken auf dem großen Abstellplatz vereinfachten, für Automobile und Hundeschlitten.

Das Lokal war gut besucht, aber der Wirt ahnte wohl, dass er Verliebte vor sich hatte, und führte sie zu einem Tisch abseits des Lichtscheins, den eine große Lampe in der Mitte des Raumes verbreitete. Es gab einen Tresen, eine Vitrine mit großzügig bemessenen Pies und den rustikalen Wandschmuck, den man in fast jedem Roadhouse fand: historische Werkzeuge und Waffen, Fotos aus der Goldgräberzeit und ein ausgestopfter Elchschädel. Niemand drehte sich nach ihnen um, als sie sich setzten und Cheeseburger bestellten.

»Ich hätte ein Kleid oder einen Rock anziehen sollen«, entschuldigte sie sich, »aber die machen sich auf einem Schlitten nicht besonders gut. Und geschminkt hab ich mich auch nicht. Du bist bestimmt was anderes gewöhnt.«

»Mir gefällst du, wie du bist.« Er griff nach ihren Händen und machte keinen Hehl aus seiner Freude. »Ich kann's noch immer nicht glauben. Vor unserem Flug dachte ich, da steht das hübscheste Mädchen von ganz Fairbanks und hat keinen Freund dabei, wenn du sie jetzt nicht einlädst, ist es zu spät.«

»Ehrlich?«

»Großes Ehrenwort. Wir Piloten sind nicht so, wie viele Leute denken. Schürzenjäger oder so. Und ich hab geflunkert, als ich angedeutet hab, dass mir während meiner Barnstormer-Zeit die Mädchen nachgelaufen sind. Mein Geld reichte kaum für mich. Wie hätte ich da ein Mädchen einladen sollen?«

»Und das ist jetzt anders?«

»Nein, ich hab noch immer kein Geld, aber für dich hätte ich sogar eine Bank ausgeraubt. Wenn ich genug Passagiere hab, wird das anders. Fairbanks ist der ideale

Ort für meinen Flying Service. Ich verhandele mit dem Nationalpark, möchte die offizielle Erlaubnis bekommen, zum Mount McKinley zu fliegen. Das würde mir schon im Sommer das Geld fürs ganze Jahr bringen.«

»Denali«, verbesserte sie ihn, »wir Einheimischen nennen ihn Denali. Dass der Berg nach diesem Politiker benannt wurde, wollten nur ganz wenige. ›Denali‹ kommt aus der Indianersprache und bedeutet ›der Große‹. Einen höheren Berg gibt es nicht in Nordamerika. Leider sieht man ihn nur selten.«

»Und da komme ich ins Spiel«, erwiderte er. »Wenn es unten wolkig oder neblig ist, steche ich mit meiner Stinson nach oben, und meine Passagiere haben die beste Aussicht. Ist immer ein bisschen windig in der Gegend, ich bin schon ein paarmal dort geflogen, aber das schafft meine Stinson spielend.«

Ihre Cheeseburger kamen, dazu gab es selbst gemachte Limonade, und sie ließen es sich schmecken. Josie hatte nicht zu viel versprochen. Die Cheeseburger waren gut belegt und noch besser gewürzt, ein Geheimrezept der Wirtin.

Jimmy prostete ihr zu. »Auf unsere Zukunft!«

»Auf unsere Zukunft!«

Josie war überzeugt, eine gemeinsame Zukunft mit Jimmy vor sich zu haben, wagte aber nicht, mit ihrem Trinkspruch zu weit nach vorne zu preschen. Sie kannte ihn erst zwei Tage, und ein voreiliger Liebesschwur konnte viel verderben, auch wenn man sich im Überschwang der Gefühle sehr sicher war.

»Gehört das Flugzeug dir?«, fragte sie, als sie aufgegessen hatten.

Er lachte kurz. »Das wäre schön! Nein, das hab ich von Noel Wien geleast, dem Besitzer von Alaska Airways. Ein nobler Mann. Eigentlich wollte er, dass ich als Pilot für ihn arbeite, aber als er sah, dass ich was Eigenes aufmachen wollte, hat er mir die Stinson gegeben. Ich muss ihm Prozente von dem Geld abgeben, das ich damit verdiene, und hab ein Vorkaufsrecht und das Versprechen auf einen fairen Preis, wenn ich wirklich mal genug verdiene.«

»Das hört sich gut an.«

»Ich musste mich nur verpflichten, keine Linienflüge anzubieten und Alaska Airways nicht in die Quere zu kommen. Kein Problem für mich. Mir reichen Touristenflüge, damit kann man auch reich werden. Ich glaube sogar, dass Alaska mal zu einem beliebten Ferienland werden wird. Hier erholst du dich doch am besten vom Alltag.« Er berührte ihren Unterarm. »Ich bin jedenfalls froh, dass ich nach Norden gezogen bin. North Dakota ist langweilig. Flach wie ein Pfannkuchen und ideal für Kunstflieger, aber den Rest kannst du getrost vergessen. Selbst Büffel und Antilopen gibt es dort kaum noch.«

Sie unterhielten sich, bis Josie auf die Uhr über dem Tresen blickte und sah, dass es schon nach acht war. Erst als er vor seiner Baracke vom Schlitten stieg, sagte sie ihm, dass sie die nächsten beiden Tage unterwegs sein würde. »Wir haben leider kein Telefon, aber sobald ich zurück bin, fahre ich bei dir vorbei und sehe nach, ob du Zeit hast. Es sei denn, du hast genug von mir.«

»*Fishing for compliments?*«

»Lust auf einen Abschiedskuss?«

Sie wunderte sich über ihre Kühnheit, aber Jimmy schien ihre Reaktion erwartet zu haben und schloss sie lächelnd in die Arme. Sie küssten sich, bis die Kälte durch ihre Kleidung drang, dann stieg Josie auf die Kufen ihres Schlittens und trieb die Hunde an. »Lauft, ihr Lieben! Vorwärts, Skip!«

10

Am frühen Morgen wurde Josie durch die heulenden Huskys geweckt. Sie schienen zu ahnen, dass ihnen eine besonders wichtige Tour bevorstand, und benahmen sich aufgeregter als sonst. Sie vergeudete keine Zeit, wusch sich, zog sich an und verwöhnte die Hunde mit einer reichhaltigen Mahlzeit aus Lachs und Reis. Das lauwarme Wasser, das sie dem Eintopf hinzufügte, versorgte die Huskys mit der auf langen Strecken dringend benötigten Flüssigkeit.

»Ihr seid heute dran«, sagte sie zu Skip, als sie seinen Fressnapf füllte. »Wir haben eine schwere Tour vor uns, die wir nur mit acht kräftigen Hunden schaffen. Wenn wir zu lange brauchen, um O'Rourke zu finden, und nicht rechtzeitig zurück sind, sind wir die Posttouren los. Also strengt euch an!«

Sie hatte bereits das Feuer im Ofen angefacht und Tee aufgesetzt, als ihr Vater aus seinem Zimmer gehumpelt kam. Er wirkte besorgt. »Verdammte Krücken!«, fluchte er in der Gewissheit, dass Grandma nicht zu Hause war und seine »schändliche« Sprache tadeln konnte. »Hoffentlich werde ich die Dinger bald los!« Er setzte sich und griff nach dem Becher, den Josie mit heißem Tee gefüllt hatte. Mit reichlich Zucker, wie er ihn am liebsten mochte.

»Frühstück kommt gleich«, versprach sie.

Sie konnte sich vorstellen, wie ihr Vater sich fühlte. Zum ersten Mal musste er zu Hause bleiben und sich von einem anderen vertreten lassen. Eine bittere Aussicht für einen Mann, der den größten Teil seines Lebens in der Wildnis zugebracht hatte und sich ein ständiges Verbleiben innerhalb seiner vier Wände wahrscheinlich nicht vorstellen konnte. Als nutzloser Greis würde er sich vorkommen, aber gleichzeitig hoffen, dass sie die Tour schaffte.

»Du wirst sehen, in ein paar Wochen sieht die Welt wieder anders aus«, tröstete sie ihn. »Dann werfen wir die Krücken in den Müll, und wer weiß, vielleicht geht es deiner Lunge irgendwann auch besser. Du musst Geduld haben, Vater. Keine Angst, ich würde mich auch um dich kümmern, wenn ich verheiratet wäre. Ich würde weder dich noch unsere Huskys allein lassen.«

»So ernst ist es schon mit deinem … wie heißt er eigentlich?«

»Jimmy. Jimmy Ferguson.«

»Kennt er sich mit Huskys aus?«

»Nur mit Flugzeugen, Vater.«

»Schade.«

Nach dem Frühstück packte Josie ihren Schlittensack und spannte den Schlitten an. Buddy und die Huskys des zweiten Teams waren wütend, weil sie nicht mitdurften, und protestierten lautstark. Skip fand es wohl selbstverständlich, dass er bei einer wichtigen Tour zum Einsatz kam, und wartete beinahe würdevoll darauf, dass es endlich losging. Seine Artgenossen nahmen willig ihre Plätze ein und ließen sich widerstandslos die *booties* aus Rentierleder überziehen. In der Eiseskälte, die am frühen Morgen herrschte, war der Schnee auf dem Trail meist verharscht und mit kleinen Eisstücken durchsetzt.

Sie fuhr früh genug los, um Grandma besuchen zu können, auch wenn sie wusste, dass ihre Großmutter kein freundliches Wort für sie übrighaben würde. Tatsächlich schimpfte sie so heftig, dass ihr kaum Zeit zum Luftholen blieb. Ihr ging alles gegen den Strich. Die Krankheit ihres Sohnes, dass Josie ihrem Vater »die Arbeit wegnahm«, wie sie sich unfairerweise ausdrückte, ihre Einlieferung ins Krankenhaus, obwohl sie zu Hause viel besser aufgehoben sei. Vor allem aber protestierte sie dagegen, dass sie nicht genug Laudanum gegen ihre Schmerzen bekam. »Sie halten mich wie eine Gefangene! Nachts schnallen sie mich sogar ans Bett. Das dürfen sie nicht! Das ist Freiheitsberaubung! Ich will hier raus! Ich will sofort hier raus! Ich will nach Hause!«

»Ewig können wir sie nicht hier festhalten«, sagte der Arzt. »Solange sie unter ihren Verletzungen leidet, kein Problem, aber in ein paar Tagen müssen wir sie gehen lassen. Sie ist eine erwachsene Frau und müsste schon gegen das Gesetz verstoßen, damit sie unter Aufsicht kommt. Das passiert leider viel zu häufig bei Süchtigen. Dann würde die Polizei eingreifen und sie in ein Heim überweisen, aber ich kann mir nicht vorstellen, dass Sie das wollen.«

»Nein«, erwiderte Josie, »ich kümmere mich um sie. Ich bin heute und vielleicht morgen unterwegs, aber dann besuche ich sie und nehme sie mit nach Hause, falls sie schon so weit ist. Ich hoffe, sie kommt von ihrer Sucht los.«

»Leider schaffen das die wenigsten.«

Josie versuchte, die Gedanken an ihre Großmutter auszuschalten und sich ganz auf die bevorstehende Tour zu konzentrieren. Pünktlich um zehn Uhr parkte sie vor dem Post Office. Marshall wartete bereits auf sie und gab ihr einen Umschlag mit den Dokumenten, die Jeremiah O'Rourke unterschreiben sollte. Eine Landkarte, auf der die Blockhütte des Fallenstellers eingezeichnet war, hielt er ebenfalls für sie bereit. »Ich verlasse mich auf Sie, Miss Haskell«, sagte er. »Sie wissen, wie ich über Frauen auf unseren Postrouten denke. Beweisen Sie mir, dass ich unrecht habe und Sie so gut sind, wie Sie sagen!«

»Darauf können Sie sich verlassen, Sir.«

Sie verabschiedete sich von Marshall und fuhr über die Brücke auf die andere Seite des Chena River. In wenigen Minuten war sie auf dem Trail nach Nordosten. »Vorwärts! Lauft, ihr Lieben! Zeigt, was ihr könnt!«, rief sie den Huskys zu. »Heute zeigen wir dem Postmaster, dass wir ein unschlagbares Team sind und dass ich mich vor den Männern nicht zu verstecken brauche.«

Die Hunde verstanden sie und stürmten über den so nahe bei der Stadt noch geräumten Trail. Sie rannten so entschlossen los, dass sie Skip nach ein paar Meilen sogar bremsen und daran erinnern musste, dass sie wahrscheinlich den ganzen Tag unterwegs sein würden. Auf ebener Strecke würden sie maximal drei, vier Stunden in die Berge brauchen, doch besonders der letzte Teil ihrer Route war sehr beschwerlich und würde einige Kraft erfordern.

Das Wetter war alles andere als perfekt für ihre Tour. Am Himmel ballten sich einige Wolken und kündigten neuen Schnee an, und es war noch kälter geworden. Zum Glück reflektierte der Schnee noch so viel Licht, dass sie keine Schwierigkeiten hatte, dem Trail zu folgen, und sich die Huskys nicht allein auf ihren Instinkt verlassen mussten. Unter ihren Pfoten wirbelte der Schnee hoch, der über Nacht gefallen war, und flog Josie als eisiger Schauer entgegen. Sie war gut gegen das Wetter geschützt, trug ihre wärmste Kleidung, eine Schutzbrille, hatte die Kapuze fest unter dem Kinn verschnürt und außerdem noch einen Schal umgebunden. Sie war gut in Form, federte über jedem Hindernis und jeder Bodenwelle ab und war beweglich genug, um ihr Gewicht geschickt zu verlagern und die Idealspur auf dem Trail zu finden.

Abseits der Stadt wurde der Trail schwieriger. Wie bei ihrem letzten Ausflug in die White Mountains war sie auf dem langen Anstieg zu einem Hügelkamm gezwungen, von den Kufen zu steigen und den Schlitten anzuschieben, anstrengende Arbeit auch für eine sportliche Frau wie sie. Stormy und Leo, die beiden stärksten Hunde, legten sich besonders in die Geschirre und krallten ihre Pfoten in den Schnee, bis sie den Hügelkamm erreicht hatten.

Ohne eine Pause einzulegen, ging es weiter, diesmal steil und in mehreren Serpentinen nach unten, beinahe ebenso schwierig wie der Anstieg, weil die Hunde sich doppelt anstrengen mussten, in der Spur zu bleiben, und sie die Gewalt über den Schlitten behalten musste, damit sie nicht abrutschten und den Hang hinabstürzten. In jeder Kurve trieb sie die Huskys mit den sonst selten gebrauchten Kommandos an, »Gee!« für »Rechts!« und »Haw!« für »Links!« und »Mush!« oder »Go! Go! Go!«, wenn sie wieder auf ebener Strecke waren.

In den Ausläufern der White Mountains folgte sie dem Moose Creek, bevor sie nach Norden abkürzte und über einen selten benutzten Jagdtrail weiterfuhr. Verglichen mit den Bergriesen der Alaska Range waren die Berge nördlich von Fairbanks kaum der Rede wert, aus der Nähe betrachtet aber eine Herausforderung für jeden Musher. Zwischen den Schwarzfichten ragten schroffe Felsen empor, und die Bäume standen teilweise so dicht, dass Josie befürchtete, die Orientierung zu verlieren. Sie hatte es auch dem Instinkt ihrer Huskys zu verdanken, dass sie selbst in dem bläulichen Zwielicht, das sich inzwischen über die Berge gelegt hatte und in den Baumkronen zu zerfließen schien, keine Zeit verlor. Auch auf dem schmalen Jagdtrail fühlten sich die Hunde sofort zu Hause.

Am Rand eines Tales, das sie durchqueren musste, um zum Beaver Creek zu gelangen, hielt Josie den Schlitten an. Voller Sorge blickte sie auf die Schneemassen, die heftiger Wind über den Trail geweht hatte und die nun in wüstenähnlichen Dünen den Weg versperrten. Es gab keine Möglichkeit, die riesigen Schneewehen zu umgehen, es sei denn, man kehrte um und folgte einem anderen Trail, über den die Fahrt sicher zwei Stunden länger dauern würde.

»Es hilft nichts«, sagte sie zu den Hunden, »da müssen wir durch!«

Sie schnallte ihre Schneeschuhe an und stapfte an dem Gespann vorbei nach vorn. Skip wusste, was jetzt kam. Wenn sich der Schnee auf dem Trail türmte, und die Huskys viel zu lange brauchen würden, sich hindurch zu kämpfen, musste ein Zweibeiner ran und ihn feststampfen. Eine Arbeit, die unheimlich Kraft kostete. Josie hatte keine andere Wahl, lief den Hunden voraus in die Dünen und stampfte einen Trail durch die Schneemassen. Als sie nach ungefähr einer Stunde die andere Seite des Tales erreichte, war sie vollkommen fertig und wäre am liebsten zu Boden gesunken, aber sie hielt durch, kletterte auf die Kufen und folgte dem Trail durch den dichten Wald.

Inzwischen hatte sich die Nachmittagssonne noch einmal durch die vielen Wolken gekämpft. Helle Flecken flammten auf, und der Schnee in den Baumkronen begann verheißungsvoll zu glitzern. Wie goldener Elfenstaub leuchtete er zwischen den dunklen Fichten. Sie kam deswegen schneller voran, erreichte den Beaver Creek und folgte ihm zu der scharfen Biegung, die auf ihrer Karte eingetragen war. Noch einmal ging es durch dichten Wald, diesmal nach Süden und in ein Gewirr von Schluchten, das sich nur mit dem Hundeschlitten erforschen ließ. Sie folgte einem schmalen Trail, den wohl O'Rourke angelegt hatte, und erreichte seine Blockhütte, die etwas versteckt und von Fichten verdeckt am

Ufer eines Baches lag. Seine Huskys lagen vor der Hütte, sprangen sofort auf und fauchten laut, und aus dem Kamin stieg Rauch, ein Zeichen dafür, dass er zu Hause oder zumindest in der Nähe war.

»Jerry! Sind Sie zu Hause?«, rief sie, als sie vom Schlitten stieg.

Keine Antwort.

Josie betrat die Hütte und ließ die Tür offen stehen, um besser sehen zu können. Das Feuer im Ofen brannte, und der Teebecher auf dem Tisch dampfte. Der Fallensteller konnte nicht weit sein. Auf Schneeschuhen folgte sie seinen Spuren in den Wald, stieg über entwurzelte Baumstämme und Felsbrocken hinweg, bis sie O'Rourke zwischen den Schwarzfichten stehen sah.

Er hob sein Gewehr und ließ es wieder sinken, als er sie erkannte. »Josie, nicht wahr?«, wunderte er sich. »Was machen Sie denn in dieser Gegend?«

Sie hatte es eilig, wollte es aber ein wenig spannend machen. »Kommen Sie in die Hütte und lassen Sie uns einen Tee trinken, dann sage ich's Ihnen.«

»Da bin ich aber gespannt. Warten Sie!« Er bückte sich und spannte die Falle, die er ausgelegt hatte, griff nach seinem Rucksack und folgte ihr. »Sie haben es allein in mein Versteck geschafft? Das kriegen nur wenige Musher hin, und eine Lady hab ich hier noch nie gesehen. Alle Achtung, meine Liebe!«

»Hab ich von meinem Vater gelernt«, erwiderte sie. »Normalerweise wäre er selbst gekommen, aber er hat sich den Knöchel verstaucht und braucht noch Ruhe.

Bis er wieder gesund ist, vertrete ich ihn.« Dass ihr Vater auch etwas an der Lunge hatte, brauchte niemand zu wissen. »Hat eine Weile gedauert, ihn und den Postmaster zu überreden, mir eine Chance zu geben. Wenn ich diese Fahrt schaffe, darf ich die nächste Posttour übernehmen.«

»Mit den Hunden kein Problem«, sagte er beim Anblick ihres Gespanns, »die würden sogar ein großes Rennen gewinnen. Aber Ihr Vater ist eine Legende, zumindest unter den Mushern. Ziemlich mutig von Ihnen, in seine Fußstapfen zu treten.« Er musterte sie. »Aber Sie schaffen das, meine Liebe!«

In seiner Hütte stank es nach Alkohol und Blut, aber für einen Fallensteller war es sehr gemütlich, wenn ein gründlicher Hausputz auch nicht geschadet hätte. Am auffälligsten war eine große Flasche mit Moonshine auf dem Tisch, in einer entlegenen Hütte brauchte man sich um das Alkoholverbot nicht zu kümmern. Eine Petroleumlampe verbreitete trübes Licht. Er warf zwei Holzscheite in den Ofen, stellte die Blechkanne mit dem Tee für ein paar Minuten auf die Herdplatte und nahm einen weiteren Becher aus dem Regal. In seinen Tee goss er etwas Moonshine. »Einen Schuss von meinem Teufelszeug?«

»Nur Tee, danke.«

Sie setzten sich an den Tisch und stießen mit ihren Bechern an, bevor Josie die Dokumente aus dem Umschlag zog. Sie reichte ihm die Papiere und sagte: »Überraschung, Jeremiah! Sie haben zehntausend Dollar geerbt! Das Einzige, was noch fehlt, ist Ihre Unterschrift.«

Sie schob ihm den Bleistift hin, den sie von zu Hause mitgenommen hatte. »Wird noch eine Weile dauern, bis das Geld kommt, aber in spätestens einem Monat können Sie darüber verfügen, sagt der Postmaster.« Sie freute sich für ihn. »Na, was sagen Sie jetzt?«

Zuerst einmal gar nichts. Er studierte mit ungläubiger Miene das Dokument, schüttelte immer wieder den Kopf und sagte schließlich: »Zehntausend Dollar? Dafür müsste ich eine Menge Felle verkaufen, das ist mal sicher. Von einem Onkel Clarence. Den Namen kenne ich. Ich glaube, er war bei irgendeiner Hochzeit dabei, als ich noch zur Schule ging. Seitdem hab ich ihn nie mehr gesehen, nicht mal von ihm gehört. Wie kommt der gerade auf mich?«

»Keine Ahnung … vielleicht war er Millionär, und die anderen Verwandten bekommen noch mehr. Oder er hatte einen Narren an Ihnen gefressen.«

»Zehntausend Dollar. Ich hab mal Gold gesehen, das so viel wert war. Was mache ich mit so viel Geld? Das kann ich doch gar nicht ausgeben, und Kinder hab ich auch keine. Soweit ich weiß, jedenfalls. Was soll ich damit?«

»Das fällt Ihnen schon noch ein, Jeremiah.«

»Soll ich in die Stadt ziehen, mir ein schönes Haus kaufen und den ganzen Tag nur Däumchen drehen? Mir unnütze Dinge ins Regal stellen? Mir womöglich ein Auto kaufen und wie ein Dandy in der Gegend rumfahren?«

»Unterschreiben Sie erst mal, Jeremiah!« Sie trank von dem Tee, der allerdings viel zu stark war und ihr überhaupt nicht schmeckte. »Legen Sie das Geld auf die Bank, da ist es sicher, und Sie können es abheben, wenn Sie es wirklich brauchen. Wenn Sie zu alt fürs Fallenstellen oder zu krank sind.«

»Meinetwegen.« Er unterschrieb das Dokument und betrachtete es eine Zeitlang. »Sagen Sie dem Postmaster, ich komm in ein paar Wochen vorbei.«

Nachdem sie den geschäftlichen Teil erledigt hatten, blieb Josie noch eine Viertelstunde. Die Huskys brauchten etwas Ruhe, bevor es wieder auf den Trail ging, und auch sie konnte eine Pause vertragen. Sie teilte sich ein Sandwich mit dem Fallensteller, verdünnte ihren Tee mit etwas heißem Wasser und rührte mehr Zucker hinein. »Viel besser als Moonshine«, sagte sie.

»Irgendwann heben sie das Alkoholverbot wieder auf, dann kann man das Zeug wieder in jedem Laden kaufen. Hier in Alaska hält sich sowieso niemand dran. Allein in der Gegend um McGrath gibt's unzählige Brennereien.«

»McGrath am Kuskokwim River?«

»Da hatte ich einen Abnehmer für meine Felle, einen Großhändler, der mehrere Kaufhäuser in Alaska und Kanada belieferte. Nicht immer legal, vermute ich, aber was ging mich das an? Er zahlte gut, besser als die Northern Commercial in Fairbanks.« Er trank einen kräftigen Schluck. »Sie werden lachen. Inzwischen handelt er mit Flugzeugteilen … Propeller und so was.«

»Wieso das denn?«

»Die Flugmaschinen sollen die Zukunft sein«, sagte er. »Seit dieser Ben Eielson die Post nach McGrath bringt, geht es dort wie während des Goldrauschs zu. Alle glauben, mit ihm käme neuer Wohlstand in die Stadt. Sie wollen die Wildnis mit ihren Flugzeugen erobern. Oldtimer wie mich haben die längst abgeschrieben, sogar Gold suchen sie mit großen Maschinen.«

»In die kleinen Dörfer kommen sie nicht mit Flugzeugen.«

»Abwarten, meine Liebe!«, sagte der Fallensteller. »Und sehen Sie zu, dass Sie Ihren Job solange wie möglich behalten. Irgendwann brauchen sie keine Musher und Hundeschlitten mehr, schon gar nicht bei der Post.« Er bemerkte Josies trübe Miene und fügte rasch hinzu: »Aber vielleicht dauert das ja länger, als manche glauben. Vor meiner Hütte hab ich noch nie ein Flugzeug landen sehen, und wenn es jemals passiert, liege ich schon unter der Erde.«

Sie verabschiedeten sich vor der Hütte. Begleitet vom Jaulen der vielen Huskys bedankte sich Josie bei dem Fallensteller. »Viel Glück mit dem vielen Geld!«, wünschte sie ihm. »Und besuchen Sie mich mal, wenn Sie in Fairbanks sind. Mein Vater hat ein ganzes Fass mit Moonshine in der Kammer.«

»Dann komme ich bestimmt.« Er blickte zum Himmel, der sich inzwischen in einem verwaschenen Orange zeigte. »Und beeilen Sie sich! Über den Bergen braut sich was zusammen. Deshalb sind die Hunde auch so unruhig.«

»Mit Skip passiert mir nichts. Leben Sie wohl, Jeremiah!«

11

Josie fuhr in den Abend hinein. Frisch gestärkt und ausgeruht war sie voller Tatendrang und entschlossen, Fairbanks so schnell wie möglich zu erreichen. Sie folgte den deutlichen Spuren, die ihre Huskys und ihr Schlitten am Nachmittag in den Schnee gegraben hatten, und trieb ihr Gespann durch den orangefarbenen Nebel, der in feuchten Schwaden über den Beaver Creek trieb.

Noch während sie am Ufer des Flusses entlangfuhr, zogen dunkle Wolken am Himmel auf, und es begann zu schneien. In dicken Flocken rauschte der Schnee durch den Nebel, getrieben von böigem Wind, der scheinbar aufgebracht von den nahen Bergen herabblies. Schnee löste sich von den Ästen und Zweigen der Schwarzfichten, und vom Boden wirbelte der Neuschnee der letzten Nacht empor und erschwerte Josie und ihren Huskys die Sicht.

Josie hatte ihre Schutzbrille aufgesetzt und den Schal bis zur Nase hochgezogen. »Jeremiah hatte recht«, rief sie den Hunden zu, »es wird ein bisschen ungemütlich. Aber wir lassen uns nicht unterkriegen, weiter, immer weiter!«

Hätte sie gleich zurückfahren sollen, nachdem der Fallensteller das Dokument unterzeichnet hatte? Wäre es schlauer gewesen, bei ihm auf besseres Wetter zu warten? Zwei Fragen, auf die es keine schlüssigen Antworten gab.

So schnell, um dem Schneefall zu entkommen, wäre sie auch bei einem etwas früheren Aufbruch nicht gewesen. Und wer wusste schon, wie lange dieses Wetter noch anhielt? Wenn sie zu lange mit ihrer Rückkehr wartete, kam sie zu spät nach Fairbanks, und der Postmaster übertrug die nächsten Posttouren einem anderen.

Das durfte sie auf keinen Fall zulassen. Eine Niederlage würde sie als Versagerin abstempeln, gegenüber dem Postmaster, ihrem Vater und ihrer Großmutter und vor allem gegenüber sich selbst. Sie glaubte nicht, dass ihr Vater jemals wieder in der Lage sein würde, auf eine lange Tour zu gehen oder schwere Arbeiten zu verrichten, deshalb musste es ihr gelingen, genug Geld für die ganze Familie zu verdienen. Mit der Huskyzucht und den Posttouren. Auch wenn sie einmal heiraten und vielleicht sogar ausziehen würde, durfte sie ihren Vater und ihre Großmutter nicht allein lassen. Ein guter Ehemann würde sie dabei unterstützen. Ein Mann wie Jimmy, wenn alles so blieb, wie es begonnen hatte. Von älteren Ehepaaren hörte sie manchmal, dass nach der ersten Verliebtheit der Alltag einkehrte, aber warum sollten Jimmy und sie nicht die ersten sein, die dieses Gefühl auch nach vielen Jahren noch spürten.

Vorübergehend in Gedanken versunken wurde sie unaufmerksam und verlagerte ihr Gewicht in einer Kurve viel zu spät. Der Schlitten geriet aus der Spur und driftete nach rechts, und sie hatte es nur dem Instinkt und der Umsicht ihres Leithundes zu verdanken, dass sie nicht stürzte. Mit vereinten Kräften zogen die Huskys den

Schlitten in die Spur zurück, und sie rief: »Gut gemacht, Skip! Wenn ich noch mal zu träumen anfange, beiß mir in den Hintern! Wir lassen uns doch nicht durch dieses bisschen Schnee aufhalten!«

Nach ein paar Meilen verließ sie das Flussufer und folgte dem alten Jagdtrail in den Wald. Die Schwarzfichten standen hier ungewöhnlich dicht, dafür war der Trail so schmal, dass sie höllisch aufpassen musste, nicht aus der Spur geworfen zu werden. Trocken war es auch zwischen den Bäumen nicht. Wo der Wind den Schnee aus den Baumkronen schüttelte, geriet sie in heftige Schneeschauer, die ihr meist sekundenlang die Sicht versperrten. Immer wieder musste sie den Kopf einziehen, um nicht von Ästen getroffen und vom Schlitten geworfen zu werden. »Vorwärts, ihr Lieben! Wir haben es eilig!«, feuerte sie die Huskys an. »Ihr wisst doch, was auf dem Spiel steht. Dem Postmaster sollen die Augen rausfallen, wenn wir pünktlich kommen!«

Doch der böse Wintergeist, der nach dem Glauben der Indianer die kalte Jahreszeit beherrschte, wollte es anders und schien sie mit immer mehr Schnee und eisigem Wind aufhalten zu wollen. Im Wald war das nur auf Lichtungen kaum zu spüren, aber als sie den Rand des Tales erreichte, das sie schon auf der Fahrt zum Beaver Creek aufgehalten hatte, lag auch diesmal ein unüberbrückbares Hindernis vor ihnen. Aufgetürmte Schneedünen, die sie kaum die andere Seite sehen ließen, schwere Flocken, die im wirbelnden Wind tanzten und sie mit aller Macht an der Weiterfahrt hindern wollten.

Sie war noch verzweifelter als vor ein paar Stunden, zögerte aber kaum und schnallte ihre Schneeschuhe an. Neben Skip kniete sie nieder und nahm seinen Kopf in beide Hände. »Hör zu, Skip«, sagte sie, »wir müssen da leider noch mal durch! Unsere Spuren sind kaum noch zu sehen in dem Schneetreiben, aber wir wissen trotzdem, wo es langgeht, hab ich recht? Ich lauf wieder voraus, und du jaulst, wenn ich vom Weg abkomme, versprichst du mir das?«

Natürlich verstand der Husky kein Wort, aber er spürte instinktiv, was Josie von ihm forderte. Zu den Pflichten jedes Leithundes gehörte es auch, einen versteckten Trail aufzuspüren, und Skip beherrschte diese Disziplin wie kein anderer. Sein entschlossener Blick ermutigte Josie, den schützenden Wald zu verlassen und erneut gegen die Schneemassen anzukämpfen, nur drehte sich der Wind alle paar Minuten, und es fiel ihr schwer, auf den Beinen zu bleiben. Mit gesenktem Kopf ging sie voran und nahm den Sturm auf die Hörner, wie ihr Vater sagen würde. Er erlebte solche Situationen auf fast jeder Tour und hatte die Herausforderung des Wintergeists immer bestanden.

In dem dichten Schneetreiben und dem böigen Wind wurde jeder Schritt zur Qual. Auch mit den Schneeschuhen sank sie manchmal so tief ein, dass es ihr schwerfiel, den Fuß wieder aus dem Schnee zu ziehen. Sie hatte das beängstigende Gefühl, kaum voranzukommen, vom Wind ausgebremst zu werden und auf der Stelle zu verharren. Die Huskys hinter ihr taten sich leichter, ihnen machten weder der Wind noch die Kälte etwas aus. Und wenn der Schlitten im Schnee stecken blieb, schafften es vor allem die bulligsten Tiere, Leo und Storm, ihn wieder flottzumachen. Skip bewies sich als kluger Anführer und kam Josie manchmal so nahe, dass sie seine Schnauze an ihren Beinen spürte.

Sie verlor wertvolle Zeit in dem verschneiten Tal, musste manchmal lange Umwege gehen, weil die Dünen zu hoch waren, und sich bei jedem Schritt weit nach vorne beugen, um nicht vom Wind umgeworfen zu werden. Die Kälte spürte sie kaum, dafür war dieser Marsch viel zu anstrengend, und Pausen konnte sie sich nicht leisten, weil sie dem Wind dann hilflos ausgeliefert war. Nur Bewegung schützte, ein Schritt nach dem anderen, die Hoffnung, dass sie bald die andere Seite des Tales erreichte und sich ausruhen konnte.

Ihre Huskys und sie schienen die einzigen Lebewesen im weiten Umkreis zu sein. Sie kannte dieses Gefühl der Einsamkeit von zahlreichen Ausflügen mit dem Hundeschlitten, empfand es in diesem Tal aber besonders stark. Ihr Herzschlag, ihre Atemzüge, jeder noch so winzige Laut schien in dieser Weite überlaut, und das Gefühl, mit jedem Schritt etwas mehr von der Dunkelheit verschlungen zu werden, ließ ihren Magen rumoren. Vom Himmel war kaum etwas zu sehen, und doch war noch genug Helligkeit vorhanden, um die weißen Dünen unheilvoll wie ein blasses Leichentuch schimmern zu lassen.

Eine besonders heftige Windböe warf sie zu Boden. Sie blieb einen Augenblick liegen, nur einen Augenblick, und stemmte sich erst vom Boden hoch, als Skip sie mit seiner Schnauze berührte. Nur weil sie schon öfter Schneeschuhe getragen hatte, gelang es ihr, ohne Schwierigkeiten aufzustehen, um im nächsten Moment schon wieder gegen den Wind ankämpfen zu müssen. »Vorwärts, ihr Lieben!«, feuerte sie sich selbst und die Huskys an.

Als Josie nach einer Zeit, die ihr wie eine halbe Ewigkeit vorgekommen war, endlich den Waldrand auf der anderen Seite erreichte, blieb sie erschöpft stehen und stützte sich an einem Baum ab. Ihr Atem beruhigte sich nur langsam, ihr Herz pochte aufgeregt weiter, bis sie die Schneeschuhe abnehmen und wieder auf den Schlitten steigen konnte. Sie war so müde, dass sie am liebsten auf die Ladefläche gesunken und eingeschlafen wäre. Stattdessen bedankte sie sich bei Skip und seinen Artgenossen. »Ohne euch hätte ich das nie geschafft. Ihr seid einmalig!« Sie verteilte Leckerli und kraulte ihren Leithund.

Mit einem Schluck heißen Tee aus ihrer Thermosflasche und einem Schokoriegel, den sie auf solchen Trails immer dabeihatte, belohnte sie sich selbst für die Anstrengung. Nur eine kurze Pause, dann ging es weiter. Entschlossen klopfte sie den Schnee aus ihren Kleidern, stieg auf die Kufen und rief: »Genug gefaulenzt, meine Lieben! Wir haben noch einen langen Weg vor uns.«

Mit weichen Knien lenkte sie den Schlitten durch den Wald. Umgeben von stummer Wildnis und erleichtert über jede Viertelmeile, die sie der Heimat näher kam. Sie schien in einen Zauberwald geraten zu sein, so geheimnisvoll kam ihr die Fahrt diesmal vor, als hätte sie der beschwerliche Marsch über die Schneedünen in ein verwunschenes Reich fern der Erde gebracht. In einen Wald, der von magischen Wesen und bedrohlichen Monstern beherrscht wurde und ihr zum Verhängnis werden konnte. Nur mühsam gelang es ihr, die albtraumhaften Gedanken abzuschütteln. Hatte sie nicht von Mushern gehört, die vor Erschöpfung fantasiert und an böse Geister und Elfen geglaubt hatten?

Sie hatte sich beinahe schon erholt und zu ihrer gewohnten Entschlossenheit zurückgefunden, als sie die gelben Augen zwischen den Bäumen entdeckte. Sichelförmig und bedrohlich, ungefähr acht Augenpaare, die sich parallel zu ihr durch den Wald bewegten. Wölfe! Ein Wolfsrudel, das aus den Bergen gekommen war, weil es dort keine Beute mehr gab, und in den Tälern nach Opfern suchte. Sie verursachten keinen Laut, bewegten sich wie Geister durch den Wald, einer hinter dem anderen wie fast immer, wenn sie auf der Jagd waren. Sobald sie die Beute eingeholt hatten, würden sie ausschwärmen und sie gemeinsam attackieren, zu spät für ihr Opfer, sich zur Wehr zu setzen.

Die Huskys hatten sie natürlich längst gewittert, gingen etwas unregelmäßiger, ließen sich aber kaum etwas anmerken. Auch sie waren vor ihren wilden Brüdern nicht sicher, niemand war das, nicht mal ein fremder Wolf, der sich in das Revier dieses Rudels verirrt hatte. »Lasst euch nichts anmerken!«, rief Josie ihren Huskys zu. »Normalerweise lassen sie uns Zweibeiner in Ruhe, das wisst ihr doch. Tut einfach so, als wären sie gar nicht in der Nähe!«

Ohne die Fahrt zu verlangsamen, beugte Josie sich nach vorn und zog den immer griffbereiten Revolver aus dem Schlittensack. Nur für alle Fälle, falls diese Wölfe so ausgehungert waren, dass sie gegen ihre Natur handelten. Sie hatte noch nie auf einen Wolf schießen müssen, nur einmal auf einen Elch, der ihrem Gespann zu nahe gekommen war. Ein Warnschuss hatte gereicht, um ihn in die Flucht zu schlagen, sonst hätte es gefährlich werden können.

Die Wölfe blieben ungefähr eine halbe Stunde in ihrer Nähe. Sie bekam nie etwas anderes zu sehen als flüchtige Schatten und gelbe Sichelaugen, sah manchmal gar nichts und spürte nur ein unangenehmes Kribbeln in der Magengrube, bis sie wieder auftauchten und plötzlich auf der anderen Seite des Schlittens liefen, aber immer noch so weit entfernt, dass sie nicht einmal sagen konnte, ob es sich tatsächlich um Wölfe handelte. Selten hatte sie sich so unwohl auf dem Trail gefühlt, nie waren Wölfe so lange geblieben.

Doch so unvermittelt, wie sie gekommen waren, verschwanden sie auch wieder. Als wären die Schatten mit der Dunkelheit verschmolzen und die leuchtenden Augen erloschen. Josie traute dem Frieden nicht und behielt den Revolver in der Hand, jederzeit auf einen heimtückischen Angriff gefasst. Erst am entspannten Verhalten der Huskys erkannte sie, dass die Wölfe tatsächlich verschwunden waren. Warum sie so lange in ihrer Nähe geblieben waren, würde sie niemals erfahren. Sie wollte auch nicht darüber nachdenken.

Mit den Wölfen hatte sich auch der Wind zurückgezogen, und es schneite lange nicht mehr so stark. Endlich mal Zeit für sie, etwas entspannter auf den Kufen zu stehen und durchzuatmen. Ein Blick zum Himmel verriet ihr, dass es beinahe schon Mitternacht war. Der Marsch über die Dünen hatte länger gedauert, als sie angenommen hatte. Aber noch immer reichlich Zeit, um schon frühmorgens am vereinbarten Tag das Post Office zu erreichen. Der Postmaster würde große Augen machen, wenn er sie mit dem Schlitten kommen sah. Sie freute sich schon jetzt auf seine erstaunte Miene. Aber sie durfte nicht übermütig werden, noch hatte sie ein gutes Stück des Weges vor sich.

Josie überquerte den Moose River und fuhr ein paar Meilen an seinem Ufer entlang, bis sie zu den steilen Serpentinen kam, die zu dem Hügelkamm hinaufführten. Sie kamen ihr noch steiler als beim letzten Mal vor. Nicht unüberwindbar, aber gefährlich, wenn der Wind weiterhin so launisch blieb und alle paar Minuten mit heftigen Böen überraschte. Zumindest hatte der Schnee nachgelassen, nur noch vereinzelte Flocken wirbelten durch die kalte Luft.

»Das letzte große Hindernis!«, versprach Josie ihren Huskys. »Dagegen ist der Rest das reinste Kinderspiel. Also reißt euch noch mal zusammen, ich tue es auch!« Sie zog eine Rohhautschnur aus der Schlittentasche, nahm sie doppelt und band sich damit an den Schlittenrahmen. »Nur zur Sicherheit. Damit ihr mir nicht weglauft, falls ich auf die Nase falle. Kann es losgehen, Skip?«

Die Huskys waren längst bereit, bewegten sich aber erst, als Josie das Kommando gab. Sie würde die meiste Zeit hinter dem Schlitten herlaufen und ihn anschieben, der Anstieg war vereist, und Schneeschuhe wären nur hinderlich gewesen. »Es kann losgehen! Vorwärts! Go! Go! Zeigt, was ihr könnt!« Es waren immer die gleichen oder ähnliche Kommandos, es kam aber noch mehr auf den Tonfall an, in dem sie einen Befehl gab. Fordernd in dieser Nacht, weil sie und die Huskys sich noch mal besonders anstrengen mussten.

Die ersten Serpentinen nahmen sie ohne Zwischenfall. Der Trail wurde auf beiden Seiten von verharschtem Schnee und Eisbrocken begrenzt, war teilweise von Schneewehen überdeckt, und die Kurven waren so steil, dass es schwer war, mit dem Schlitten in der Spur zu bleiben. Sie würde es nur bis zu dem Hügelkamm schaffen, wenn sie sich Zeit ließ. Der Hang war wesentlich steiler als der auf der anderen Seite, und ein einziger Fehltritt konnte mit einem gefährlichen Sturz in die Tiefe und einer bitteren Katastrophe enden.

Blass und gespenstisch lag der steile Hang vor ihr. Der Wind kam von hinten und drückte sie gegen den Schnee, ließ plötzlich nach und zwang sie, nach Halt zu suchen. Wild fluchend, gar nicht ladylike, wie sie sich eingestehen musste, stemmte sie sich gegen den Schlitten und schob, feuerte die Hunde an und fluchte erneut, wenn sie nicht genug Halt auf dem Schnee fand.

Auf halber Höhe schien der Boden unter ihr nachzugeben. Ein Irrglaube, denn es war eine plötzliche Windböe, die sie von den Beinen gefegt und ihre Hände von der Haltestange gerissen hatte. Sie fiel zu Boden und rutschte nach unten, spürte das kantige Eis durch ihre Handschuhe, als sie sich festhalten wollte, und glitt über den Trail auf den offenen Hang. Nur die Rohhautschnur bremste sie und ließ sie wie eine entkräftete Bergsteigerin an einem Steilhang kleben. Josie schrie vor Angst und alarmierte die Huskys, die sich mit aller Kraft gegen das plötzliche Gewicht stemmten und ihren Sturz verhinderten.

Sie bekam einen Eisbrocken zu fassen und zog sich keuchend auf den Trail zurück. Nur mühsam fand sie Halt für ihre Stiefel. Jede Bewegung schmerzte, jeder Windstoß drohte, sie erneut in die Tiefe zu drängen. Ihr ganzer Körper tat weh. Sie bekam die Haltestange zu fassen und zog sich nach oben, verharrte minutenlang in dieser Stellung, bis sie wieder Luft bekam.

»Tut mir leid«, sagte sie zu ihren Hunden, »ich hab nicht aufgepasst.«

Trotz ihrer Schmerzen legte sie nur eine kurze Pause ein. Auf dem Steilhang war es viel zu gefährlich, sich länger den Windstößen auszusetzen. Etwas schneller als bisher erklomm sie das letzte Stück des Hanges, blieb auf dem Hügelkamm stehen und ließ sich minutenlang die eisige Luft um die Nase wehen, bevor sie auf die Kufen stieg und die wesentlich bequemere, aber immer noch gefährliche Fahrt nach unten antrat. Auf dieser Seite des Hanges war der Trail breiter, und sie waren gegen die Windböen geschützt. Leichtes Spiel für die Musherin und ihre Huskys, auch wenn alle Knochen wehtaten.

In dem Fichtenwald, der unterhalb des Hanges begann, legte sie eine längere Pause ein, fütterte die Huskys und aß eines der Sandwiches, die sie mitgenommen hatte. Sie wagte es, kurz ihre Handschuhe auszuziehen, entdeckte aber keine ernsthaften Wunden an ihren Händen, nur einige rötliche Striemen, die von den Eisbrocken stammten. Sie zog den Huskys neue *booties* an, umarmte jeden einzelnen und versprach: »Jetzt geht's nach Hause, ihr Lieben!«

Es war keine vier Uhr früh, als sie Fairbanks erreichte. Sie überlegte kurz, zu Hause anzuhalten, entschied sich dagegen und fuhr über die Brücke in die Stadt. Um diese Zeit war selbst auf der sonst so geschäftigen Cushman Street kaum etwas los. Nur ein Bäcker, der neues Brot backen wollte, und ein Betrunkener, der wohl zu viel Moonshine erwischt hatte, waren unterwegs.

Sie bog in die First Avenue und hielt vor dem Post Office, das um diese Zeit noch nicht geöffnet hatte. Eigentlich hatte sie vor, den Umschlag mit den unterschriebenen Dokumenten in den Briefkasten neben der Tür zu werfen, aber E.G. Marshall, der im ersten Stock wohnte, hatte ihre Huskys gehört und trat mit einer Petroleumlampe ans Fenster. Allein sein überraschtes Gesicht, als er Josie erkannte, war die frühe Rückkehr wert. Er kam die Treppe in seinem Wintermantel herunter, öffnete die Tür und staunte: »Josie! Sie sind schon zurück?« Der eisige Wind traf sein Gesicht. »Kommen Sie doch rein!«

Sie folgte ihm ins Haus und reichte ihm den Umschlag. »Ich wollte Sie nicht stören, Sir. Hier sind die Dokumente, auf die Sie gewartet haben. Mister O'Rourke lässt Sie grüßen. Er kommt in vier, fünf Wochen bei Ihnen vorbei.«

»Das ist ja … fantastisch! Dass Sie so schnell sind, meine ich.«

»Mushing liegt bei uns in der Familie, Sir.«

»Das glaube ich langsam auch«, gestand er ein. »Damit haben Sie sich den Vertrag für die nächsten drei Posttouren redlich verdient. Entschuldigen Sie, wenn ich anfangs etwas misstrauisch war, aber eine Frau auf der Postroute …«

Sie lachte. »Wir Frauen sind immer für eine Überraschung gut.«

12

Ihr Vater reagierte auf zwiespältige Weise. Als er Josie am frühen Morgen am Frühstückstisch sitzen sah, einen Becher mit heißem Tee in beiden Händen, blieb er überrascht stehen und sagte: »Du bist schon zurück? Ich hab gehört, in den Bergen soll es gestürmt haben. Musstest du deshalb früher umkehren?«

»Ich musste nicht umkehren, Vater«, antwortete sie, »ich war bei dem Fallensteller, hab ihn unterschreiben lassen und bin gleich wieder gefahren.«

»Du hast es geschafft?«

»Mit Glanz und Gloria!«

»Du warst in den Bergen und bist schon wieder zurück?«

»Um vier Uhr früh war ich beim Post Office. Marshall hat meine Huskys gehört und kam im Mantel runter. Er konnte es gar nicht glauben, aber dann hab ich ihm den Umschlag mit den unterschriebenen Dokumenten gegeben, und er hat mich beglückwünscht. Ich darf die nächsten drei Touren fahren!«

»Es sei denn, ich werde wieder gesund.«

»Wir sind doch ein Team, Vater! Hauptsache, wir haben den Vertrag für die Fahrten zum Lake Minchumina auch dann, wenn du nicht fahren kannst.«

»Das mit der Lunge ist doch gar nicht so schlimm.«

»Du musst auf den Arzt hören, Vater!«

»Auch Ärzte können sich irren.«

»Aber Röntgenbilder nicht.« Sie schenkte ihm Tee ein und bereitete das Frühstück zu. Gebratene Eier mit Speck, dazu Sauerteigbrot und Käse. Der frische Duft zog durch den Wohnraum und schien sogar die Huskys vor dem Haus zu erreichen. Sie jaulten hungrig, obwohl Josie sie längst gefüttert hatte. »Für heute Abend habe ich ein großes Elchsteak für dich bereitgelegt, Vater.«

»Wie hast du das geschafft?«, fragte er, immer noch ungläubig.

»Die Fahrt in die Berge?« Josie lächelte trotz der großen Gefahr, in der sie in dem verschneiten Tal und am Steilhang geschwebt hatte. »So richtig schwierig wurde es erst auf der Rückfahrt, als es zu stürmen begann. Auf dem Steilhang vor dem langen Hügelkamm bin ich gestürzt. Ich hatte mich mit einer Rohhautschnur an den Schlitten gebunden, wie du es mir gezeigt hast, und mir ist nichts passiert. Ohne den Druck, den ich vom Post Office hatte, wäre ich erst später losgefahren, aber ich wollte Marshall und dir zeigen, was ich kann, und das ist mir hoffentlich gelungen. Ich bin gut genug, Vater!«

Jetzt lächelte auch er. »Ja, das bist du tatsächlich. Ich kenne nur wenige Musher, die bei solchem Wetter aus den White Mountains rausgekommen wären.« Er kaute angestrengt. »Die Fahrt zum Minchumina Lake ist natürlich noch mal was ganz anderes. Da bist du zwei Wochen unterwegs, übernachtest in Dörfern und Hütten am Wegesrand. Und das Wetter spielt auch nicht immer mit.

Ich hab so manchen Blizzard in den Kuskokwim Mountains erlebt.«

»Noch haben wir Zeit. Ich werde fleißig trainieren, Vater.«

Nach dem Frühstück wusch sich Josie mit dem Wasser, das sie in einer Schüssel über dem Ofen wärmte, und wechselte ihre Unterwäsche. In ihren besseren Hosen, dem karierten Flanellhemd und der roten Strickjacke sah sie schon manierlicher aus. Weil sie am frühen Nachmittag bei Jimmy vorbeischauen wollte, trug sie sogar etwas Gesichtspuder und Rouge auf ihre Wangen auf. Einen Lippenstift besaß sie nicht. Die grellen Farben, die im Regal der Northern Commercial Company standen und angeblich auch von berühmten Filmstars in Hollywood benutzt wurden, empfand sie als viel zu aufdringlich.

»Was hast du denn mit deinem Gesicht gemacht?«, fragte ihr Vater.

»Nur ein bisschen nachgeholfen.«

»Das hast du doch gar nicht nötig!« Er hatte sich Tee nachgeschenkt und rührte zu viel Zucker hinein. »Ich frage mich sowieso, warum sich neuerdings so viele Frauen anmalen. Als ob man damit schöner aussehen würde.«

»Ein bisschen schon.«

»Du besuchst wieder deinen Jimmy, was?«

»Aber vorher fahre ich bei Grandma vorbei. Ich hab ein bisschen Angst um sie. Jemanden von Rauschmitteln zu entwöhnen, soll schmerzhaft sein.«

»Sie sollen ihr das Zeug lassen«, sagte er. »Solange sie es nicht flaschenweise trinkt, kann doch nichts passieren. Außerdem hab ich mich so an ihre schlechte Laune gewöhnt, dass es mir komisch vorkommen würde, wenn es plötzlich anders wäre. Eine alte Frau sollte man nicht mehr umkrempeln.«

»Laudanum ist gefährlich! Davon kann man sterben!«

»Wenn sie nach Hause will, bring sie her.«

»Wir müssen auf die Ärzte hören, Vater.«

Josie verspürte keine Lust, sich schon wieder auf eine Diskussion mit ihrem Vater einzulassen, und verließ das Haus. Für ihre tägliche Runde und ihren Besuch in der Stadt spannte sie Buddy und seine Artgenossen an. Er hätte sich wahrscheinlich lautstark beschwert, wenn sie wieder das Achtergespann angespannt hätte. »Ihr kommt schon nicht zu kurz«, beruhigte sie ihre Huskys, »aber solange Vater krank ist, kann eben nur ein Team drankommen.« Sie verriet ihnen nicht, dass sich das wahrscheinlich niemals ändern würde. »Vater und Grandma geht es beiden nicht besonders, das versteht ihr doch?«

Nach ein paar aufmunternden Worten für ihr Gespann fuhr sie los. Sie hatte in dieser Nacht nur kurz geschlafen, hatte kaum die Augen zugemacht, als es wieder an der Zeit war, die Huskys zu füttern, neue Holzscheite in den Ofen zu werfen und das Frühstück vorzubereiten. Dennoch fühlte sie sich gut gerüstet für den Tag. Die Idee, den ganzen Vormittag im Bett zu bleiben und Jimmy erst am nächsten Tag wiederzutreffen, war ihr gar nicht gekommen, und ihre Großmutter durfte sie auch nicht vernachlässigen.

Um wieder frisch zu werden, fuhr sie einige Meilen durch den Wald und ließ sich den Schnee ins Gesicht wehen. Sie nahm sogar für eine Weile ihre Schutzmaske ab, um die Kälte besser spüren zu können. Der eisige Wind rötete ihre Wangen auf natürliche Weise und ließ das Rouge, das sie aufgetragen hatte, überflüssig erscheinen. Sie setzte die Schutzmaske wieder auf, fühlte sich jetzt wacher, auch wenn ihr die lange Fahrt der vergangenen Nacht noch in den Gliedern steckte und ihr manche Bewegung zur Qual machte.

Zum Leidwesen der Huskys, die gerne weiter gelaufen wären, fiel ihr Ausflug deshalb kürzer aus, und sie fuhr über einen breiten Trail zum Ufer des Chena River. Über dem vereisten Fluss hingen Nebelschwaden und ließen die Häuser am anderen Ufer wie eine Fata Morgana erscheinen. Der Sturm war an Fairbanks vorbeigezogen, der Wind wehte nur etwas böiger von den Bergen herab und trieb vereinzelte Schneeflocken vor sich her. Die beiden Lampen vor dem Krankenhaus verbreiteten helles Licht, verstärkt durch den Schnee, der auch das wenige Licht, das vom Himmel kam, reflektierte. Ein Krankenwagen und der Ford Model A eines Arztes standen vor dem Eingang.

Josie parkte ihren Schlitten daneben und versprach ihren Huskys, bald wieder zurückzukommen. Im Empfangsraum bot sie der Schwester hinter dem Tresen zwei Riegel von ihrer Schweizer Schokolade an. Die Augen der Schwester leuchteten, als das Stück auf ihrer Zunge schmolz. »Aus der Schweiz«, betonte Josie, stieg in den zweiten Stock hinauf und hörte ihre Großmutter schon aus der Ferne. »Machen Sie mich endlich los!«, schrie sie.

Josie beeilte sich und lief zu ihrem Zimmer. Sie bahnte sich einen Weg durch die Schwestern und Ärzte und sah Dr. Amos Guinn vor ihrem Krankenbett stehen. Grandma war mit breiten Lederriemen an ihr Bett gefesselt.

»Grandma!«, rief Josie. »Beruhige dich, Grandma!«

»Ich will mich aber nicht beruhigen!« Ihre Großmutter schrie so laut, dass man es im ganzen Krankenhaus hören musste. Ihr Gesicht war vor Wut und Schmerz verzerrt. »Ich will, dass sie mich losmachen und mir das Laudanum geben. Bist du das, Josie? Verdammt, warum machst du mich nicht los?«

Josie ging vor ihrer Großmutter in die Hocke und legte ihr eine Hand auf die Wange. »Du musst von dem Laudanum loskommen, sonst stirbst du!«, sagte sie eindringlich. »Halte durch, Grandma! Es ist doch nicht für immer.«

»Ich bin kein Tier, das man festbinden kann!«

»Das ist doch nur zu deinem Schutz. Damit du dir nicht wehtust.«

»Blödsinn! Oder bin ich hier im Gefängnis?«

»Natürlich nicht, Grandma.«

»Dann mach mich los, verdammt!«

Wenn ihre Großmutter fluchte, musste es schlimm um sie stehen. Sie zerrte schreiend an den Lederriemen, schien den Verstand verloren zu haben und schrie und tobte, als hätte man sie wie eine Hexe gefoltert. Eine jüngere Schwester wich erschrocken zurück und stieß gegen den Kleiderschrank, aus den anderen Krankenzimmern rief eine Frau um Hilfe, weil sie glaubte, ein Verrückter wäre in das Krankenhaus gedrungen und würde Patienten quälen.

Josie drehte sich zu Doctor Guinn um und blickte ihn Hilfe suchend an.

»Treten Sie bitte zur Seite, Miss Haskell«, bat der Arzt. Er spritzte ihrer Großmutter ein Beruhigungsmittel in den linken Arm und beobachtete zufrieden, wie ihr Redeschwall versiegte und sie langsam die Augen schloss. »Das wird zwei, drei Stunden vorhalten«, sagte er zu Josie. »Kommen Sie doch bitte mit in mein Büro. Dort können wir in Ruhe über alles reden.« Er trug Schwester Agnes auf, sich weiter um Grandma zu kümmern, und ging voraus.

»Tut mir leid, dass Sie Ihre Großmutter in diesem Zustand sehen mussten«, begann er, »aber der zweite und dritte Tag sind meist am schlimmsten bei so einem Entzug. Dann wird es hoffentlich besser. Das Problem ist, dass die Schmerzen bei ihrer Krankheit so schwer werden können, dass nur noch Laudanum dagegen hilft. Ich hoffe, wir können den kritischen Zeitpunkt etwas hinauszögern. Leider gibt es noch keine wirksame Medizin gegen ihre Krankheit. Falls es zu schlimm werden sollte, müssten Sie sich um einen Heimplatz für Ihre Großmutter bemühen. Geht es Ihrem Vater denn besser?«

»Mit dem werde ich schon fertig«, erwiderte sie lächelnd.

»Sie sind eine bemerkenswerte Frau, Miss Haskell.«

Josie war froh, das Krankenhaus wieder verlassen zu können. Eigentlich wollte sie direkt zu Jimmy fahren, doch als sie die Brücke überquert hatte und die First Avenue hinunterfuhr, sah sie Mary aus dem Eisenwarenladen kommen und hielt den Schlitten an. »Josie!«, rief ihre Freundin. »In unserem Café gibt's heute Hühnereintopf. Du hast hoffentlich noch nicht gegessen?«

»Für Hühnereintopf wär immer Platz. Spring auf!«

Mary setzte sich auf den Schlitten, und sie fuhren um den Block zu ihrem Stammcafé in der Second Avenue. »Ich dachte, du wärst unterwegs?«, sagte Mary, als sie bestellt hatten. »Hab läuten hören, du wärst in den Bergen.«

Josie erzählte von ihrem Trip. »Ich hab keine Stunde geschlafen, wollte aber Grandma im Krankenhaus besuchen und Jimmy nicht warten lassen.«

»Hey«, sagte Mary, »das klingt nach Märchenprinz!«

»Bis jetzt schon. Er ist ... er ist was ganz Besonderes!«

»Hab ich doch gesagt. Solche Männer gibt's.«

»Ich hab trotzdem ein wenig Angst«, sagte Josie. »Nicht wegen Jimmy, der ist okay, aber wie soll das mit Grandma und Vater gehen, wenn wir uns mal besser kennen und vielleicht sogar heiraten. Ich kann die beiden doch nicht im Stich lassen. Um die beiden muss sich rund um die Uhr einer kümmern.«

Mary hatte für alles eine einfache Lösung. »Ist doch kein Problem. Ihr kümmert euch beide um sie. Wenn er tatsächlich ein Märchenprinz ist, macht er mit. Und wenn ihr genug Geld habt, holt ihr euch eine Hilfe dazu. Du willst doch sicher in Fairbanks bleiben und weiter mit den Huskys arbeiten?«

»Klar doch, ich will hier nicht weg.«

»Obwohl … Kalifornien, Hawaii … da muss es auch ganz schön sein. Immer nur Sonne, weiße Sandstrände, blaues Meer … dein Pilot könnte doch mit dir hinfliegen. In der Sonne liegen und faulenzen wäre doch nicht übel. Von den anderen Dingen, die man dort genießen kann, ganz zu schweigen.«

Josie trank einen Schluck von ihrem Milchkaffee. »Für eine Woche vielleicht, falls die Kasse stimmt«, antwortete sie, »länger hielte ich es dort auch nicht aus. Auch wenn das manche Leute vielleicht komisch finden, ich fühle mich in Schnee und Eis am wohlsten. Kalifornien, Hawaii … immer nur Sonne ist auch langweilig, außerdem leben da zu viele Menschen. Ich mag Alaska, oder gibt es was Schöneres, als mit dem Hundeschlitten in die Wildnis zu fahren und dieses weite Land zu genießen? Nein, ich bleibe bestimmt hier.«

»Paul und ich wollen auch bleiben, obwohl er in einer Stadt wie San Francisco sicher bessere Aufstiegschancen hätte. Aber in Fairbanks geht es familiärer zu, hier fühlen wir uns wohl.«

»Paul und du … gibt's denn was Neues zu berichten?«

»Ich glaube, er will mir einen Heiratsantrag machen.«

»Du glaubst?«

»So was hat man doch im Gefühl. Er hat mir gesagt, dass er schon weiß, was er von seinem nächsten Lohn kaufen wird. Und er hat dabei nach meiner linken Hand gegriffen und auf meinen Ringfinger geblickt. Ich bin sicher, er denkt sich irgendwas Romantisches für seinen

Antrag aus. Er kann sehr romantisch sein. Nicht so nüchtern, wie er sich in seiner Bank geben muss.«

»Das … das ist ja wundervoll. Und du bist sicher?«

»Ganz sicher. Ich muss jetzt schon weinen.«

»Und so schnell!«

»Warum soll man lange warten, wenn man den Richtigen gefunden hat? Ich wusste schon beim ersten Date, dass Paul und ich ein Paar sein werden.«

»So wie Jimmy und ich.«

»Du willst dich auch verloben?«

Josie lachte. »So weit sind wir noch nicht. Aber falls Jimmy mir irgendwann einmal einen Antrag machen sollte, erfährst du es natürlich als Erste.«

Nach dem Essen brachte Josie ihre Freundin zu ihrem Laden zurück und fuhr weiter zum Flughafen. Sie hatte die Hoffnung auf einen Mann, mit dem man sein ganzes Leben verbringen könnte, schon fast aufgegeben und nicht damit gerechnet, dass sie in absehbarer Zukunft einmal darüber nachdenken könnte. Dazu war sie mit der Pflege ihrer kranken Großmutter und damit, ihr und ihrem Vater den Haushalt zu führen und sich um die Huskys zu kümmern, viel zu sehr eingespannt. Ständig gab es etwas anderes für sie zu tun, und wenn sie wirklich mal einen Mann getroffen hatte, war es nie der Richtige gewesen. Umso mehr freute sie sich darauf, Jimmy wiederzutreffen. Ein Mann, wie sie ihn sich immer erträumt hatte, humorvoll, unabhängig, abenteuerlustig und dabei auch noch romantisch. Sie bewunderte ihn. Eine Maschine zu leasen und in Alaska, fern seiner eigentlichen

Heimat, zu versuchen, einen Flugdienst für Touristen und Frachtgüter aufzubauen, war ein kühnes Wagnis.

Doch als sie das Flugfeld erreichte und ihren Schlitten abbremste, sah sie, wie Jimmy aus dem Hangar von Alaska Airlines kam und lautstark mit einem anderen Mann stritt. Ein sportlicher Bursche mit rötlichen Haaren, die unter einer Wollmütze hervorlugten. Er trug Wollhosen und einen Pullover und funkelte Jimmy wütend an. Er sprach so laut, dass Josie jedes Wort verstand.

»Du hast mir gar nichts zu sagen!«, schimpfte er. »Es reicht doch, dass du mich in den Dakotas herumkommandiert hast. Die Nummer 1 bei den Barnstormers, dass ich nicht lache! Ein paar andere waren genauso gut wie du. Du hast dein Maul am weitesten aufgerissen, das ist alles! Hätte dich ein Veranstalter nicht zurückgehalten, wärst du sogar betrunken in deine Maschine gestiegen! Auf Lebenszeit hätte man dich sperren sollen!«

»Alles Lüge!«, konterte Jimmy. »Du weißt doch am besten, dass mir jemand Schnaps in die Limonade gegossen hat und ich zur Toilette und nicht zu meiner Maschine laufen wollte! Du hast mich angeschwärzt, weil du eifersüchtig auf mich warst. Was kann ich dafür, dass du keine abgekriegt hast?«

Der andere Pilot blieb stehen. »Ich konnte mich nicht beklagen. Ich hatte nur nicht so einen Verschleiß wie du. Du hast doch alles angebaggert, was einen Rock trug. Schade, dass dich der Farmer mit der Mistgabel nicht erwischt hat. An einen wie dich wollte er seine Tochter auf keinen Fall verlieren.«

»Ich hatte nichts mit ihr! Ich hatte ein paar Freundinnen, zugegeben, und manchmal hab ich vielleicht zu viel auf den Putz gehauen, aber wir brauchten damals alle Geld und erzählten den Leuten, was für tolle Kerle wir waren.«

»Auf meine Kosten, Jimmy! Aber das ist jetzt vorbei!«

»Du willst mir wirklich Konkurrenz machen, Eddy?«

Eddy triumphierte. »Ich hab die bessere Maschine. Gegen meine neue SM-1 Detroiter stinkt deine Klapperkiste doch ab. Etliche PS mehr, größere Reichweite, ein Sitz mehr, größer und bequemer und sicherer dazu. Was meinst du, womit die Leute lieber fliegen? Mit deiner Kiste bestimmt nicht.«

»Sie fliegen mit dem besseren Piloten, und das bin ich.«

»Denkst du.«

»Du willst mir hier wirklich Konkurrenz machen?« Jimmy wollte es noch immer nicht glauben. »Nur weil ich dir vor etlichen Jahren mal eine Freundin ausgespannt oder einen Job weggenommen habe? Wir waren damals alle keine Heiligen, Eddy, also lass den Scheiß! Mit solchen Spielchen kommst du hier nicht weit. Und mit deiner neuen Stinson, die dir ein reicher Erbonkel gekauft hat, auch nicht. Die ist viel zu groß, um in der Wildnis zu landen.«

»Das werden wir ja sehen!«

»Sieh dich vor, Eddy!«

Eddy lächelte siegessicher. »Keine Bange, ich weiß, was ich tue! In spätestens drei Monaten bist du Geschichte! Du hast mich nicht umsonst geärgert!«

13

Josie wartete, bis Eddy in einem Schuppen verschwunden war. Zögernd ging sie Jimmy entgegen, immer noch unter dem Einfluss des Streits zwischen ihm und seinem Rivalen. »Hey, Jimmy!«, begrüßte sie ihn. »Ich hab alles mitangehört. Stimmt das? Du warst hinter den Mädchen her? Und ein Angeber?«

»Josie!«, erschrak er. »Ich dachte, du bist unterwegs?«

»Ich bin schon zurück, wie du siehst.« Sie klang eingeschnappt, wütend und traurig zugleich und wusste selbst noch nicht, welches dieser Gefühle vorherrschend bleiben würde. »Ich wollte dich überraschen. Was hat das alles zu bedeuten, Jimmy?«

»Kinderkram!«, erwiderte er barsch.

»Was er da alles über dich gesagt hat …«

Jimmy ging auf sie zu und blieb abrupt stehen, als er das Blitzen in ihren Augen erkannte. »Eddy ist wütend auf mich. Wir konnten uns noch nie leiden, schon vor unserer Barnstormer-Zeit in North Dakota nicht. Er ist immer noch sauer, weil ich damals erfolgreicher war und von den Mädchen bewundert wurde. Was kann ich dafür, wenn die meisten keine Rotschöpfe mögen?«

»Stimmt das? Du warst hinter jedem Rockzipfel her?«

Jimmy fiel es schwer, sich zu rechtfertigen. »Das ist doch eine halbe Ewigkeit her. Das meiste hatte ich schon längst vergessen. Wir waren damals alle Draufgänger, und natürlich waren wir hinter den Mädchen her. Das ist doch überall so. Wir waren jung und dachten, uns gehörte die Welt. Aber so ein Ekel, wie Eddy sagt, war ich nie.« Er ging einen weiteren Schritt auf sie zu und blieb wieder stehen. »Jetzt bin ich erwachsen, Josie. Den leichtsinnigen Draufgänger hab ich in North Dakota zurückgelassen. Ich mein es ehrlich!«

»Ich glaube dir, Jimmy.« Sie hatte Tränen in den Augen.

»Ich bin kein Schürzenjäger mehr! Selbst wenn ich einer wäre, hätte sich das mit dir geändert. Du bist die Frau, nach der ich immer gesucht habe.«

»Und das sagst du nicht nur so?«

»Ich werde den Teufel tun und dich belügen.«

Sie lächelte ihre Tränen weg und küsste ihn sanft auf den Mund. In der eisigen Kälte und dem frischen Wind waren seine Lippen kaum zu spüren, aber das war ihr egal. Es tat ihr gut, seine Wärme und Zuneigung zu spüren.

»Dieser Eddy … er will dir Konkurrenz machen?«

»Sieht so aus«, sagte Jimmy. »Und wie ich ihn kenne, wird er vor keiner Schweinerei zurückschrecken, um mich zu vertreiben. Aber das schafft er nicht! Mir egal, dass seine Maschine nagelneu und bequemer als meine ist, hier in Alaska brauchst du vor allem wendige Flugzeuge wie meine Stinson, mit der du auf einer Lichtung oder einer Sandbank landen kannst.« Er grinste frech. »Außerdem bin ich der bessere Pilot und hab schon etliche Flugstunden in den Bergen hinter mir. In den Rockies in Montana, nachdem ich aus North Dakota weggezogen war, und in den Chugach Mountains an der Küste. Sogar in der Alaska Range und am Mount McKinley bin ich schon rumgekurvt. Denali«, verbesserte er sich schnell. »Da fällt mir ein … bevor Eddy mir auf die Nerven ging, wollte ich ein paar Runden um den Denali drehen. Kommst du mit?«

»Zum Denali? Jetzt?« Sie zögerte nur kurz. »Warum nicht?«

Er ließ die Maschine aus dem Hangar rollen und überprüfte sie wie vor jedem Start. Vollgetankt hatte er sie bereits. »Für ein paar Tankfüllungen reichen meine Ersparnisse noch, aber dann muss ich langsam was verdienen.«

»Im *News-Miner* war ein Artikel über deine Flugshow«, erwiderte sie, »der bringt dir sicher ein paar Buchungen. Haben denn schon Leute reserviert?«

Jimmy checkte die Skier, die im Winter die Räder ersetzten, und nickte zufrieden. »Es sieht gar nicht mal so schlecht aus. Nächste Woche fange ich mit meinen Rundflügen zum Denali an. Der Superintendent des Nationalparks hat nichts dagegen, vorerst jedenfalls. Könnte sein, dass ich noch was Schriftliches vom National Park Service brauche, aber das hat noch Zeit. Und wenn nicht, komme ich auch außerhalb des Parks dicht genug an den Berg heran.«

»Du musst eine Broschüre drucken lassen und in den Lodges und Läden auslegen. Ich helfe dir, sie zu verteilen. Ich kenne eine Menge Leute.«

»Ich hab Werbezettel … wie ich sie bei der Flugshow verteilt habe«, berichtete er. »Broschüren sind mir zu teuer. In ein paar Wochen vielleicht.«

Während Jimmy die Anzeigen checkte, spannte Josie ihre Huskys aus und band sie an die Pflöcke hinter der Baracke. Sie verteilte Leckerli und sagte: »Jimmy nimmt mich auf einen Ausflug mit seinem Flugzeug mit. Spätestens bis es dunkel wird, bin ich wieder zurück. Benehmt euch, habt ihr gehört?«

Als sie zur Maschine ging, sah sie Eddy rauchend in der angelehnten Hangartür stehen. Er grinste unverschämt. »Josie, hab ich mir sagen lassen. Wenn Sie die Nase voll von diesem Angeber haben, kommen Sie zu mir, okay?«

»Ganz bestimmt nicht!«, erwiderte sie.

»Jimmy ist eine Niete! Das werden Sie schon noch merken.«

»Hier ist Rauchen verboten!«, rief sie ihm zu.

Sie kletterte in die Stinson und machte es sich auf dem Sitz neben Jimmy bequem. Er hatte Fliegerkappe und Schutzbrille aufgezogen und deutete auf den Rucksack auf der Rückbank. »Ich hab uns etwas Proviant eingepackt. Schau mal rein, die bunte Tüte in der Seitentasche ist eine Überraschung.«

Josie beugte sich nach hinten und kramte eine bunte Tüte mit Gummibären aus dem Rucksack. »Gummibären!«, rief sie staunend. »Woher weißt du …«

»Hat mir jemand in der Stadt verraten. In einem Café.«

»Du warst in meinem Stammcafé?«

»Reiner Zufall. Deine Freundin war auch dort. Sie hat mich erkannt und mir gesagt, dass ich dich nicht enttäuschen soll. Niemals, hab ich ihr geantwortet. Und dann hat sie mir noch verraten, dass du die bunten Bären magst.«

»Du bist ein Schatz!« Josie küsste ihn auf die Wange. »Genauso gut wie die Schweizer Schokolade.« Sie öffnete die Tüte und griff hinein.

Jimmy startete den Motor und fuhr zur Startbahn. Als sie am Hangar von Alaska Airways vorbeifuhren, stand Eddy noch immer in der Tür und zeigte ihnen den Mittelfinger. »Idiot!«, murmelte Jimmy und erhöhte die Drehzahl. Mit aufheulendem Motor glitten sie über die festgestampfte Piste. Jimmy startete gegen den Wind, flog in einer lang gezogenen Kurve über die Bäume und nahm Kurs auf die Alaska Range im Südosten. Das Dröhnen wurde leiser.

Josie hatte keine Angst vorm Fliegen, ganz im Gegenteil. Während die Maschine weit über den verschneiten Bäumen flog, fühlte sie sich ungewöhnlich leicht und beschwingt, wie in einem der Kettenkarussells, die sie von Jahrmärkten kannte. Nur ging es noch steiler und höher hinauf, als wollten sie den Himmel durchstoßen, und die Aussicht war so eindrucksvoll, dass sie aus dem Staunen nicht mehr herauskam. Goldfarbenes Licht ergoss sich über die steilen Berghänge, als die Sonne über dem Horizont erschien und ihre kurze Reise über den winterlichen Himmel antrat, ein Schauspiel, das in dieser Höhe noch großartiger und farbenprächtiger wirkte. Die Luft war klar und rein.

»So einen Himmel siehst du nur in Alaska«, sagte er. »Nicht mal in den Rockies in Montana gab es solches

Licht und in North Dakota schon gar nicht. »Da gab's nur Trockenheit, Tornados und einen endlosen Himmel.«

»So flach?«

»Flach wie ein Pfannkuchen!«

»Da könnte ich nicht leben.«

»Ich auch nicht«, sagte er, »deshalb bin ich ja weg. Aber ein Gutes hatte die Gegend: Zum Kunstfliegen war der Himmel dort wie geschaffen. So viel Platz hatte ich nirgendwo sonst, höchstens noch über dem Meer, aber wer wagt sich mit so einer Kiste schon aufs Meer hinaus? Lindbergh, und sonst?«

Von Charles Lindbergh hatte Josie schon gehört. Er hatte als erster Pilot den Atlantik überquert, ohne auch nur einmal zu landen. Ob Jimmy auch mal einen Rekord aufstellte? Wenn sie die Augen schloss, sah sie ihn in seiner Fliegermontur vor seiner Maschine posieren, von der Menge umjubelt, als ihm der Präsident eine Medaille umhängt und ihm im Namen der Nation dankt. Ein Traum, so verrückt wie die Vorstellung, sie würde mit dem Hundeschlitten bis zum Polarmeer fahren und von den Zuschauern an der Küste wie ein Champion bejubelt werden. »Träumst du?«, hörte sie Jimmy fragen.

Josie öffnete lächelnd die Augen. »Ich hab mir gerade vorgestellt, wie es wohl wäre, wenn du einen Rekord wie Charles Lindbergh aufstellen würdest. Wie würdest du dich beim Präsidenten für die Medal of Honor bedanken?«

Jimmy musste lachen. »Du träumst vielleicht Sachen! Ich würde sagen, Mister President, diese Ehre habe ich nur meiner Frau Josie zu verdanken. Ohne sie wäre ich nie zu dieser Leistung fähig gewesen. Am besten, Sie geben ihr auch eine Medaille, denn sie hätte diese Ehrung ehrlich verdient.«

Sie strahlte. »Das würdest du sagen?«

»Und ob!«

Sie flogen über die Schienen der Alaska Railroad hinweg und hielten auf die Berge zu. Der Denali ragte wie ein Riese im weißen Mantel daraus hervor, unnahbar und ehrwürdig wie ein Herrscher und umgeben von dem mittäglichen Dunst, der wie flüssiges Gold um seinen Gipfel floss. Schon aus der Ferne waren die mächtigen Gletscher unterhalb seiner Steilhänge zu sehen.

»Wow! So schön sieht man ihn selten!«, sagte Josie.

Auch Jimmy war von dem Naturschauspiel beeindruckt, hatte aber alle Hände voll damit zu tun, die Böen aufzufangen, die plötzlich an der Maschine zerrten. »In den Bergen ist es immer etwas holprig«, beruhigte er sie. »Zu nahe darf ich auch nicht an den Denali ran, sonst kriegen wir Ärger mit ihm.«

Jimmy legte die Stinson in eine weite Kurve und schaffte es in relativ kurzer Zeit, den Turbulenzen auszuweichen. Sie waren zur richtigen Zeit gekommen, erkannten schon jetzt, wie der goldfarbene Glanz einem eher bläulichen Zwielicht wich, das kälter und abweisender wirkte und die Bergwildnis gefährlich aussehen ließ. Ein ebenso faszinierender Anblick wie der Sonnenaufgang, nur anders und so bedrohlich, wie die Wildnis wirklich sein konnte.

Die eigentliche Gefahr aber kam von hinten. Ohne dass Jimmy oder sie den Motor gehört hatten, schoss plötzlich eine blau-weiße Stinson neuester Bauart an ihnen vorbei und streifte sie beinahe mit ihren Tragflächen. Mit aufheulendem Motor zog die Maschine an ihnen vorbei, wie ein Kampfflugzeug im Großen Krieg. Es fehlte nur das Rattern von Maschinengewehren.

»Das ist Eddy!«, erschrak Jimmy. »Ist der verrückt geworden?«

Josie blickte entsetzt nach vorn. Aus ihrem Tagtraum war ein Albtraum geworden, so gemein und unfassbar, dass sie es nicht glauben konnte. Ein schlechter Scherz, sagte sie sich. Eddys Versuch, Jimmy zu demonstrieren, was für ein guter Flieger er inzwischen war. Ein Manöver, wie die Barnstormers es vielleicht während ihrer Vorstellungen in North Dakota gewagt hatten.

Eddy schien noch nicht genug zu haben. Er wendete über einem steil abfallenden Gletscher und hielt jetzt genau auf sie zu, als hätte er vor, sie frontal zu rammen und vom Himmel zu holen. Ihr kamen Bilder aus dem Großen Krieg in den Sinn. Der Rote Baron, der Meisterpilot der Deutschen in seinem roten Doppeldecker, wie er einen Feind nach dem anderen ausschaltete, dabei halsbrecherische Manöver ausführte und immer entkam. Die Bilder von getroffenen Flugzeugen, die rauchend zu Boden trudelten und explodierten.

»Ein alter Trick der Barnstormers«, beruhigte Jimmy sie. »Man fliegt aufeinander zu, und kurz vor dem vermeintlichen Crash weicht der eine nach oben und der andere nach unten aus. Ich war immer derjenige, der sich fallen ließ. Wer aus Süden oder Osten kam, ließ sich fallen. Halt dich gut fest!«

Jimmy ließ es nicht darauf ankommen, drückte die Stinson schon früher nach unten und entkam seinem Widersacher, der stur weiter geradeaus flog.

»Warum tut er das?«, rief sie. »Das ist lebensgefährlich!«

»Er will uns ärgern, was sonst?«

»Und uns in den Tod treiben?«

»Dem Mistkerl traue ich alles zu!«

Josie drückte ihre Stirn gegen das Seitenfenster und versuchte, die Maschine ihres Widersachers auszumachen. Inzwischen waren auch die letzten Spuren des goldenen Lichts vom Himmel verschwunden, und arktisches Zwielicht nistete sich zwischen den Bergen ein. »Lass uns umkehren!«, rief sie.

Kaum hatte sie ausgesprochen, tauchte Eddys Maschine über ihnen auf. Sie sah nur etwas Dunkles, wusste aber gleich, dass es ihr Widersacher war. Gleich darauf dröhnte der Motor seiner Stinson auf, und er ging so plötzlich vor ihnen auf gleiche Höhe, dass Jimmy nichts anderes übrig blieb, als seine Maschine absinken zu lassen und sich vor ihm in Sicherheit zu bringen. Angespannt wendete er die Stinson und hielt nach seinem Widersacher Ausschau.

Josie stöhnte laut. »Der ist verrückt! Der will uns umbringen!«

»Es hilft nichts! Wir müssen runter!«, sagte er.

»Hier? Wo willst du denn hier landen?«

Jimmy gab keine Antwort. Immer weiter drückte er die Maschine nach unten. Während Eddy schon wieder wendete und erneut angreifen wollte, suchte er verzweifelt nach einer Möglichkeit, mit der Stinson möglichst ungefährdet aufsetzen zu können. »Siehst du was?«, rief er Josie zu. »Verflucht! Der Kerl holt uns vom Himmel, wenn wir nicht bald einen Platz zum Landen finden!«

»Da drüben! Zwischen den Bergen!« Josie deutete auf einen keilförmigen Einschnitt zwischen zwei Bergmassiven, ein verschneiter Hang, nicht zu steil, auch nicht besonders flach, aber die einzige Möglichkeit, mit der Stinson einigermaßen sicher aufzusetzen und Eddy zu entkommen. »Schaffst du das?«

Jimmy grinste ein wenig gequält. »Wenn ich mir die Medal of Honor verdienen will, muss ich es schaffen. Halt dich trotzdem fest, es ist windig hier!«

Das brauchte man Josie nicht zweimal zu sagen. Sie klammerte sich mit beiden Händen an ihren Sitz, empfand aber seltsamerweise kaum Angst. Wenn sie sich fürchtete, dann vor den halsbrecherischen Angriffen dieses Verrückten, aber nicht vor einer schwierigen Landung mit Jimmy. Obwohl sie nur einmal mit ihm geflogen war, vertraute sie ihm vorbehaltlos. So wie er hoffentlich ihr vertraute, wenn er auf ihrem Hundeschlitten saß.

Jimmy hielt gegen den Wind auf den Hang zu. Normalerweise hätte er ihn einmal überflogen, um zu sehen, auf was er sich einließ, doch hier war keine Zeit. Eddy hatte längst gemerkt, was er vorhatte, und stürzte sich mit seiner Maschine nach unten, als wollte er ihm mit einer letzten Salve aus seinem Maschinengewehr den Rest geben. In einem Luftkampf bittere Notwendigkeit, in Friedenszeiten ein verbrecherisches Manöver auch ohne Waffen.

Josie ließ sich durch das Rütteln des Windes an ihrer Maschine nicht aus der Ruhe bringen. In Bodennähe wirbelte der Wind von der Seite und drohte, sie mit kräftigen Böen vom Kurs abzubringen, doch Jimmy war darauf vorbereitet und steuerte rechtzeitig dagegen. Der verschneite Hang flog auf sie zu. Tiefer Schnee, in dem man stecken bleiben und sich überschlagen konnte, wenn die Skier beim Aufsetzen nicht nach oben ragten? Ein eisiger Hang, von Neuschnee bedeckt, auf dem sie nicht anhalten konnten? Eine Todesfalle?

Der Wind wurde stärker, rüttelte jetzt so stark an den doppelten Tragflächen und dem Rumpf, dass Josie glaubte, die Maschine würde jeden Augenblick auseinanderbrechen. Sie schüttelte sich wie ein nasser Hund, neigte sich gefährlich nach links, dann nach rechts und setzte endlich auf. Jimmy hatte sie genau im richtigen Augenblick auf den Schnee sinken lassen, ließ sie den Hang hinauf ausgleiten und stellte sie quer. Schwankend blieb sie stehen.

Durch eine Seitenscheibe beobachteten sie, wie Eddy eine Runde über ihnen drehte und sich dann enttäuscht aus dem Staub machte. Oder triumphierte er? Josie kümmerte es nicht. Hauptsache, sie waren sicher gelandet.

»Willkommen im McKinley National Park!«, sagte Jimmy.

»So ein gemeiner Mistkerl!«, fluchte Josie.

»Dafür könnten wir ihn anzeigen.«

»Ohne Beweise? Uns würde doch niemand glauben!«

»Du hast recht«, räumte Jimmy ein. »Dass Eddy zu so einer Schweinerei fähig ist, nimmt uns tatsächlich niemand ab. Wir würden sogar Ärger bekommen. Üble Nachrede und so. Darauf hat er es vielleicht sogar abgesehen.«

Josie beugte sich zu ihm hinüber und küsste ihn. »Das hast du gut gemacht, Jimmy! Du bist besser geflogen als dieser Rote Baron aus Deutschland.«

»Wie kommst du denn auf den?«

»Den hab ich mal im Kino gesehen. In den *Movietone News*.«

»Es war fast wie bei einem Luftkampf, das stimmt«, sagte Jimmy. »Was hat ihn bloß geritten? Eifersucht? Neid? Wollte er mir zeigen, dass er der bessere Pilot ist? Ein guter Pilot würde sich niemals zu so einer Dummheit hinreißen lassen. Wenn dir dieser Hang nicht aufgefallen wäre, hätte die Landung böse enden können. Zum Glück ist der Schnee nicht so tief, wie ich dachte. Nur der Wind macht mir etwas Sorgen.« Er schnaufte erleichtert. »Gibst du mir noch einen Kuss? Wenn du mich küsst, fliege ich noch besser.«

Sie küsste ihn lange und hingebungsvoll, blieb eine Weile an seine Brust gelehnt liegen und setzte sich lächelnd wieder auf. »Machen wir, dass wir hier wegkommen, Jimmy!«

14

Jimmy startete auf dem abschüssigen Hang. Ein gefährliches Manöver, da sie außerdem noch Rückenwind hatten und es besonders schwierig war, den Wind unter die Tragflächen zu bekommen und abzuheben. »Mach schon! Mach schon!«, rief er nervös, als die Maschine zu lange abwärtsglitt und sich erst im letzten Augenblick vom Boden löste und langsam an Höhe gewann.

Josie atmete auf, als sie in der Luft waren und sich von den Bergen entfernten. Noch schüttelte es die Maschine, und einmal drückte sie eine besonders heftige Windböe weit nach unten, aber Jimmy gelang es, die Stinson abzufangen und von den Luftwirbeln am Denali wegzubringen. Der Mond und eine Vielzahl von Sternen leuchteten am nur teilweise bedeckten Himmel und zogen einen blassen Schleier über das Land. Genug Helligkeit, um den Schienen der Alaska Railroad zu folgen und Kurs auf Fairbanks zu nehmen.

»Eddy muss eine Wahnsinnswut auf dich haben«, sagte Josie.

»Dabei hab ich ihn jahrelang nicht gesehen«, erwiderte Jimmy. Er saß so entspannt hinter dem Steuerknüppel, als hätte es den Zwischenfall mit Eddy und die Notlandung nie gegeben. »Ich wusste, dass er in Anchorage war, auch deshalb bin ich dort ja weg, und dass er einen Haufen Geld geerbt und eine neue Maschine gekauft hatte. Dass er mich noch hasst, wusste ich nicht.«

»Aber warum? Nur weil du damals besser bei den Leuten ankamst, greift man doch Jahre später keinen an? In einem Luftkampf wie der Rote Baron?«

Jimmy zögerte mit der Antwort, hätte ihr das Geheimnis ihres Streits wohl am liebsten verschwiegen. »Er ist nicht nur wütend, weil ich besser bei den Leuten ankam«, gestand er schließlich. »Es ist wegen einer ganz bestimmten Frau. Eigentlich war sie noch ein Mädchen, gerade mal achtzehn. Sie hieß Debby und war seine Verlobte. Nach einer Flugshow in Fargo feierten wir abends in einer Bar, die Piloten, Mechaniker und auch ein paar Frauen und Mädchen, die uns für Helden hielten und uns kennenlernen wollten. Eddy hielt sich zurück. Er hatte Debby dabei, mit der er sich eine Woche zuvor verlobt hatte. Ich hatte nichts mit ihr im Sinn, im Gegenteil, aber als sie mich nach Mitternacht auf die Tanzfläche schleifte, war ich leider so betrunken, dass ich mitging, und als sie danach …« Er wagte sie nicht anzublicken. »Ich hab mich nicht gerade korrekt benommen, das gebe ich zu, aber noch schlimmer war, dass sie am nächsten Morgen die Verlobung löste.«

»Du hättest nicht mit ihr tanzen sollen, Jimmy!«, sagte sie ernst.

»Ich weiß, ich bin jetzt noch wütend auf mich.«

»Und Eddy hat sich nie mit ihr versöhnt?«

Jimmy lenkte die Maschine in eine leichte Linkskurve. »Nein, sie brannte zwei Tage später mit dem Sohn eines Fabrikbesitzers durch, angeblich ein hässlicher Vogel, aber stinkreich und spendabel. Genau das Richtige für die hübsche Debby. Ich bin sicher, sie hätte Eddy auch ohne mich verlassen.«

»Und ihretwegen hat er uns mit seinem Flugzeug angegriffen?«

»Ich hab mich damals danebenbenommen«, gab er zu, »und es war nicht das einzige Mal, dass ich Mist gebaut habe. Ich wäre an Eddys Stelle auch sauer gewesen. Er hat Debby wirklich geliebt. Eine berechnende Gans, aber das konnte er schließlich nicht wissen.« Er blickte stur geradeaus und seufzte leise. »Ich hätte nicht mit Debby tanzen dürfen. Nicht mal im Vollrausch.«

»Du hast dich geändert, Jimmy. Das hoffe ich jedenfalls.«

»Du darfst mich nicht nach dem Mist beurteilen, den ich damals gebaut habe.« Seine Stimme hatte einen flehenden Unterton. »Ich hab dir das nur alles gebeichtet, weil ich … ich keine Geheimnisse vor dir haben wollte. Es wäre doch viel schlimmer gewesen, wenn es durch Zufall herausgekommen wäre.«

»Ich nehm dir deine Jugendsünden nicht übel«, sagte Josie, »und was immer du diesem Eddy angetan hast, berechtigt ihn noch lange nicht, uns mit dem Tod zu bedrohen. Was er gemacht hat, war ein glatter Mordversuch!«

Jimmy wirkte wieder entschlossener. »Ich werde noch mal mit ihm reden, und wenn du willst, entschuldige ich mich sogar bei ihm. Wenn er wie ein wilder Stier auf mich losgeht, schadet er doch auch sich selbst. Stell dir vor, irgendjemand würde herausbekommen, dass er uns angegriffen hat … man würde ihn doch sofort mit einem Flugverbot belegen. Er wäre erledigt.«

»Wir werden ihn nicht anzeigen«, entschied sie, »und du wirst dich auch nicht mit ihm prügeln. Es würde sowieso nichts bringen. Er würde den Angriff abstreiten und behaupten, du hättest die Orientierung verloren. Stell dir vor, was der *News-Miner* schreiben würde: ›Junge Rabauken wollen ins Fluggeschäft einsteigen.‹ Solche Schlagzeilen würden euch beide erledigen.«

In der Ferne tauchten die Lichter von Fairbanks auf. Josie war froh, nach Hause zu kommen, nicht nur wegen der Ereignisse der letzten Stunden. Ihr Vater wartete sicher schon ungeduldig auf sie. Er war die Einsamkeit auf den Kufen eines Hundeschlittens in der Wildnis gewohnt, aber nicht im Haus und auf Krücken.

Josie freute sich auf ihren Vater, auch wenn er unbequeme Fragen stellen würde, die sie nicht beantworten konnte. Zumindest jetzt noch nicht. Jimmys Geständnis hatte ihr zwar bewiesen, dass er seine Missetaten aus der Barnstormer-Zeit bereute und nicht mehr der Frauenheld vergangener Tage war, aber auch ein seltsames Gefühl hinterlassen, das sich in ihrem Magen eingenistet hatte und langsam auszubreiten schien. War sie zu blauäugig und euphorisch in die Beziehung mit ihm gegangen? War sie zu leichtgläubig? Eine junge Frau aus der Wildnis, die froh war, endlich jemanden gefunden zu haben, der zu ihr hielt, und die sich wie ein naives Mädchen aus der Highschool benahm?

Jimmy landete die Maschine sicher. Auch er war in Gedanken versunken und bereute vielleicht schon, zu ehrlich gewesen zu sein. Frauen mochten nicht, wenn man von vergangenen Liebschaften erzählte, und schon gar nicht, wenn man zugab, die Beziehung eines anderen zerstört zu haben. Mit dem Verstand hatte Josie ihm längst verziehen. Ihr Herz schmerzte jedoch, wenn sie sich den Abend mit Debby vorstellte, und würde sich erst wieder beruhigen, wenn sie darüber geschlafen hatte. Jimmy schien ihre Gedanken zu ahnen und fragte erst gar nicht, ob man sich am nächsten Tag wiedersehen könne. »Du kommst doch bald wieder vorbei?«, fragte er nur, als sie aus der Maschine kletterten. »Beim nächsten Mal wird es bestimmt ruhiger.« Er versuchte zu lächeln. »Ich werde schon mal Gummibären bereitlegen.«

Josie versprach es und beließ es bei einem Kuss auf die Wange. Ihre Huskys hatten sie bereits gewittert und waren aufgesprungen, jaulten aufgeregt, als sie zu ihnen kam und jeden einzelnen Hund streichelte oder unter dem Kinn kraulte. »Tut mir leid«, entschuldigte sie sich, »es hat etwas länger gedauert. Wir hatten einigen Ärger und mussten notlanden, aber jetzt bin ich ja hier.« Sie spannte die Huskys vor den Schlitten und stieg auf die Kufen.

»Warum haben Sie's denn so eilig, Josie?«, erschallte eine Stimme. Sie fuhr herum und sah Eddy aus dem Halbdunkel treten. »Hat der Drecksack Ihnen verraten, was er mir damals angetan hat? Meine Verlobte hat er entführt! Er hat sie mit Whiskey abgefüllt und ihr einen Haufen Lügen erzählt.«

»Das ist nicht wahr!«, erwiderte sie. »Und selbst wenn, wäre das noch lange kein Grund, uns mit einem Flugzeug anzugreifen. Das war ein glatter Mordversuch! Sie können froh sein, dass wir Sie nicht anzeigen.«

Sein Lächeln war falsch und hinterhältig. »Jetzt übertreiben Sie aber. Das war doch nur ein Spaß unter Piloten. Solche Scherze haben wir bei den Barnstormers oft getrieben. Was kann ich dafür, wenn er's mit der Angst zu tun kriegt und notlandet? Ich hätte ihn schon nicht vom Himmel geholt.«

»Das war kein Scherz mehr! Außerdem saß ich auch im Flugzeug.«

»Sie sollten sich von dem Burschen fernhalten«, sagte er. Es klang beinahe wie ein brüderlicher Rat. »Jimmy würde Sie nur enttäuschen. Er spielt falsch. Mit Ihnen und mit allen anderen Frauen. Machen Sie sich nicht unglücklich!«

»Lassen Sie mich in Ruhe! Lassen Sie uns in Ruhe!«

Er grinste überlegen. »Wenn Sie mir nicht glauben, fragen Sie Annie Rose an der Fourth Avenue Line, die kann Ihnen einiges über Jimmy erzählen.«

Josie erstarrte. Die Fourth Avenue war das Rotlichtviertel von Fairbanks, eingezäunt mit einem hohen Holzzaun, der die braven Bürger vor dem Anblick der leichten Mädchen und Berufsspieler schützen sollte. »Jimmy in der Line? Das glauben Sie doch selbst nicht. Mit den Ladys hat er nichts zu tun!«

»Fragen Sie Annie Rose, dann wissen Sie mehr.«

»Sie sind ja noch verrückter, als ich dachte!«

Eddy tauchte in der Dunkelheit unter, und Josie blieb sekundenlang auf den Kufen stehen. Sie widerstand dem Drang, zu Jimmy zurückzulaufen und ihn mit Eddys Worten zu konfrontieren, drehte sich nicht mal um, als sie ihre Huskys anfeuerte und in die Stadt zurückfuhr. Jimmy bei einer Prostituierten in der Fourth Avenue? Was für eine ungeheure Verleumdung! Warum sollte er sie mit einem leichten Mädchen betrügen? Niemals! So falsch konnte sie ihn nicht eingeschätzt haben. Noch vor Kurzem hatte sie ihn zu ihrem Traumprinzen erkoren, und er hatte mehrfach bewiesen, wie sehr er sie mochte.

Und doch ... ein letzter Zweifel blieb. Sie brauchte Gewissheit.

Auf der Cushman Street fuhr sie langsamer und hielt einen halben Block vor der eingezäunten Fourth Avenue am Straßenrand. »Ich bin gleich wieder zurück«, sagte sie zu ihren Hunden. »Ich will nur etwas klären. Dauert nur ein paar Minuten, dann fahren wir nach Hause und kochen Vater was zu essen.«

Buddy blickte sie jaulend an.

»Und ihr bekommt ein Leckerli, versprochen.«

Sie nahm ihren ganzen Mut zusammen und ging zu der Tür, die auf die »sündige Meile« der Stadt führte. Ein Polizist lehnte nur ein paar Schritte entfernt an einer Hauswand und musterte sie misstrauisch. Als sie die Tür öffnen wollte, kam er näher und sagte: »Sie haben sich bestimmt verlaufen, Miss.«

»Hier geht es doch zur Line?«

»Ja, aber ...«

Sie hatte sich bereits eine Ausrede zurechtgelegt. »Ich komme vom Frauenverein. Wir haben es uns zur Aufgabe gemacht, eine Prostituierte von ihrem bitteren Los zu befreien. Ich bin mit Miss Annie Rose verabredet.«

»Da haben Sie sich ja einiges vorgenommen, Miss. Annie Rose wohnt im Haus Nr. 8, eines der letzten Häuser auf der linken Seite.« Er blickte sie prüfend an. »Sind Sie sicher, dass Sie mit ihr sprechen wollen? Annie Rose?«

»Warum nicht? Unsere Aufgabe ist es, den Sünderinnen zu helfen.«

»Na, dann viel Glück. Da haben Sie sich die Richtige ausgesucht.«

Hinter der Tür wartete das Laster. Josie hatte einiges über die Fourth Avenue Line gehört, war aber nie hinter dem hohen Holzzaun gewesen. Ihr Vater und ihre Großmutter hätten sich wahrscheinlich die Haare gerauft, wenn sie gewusst hätten, wo sie sich gerade aufhielt. Die Line erinnerte sie an Fotos aus dem Wilden Westen, die sie in Harper's Magazine gesehen hatte. Zu beiden Seiten der Straße lagen winzige Häuser und Baracken, die kaum Platz für eine Bewohnerin boten und so baufällig aussahen, als würden sie beim ersten Windhauch zusammenbrechen. Aus den Saloons und Dance Halls, den einzigen größeren Gebäuden, drangen Gläserklirren, Frauenlachen und Musik. Über den Eingängen brannten rote Laternen. Die meisten Häuser der leichten Mädchen waren dunkel, ein Zeichen dafür, dass ihre Bewohnerinnen auch im Winter genug zu tun hatten.

Neben allen Eingangstüren hingen Schilder mit der Hausnummer und dem Namen der Bewohnerinnen. Während des kurzen Sommers saßen sie meist vor den Häusern, grell geschminkt und leicht bekleidet, jetzt im Winter blieben sie in ihren beheizten Quartieren und ließen das Licht brennen, solange sie frei waren. Das Fenster von Nr. 8 war dunkel. Josie blieb nichts anderes übrig, als zu warten, bis ein Mann herauskam, rasch seine Kapuze in die Stirn zog, als er sie bemerkte, und hinter dem Fenster das rötliche Licht anging.

Josie fasste sich ein Herz und klopfte zweimal.

»Moment!«, kam die Antwort. Wenig später ging die Tür auf, und eine junge Frau in einem gemusterten Kattunkleid, das ihr gerade mal bis zu den Knien reichte, blickte heraus. Sie sagte: »Hier geht's ja zu wie im Taubenschlag! Hat irgendjemand gesagt, bei mir gäb's heute Rabatt? Dann ist er auf dem Holzweg, Mister.« Erst jetzt bemerkte sie, dass sie eine Frau vor sich hatte.

»Ich möchte kurz mit Ihnen sprechen, Miss«, versuchte Josie ihr Glück.

»Ich bin keine Miss, ich bin Annie Rose, und ich wüsste nicht, was wir beide zu besprechen hätten.« Sie wollte die Tür wieder schließen, aber Josie stellte rechtzeitig einen Fuß dazwischen. »Bist du verrückt? Was soll das?«

»Ich geb Ihnen zwei Dollar.«

Annie Rose überlegte nur kurz. »Meinetwegen … fünf Minuten!«

Josie gab ihr das Geld. In der Hütte gab es ein Bett, eine Kommode mit drei großen Schubladen und einen

Tisch mit zwei Stühlen. Auf dem Ofen stand eine Blechschüssel mit kochendem Wasser. Annie Rose stellte die Schüssel auf den Tisch, bot Josie einen Stuhl an und setzte sich auf den Bettrand. »Also? Was gibt's?«, fragte sie, während sie sich eine Zigarette drehte.

»Ich bin Josie Haskell«, sagte Josie.

»Und?«

»Die Freundin von Jimmy Ferguson.«

»Jimmy ... ah, Jimmy! Der Pilot.«

»Sie kennen ihn?«

»Klar kenne ich den. Einer meiner Stammkunden.«

»Das ist nicht wahr!«

»Mir egal, ob du mir glaubst, Schätzchen.« Sie hielt ein Streichholz an die Zigarette und nahm einen tiefen Zug. »Warum willst du das wissen? Dein Freund? Dein Verlobter?« Sie blies den Rauch aus und lachte. »Was meinst du, wie viele Männer zu mir kommen, die angeblich in festen Händen sind.«

»Jimmy macht so was nicht!«

»Klar streiten die das alle ab.«

»Das ist nicht wahr! Sie lügen!«

»Welchen Grund sollte ich haben, Sie zu belügen? Aber machen Sie sich nichts draus, so wie dein Jimmy sind tausend andere Männer. Wenn ich dir sagen würde, wer schon alles bei mir war, würdest du staunen. War's das?«

»Sie sind sicher, dass es Jimmy Ferguson war?«, hakte Josie nach.

»Ganz sicher«, erwiderte sie, »sein Foto war doch in der Zeitung. Der Pilot, der letzten Sonntag die Loopings gedreht hat. Aber falls du ihn heiraten willst, würde ich mir das noch mal gründlich überlegen, Schätzchen. Er gehört nicht zu der Sorte, die man heiratet. Du weißt doch, was sie von Seeleuten sagen. In jedem Hafen ein anderes Mädchen. Mit Piloten ist es wohl ähnlich.«

Josie ging wütend zur Tür.

»Tut mir leid, Schätzchen! Ich wollte dich nicht belügen.«

Josie stapfte aus der Hütte und lief zum Zaun zurück. Wütend stieß sie einen Betrunkenen zur Seite, der ihr in den Weg trat und sie betatschen wollte. Die Worte der Prostituierten hatten ihre Sinne gelähmt und klangen so laut und quälend in ihren Ohren nach, dass sie sich weinend an den Kopf griff.

Auf der anderen Seite des Zauns empfing sie der Polizist. Im Licht einer Straßenlampe fiel es ihr schwer, ihre Tränen zu verbergen. »Kein Glück gehabt? Das hätte ich Ihnen gleich sagen können, Miss. Diese Frauen wollen gar nicht anständig werden. Warum auch? Sie leben in ihrer eigenen Welt. Warum anständig werden, wenn man auf andere Weise viel Geld verdienen kann? Manche dieser Frauen verdienen doppelt so viel wie ich oder mehr!«

»Schuld sind die Männer, die zu ihnen gehen«, sagte sie.

»Sie würden sich wundern, wer hier alles vorbeikommt.«

»Das möchte ich gar nicht wissen, Officer.«

Sie ging schniefend weiter und stützte sich an der Hauswand neben ihrem Schlitten ab. Neugierig von ihren Huskys beobachtet, begann sie erneut zu weinen und zu schluchzen und steigerte sich in einen regelrechten Weinkrampf, bis ein Mann mit seinem Automobil anhielt, das Seitenfenster herunterkurbelte und fragte: »Alles okay mit Ihnen, Miss? Kann ich helfen?«

»Alles in Ordnung«, log sie und stieg auf ihren Schlitten.

15

Josie hatte kaum geschlafen. Nach dem Schock, den ihre Begegnung mit Annie Rose ausgelöst hatte, war sie kaum noch zu einem klaren Gedanken fähig. Wie in Trance hatte sie sich gewaschen und angezogen, das Feuer im Herd angefacht und die Huskys gefüttert. Dabei hatte sie sich so seltsam benommen, dass selbst Buddy beim Fressen gezögert und sie verwundert angeblickt hatte. »Sorry, ihr Lieben!«, hatte sie schließlich hervorgebracht. »Gebt mir etwas Zeit, okay?«

Sie war bereits dabei, das Frühstück vorzubereiten, als ihr Vater in den Wohnraum gehumpelt kam. Er tat sich schwer mit den Krücken. In seinen Augen war noch immer ein leichter Vorwurf zu erkennen, wahrscheinlich wegen ihrer späten Rückkehr am vergangenen Abend. Sie hatte kaum ein Wort gesprochen, sich mit Magenschmerzen herausgeredet und war gleich nach dem Abendessen in ihrem Zimmer verschwunden. »Guten Morgen, Vater. Wie geht es dir?« Ihr Versuch, gute Laune zu verbreiten, hatte keinen Erfolg.

»Wie soll's mir schon gehen?« Auch seine Laune ließ an diesem Morgen zu wünschen übrig. »Wenn ich diese Dinger nicht bald loswerde, drehe ich noch durch!« Er warf die Krücken wütend auf den Boden und setzte sich.

Josie hob sie auf und lehnte sie gegen die Wand. »Du musst Geduld haben, Vater!«

»Es wird Zeit, dass ich wieder auf den Schlitten komme!«

»Du hast doch gehört, was der Arzt gesagt hat.« Sie stellte ihm einen Becher Kaffee hin. »Hier … trink einen Schluck! Ich hab ihn ein bisschen stärker als sonst gemacht, damit du in Schwung kommst. Rührei mit Schinken?«

»Klingt gut.« Er nippte an dem heißen Kaffee. »Was ist mit dir? Du machst auch nicht gerade einen glücklichen Eindruck. Du hast geweint, stimmt's?«

»Du weißt doch … die Magenschmerzen.«

»Erzähl mir keine Märchen! Da steckt mehr dahinter.«

Sie hatte nicht die Absicht, ihm von ihrem Besuch bei der Prostituierten zu erzählen, sagte nur: »Ich hatte Streit mit meinem Freund … dem Piloten.«

»Wusste ich's doch. Das geht ja gut los.«

»Nicht der Rede wert, Vater.«

»Vielleicht sollte ich ihm die Leviten lesen!«

»Nicht nötig«, erwiderte sie. »War nur ein harmloser Streit. Nichts, über das man sich aufregen müsste.«

»Und deshalb heulst du dir die Augen aus?«

»Mach dir keine Gedanken, Vater! Lass uns lieber essen!« Sie stellte die Schüssel mit dem Rührei und den Teller mit dem Schinken und dem Brot auf den Tisch und setzte sich zu ihm. Auch sie trank an diesem Morgen Kaffee, brauchte etwas Starkes, um ihre Gedanken besser in den Griff zu bekommen.

»Gehst du heute wieder auf Tour?«, fragte ihr Vater.

»Das weißt du doch, Vater. Ich weiß, dass du nicht gerne allein bist, aber die Hunde brauchen Bewegung. Sie sollen doch gut in Form sein, wenn du wieder fahren kannst.«

»Wenn …«, wiederholte er vieldeutig.

Josie war gerade am Abspülen, als der Motor eines Automobils erklang und die Huskys aufgeregt zu jaulen begannen. Sie trocknete sich die Hände an ihrer Schürze ab und ging zum Fenster. Der Ford Model A des Postmasters hielt vor dem Eingang. Zu ihrem Erstaunen stiegen Marshall und Jimmy aus.

»Jimmy!«, flüsterte sie entsetzt. Sie nahm rasch die Schürze ab, legte sie auf einen Hocker neben dem Herd und griff sich nervös an die Haare. Sie trug ihr einfaches Kattunkleid wie immer, wenn sie im Haus arbeitete, und Hausschuhe, die sie nicht gerade attraktiv aussehen ließen. »Marshall und … und Jimmy!«, sagte sie laut. »Du weißt schon. Was wollen die um diese Zeit?«

»Der Postmaster? Dein Pilot?« Ihr Vater saß noch am Esstisch und hatte seinen zweiten Becher Kaffee vor sich stehen. »Vielleicht will sich der junge Mann bei dir entschuldigen. Aber was hat Marshall im Sinn? Wieder ein Spezialauftrag? Zum Teufel, wenn ich nur wieder richtig laufen könnte!«

»Ich bin's … Marshall!«, rief der Postmaster von draußen.

Josie öffnete den beiden Männern die Tür, hatte aber nur Augen für Jimmy, der sich nicht anders als sonst benahm und anscheinend keine Ahnung hatte, dass sie bei

Annie Rose gewesen war und über seine Besuche in der Fourth Avenue Line Bescheid wusste. Sein Lächeln wirkte liebevoll und unbeschwert, als gäbe es nichts zwischen ihnen, was sie beunruhigen müsste.

»Jimmy! Wie kannst du nur?«, flüsterte sie.

Er machte den Eindruck, als würde er am liebsten auf sie zugehen und sie mit einem Kuss begrüßen, hielt sich aber zurück. Hatte er denn kein Gewissen? Glaubte er wirklich, auf Dauer mit seiner Blenderei durchzukommen? Oder war er zufrieden, seinen Spaß mit ihr zu haben und sich die nächste Freundin zu angeln, wenn sein doppeltes Spiel herauskam? War er wirklich so herzlos und gemein? Wenn sie in seine Augen blickte, wollte sie es nicht glauben, so war er nicht, aber warum sollte Annie Rose sie anlügen?

»Josie?«, hörte sie den Postmaster fragen.

Sie schreckte aus ihrer Grübelei. »Oh Verzeihung! Setzen Sie sich doch bitte! Kaffee? Tee?« Beide verlangten Kaffee und nickten dankbar, als Josie mit zwei Bechern kam. »Was führt Sie zu uns? Ein Auftrag außer der Reihe?«

»Diesmal nicht«, antwortete Marshall. Er trank einen Schluck und musterte ihren Vater, der sich Mühe gab, nicht allzu leidend auszusehen. »Wie geht es Ihnen, Ben? Sie sehen ein wenig blass um die Nase aus, oder irre ich mich?«

»Mir geht's schon wesentlich besser. Was gibt's, Marshall? Wenn Sie um diese Zeit hier anrücken, muss es was Wichtiges sein. Raus mit der Sprache!«

Marshall setzte sich zurecht. »Also gut. Es geht tatsächlich um eine wichtige Entscheidung. Sie wundern sich vielleicht, dass ich diesen jungen Mann mitgebracht habe. Jimmy Ferguson, ein Pilot, mit dem ich seit einiger Zeit im Gespräch bin. Wie Sie wissen, gewinnt die Luftfahrt immer mehr an Bedeutung, gerade in unserem Territorium. Noel Wien hat bereits die erste kommerzielle Fluglinie gegründet, sie macht das Reisen zwischen Städten und sogar Dörfern wesentlich angenehmer und zeitsparender möglich, und Buschpiloten wie Jimmy Ferguson dringen mit ihren kleinen Maschinen bis in die Wildnis vor. Eine Entwicklung, die bedeutsame Erleichterungen für unser Leben mit sich bringt und unser Land weit nach vorn bringen wird.«

»Das wissen wir doch alles, E.G … Was wollen Sie uns sagen?«

Josie hatte bereits eine Vermutung, sagte aber nichts. Ihr Blick ruhte auf Jimmy, der angespannt auf seinem Stuhl saß und sich anscheinend vor ihrer und der Reaktion ihres Vaters fürchtete. Er erwiderte ihren Blick nicht, schien nicht zu merken, dass sie ihn ansah, oder wollte nicht darauf reagieren. Er trug seine guten Hosen und seinen Anorak, die Mütze hatte er ausgezogen.

»Ich komme schon noch zu meinem eigentlichen Anliegen«, fuhr der Postmaster fort. »Wie Sie wissen, profitiert auch das US Post Office von dieser Entwicklung. Ben Eielson, dank seiner Erfolge und Rekorde schon zu Lebzeiten eine Legende, übernahm unsere Postroute nach McGrath, nachdem er mit einem abenteuerlichen

Flug bewies, wie überlegen er mit seiner Maschine dem herkömmlichen Transport mit Hundeschlitten ist. Natürlich nur, wenn es auch am Zielort eine Flugbahn und eine Möglichkeit zum Auftanken gibt.«

»Auf unserer Route geht das nicht«, hakte Josies Vater ein. »In den abgelegenen Dörfern ist kaum Platz für meinen Hundeschlitten. Da kommen Sie mit so einer Flugmaschine nicht hin. Das wollen Sie uns doch weismachen.«

»Sie haben recht, Ben, und da kommt Jimmy ins Spiel. Wie schon erwähnt, gehört er zur neuen Garde der Buschpiloten, die mit ihren wendigen Maschinen wahre Wunderdinge vollbringen und unser Leben bereits auf eindrucksvolle Weise revolutioniert haben. Er behauptet, mit seiner Maschine auch die entlegenen Dörfer anfliegen zu können, die auf Ihrer Route liegen.«

»Niemals! Da gibt's keine Landebahnen.«

»Das weiß ich auch, Ben«, sagte Marshall, »aber Jimmy war bereits mehrmals in den Bergen und ist an den unmöglichsten Stellen gelandet und auch wieder gestartet, also sollte es doch möglich sein, auch die Post in die entlegenen Dörfer zu liefern.« Er blickte Jimmy an. »Erklären Sie's ihm, Jimmy.«

»Ich will Ihnen nicht die Arbeit wegnehmen, Mister Haskell«, schickte Jimmy mit einem Blick auf Josie voraus, »aber meine Stinson ist einem Hundeschlitten ganz sicher überlegen und wäre in der Lage, die Lieferzeit eines Briefes oder Päckchens um Wochen zu verkürzen. Eine Strecke, für die Sie zwei Wochen brauchen, könnten wir in zwei Tagen abarbeiten. Inzwischen sind die Maschinen und besonders meine Stinson so wendig, dass ich auf der kleinsten Lichtung oder sogar auf einer Sandbank landen kann. Im Sommer und im Winter, zu jeder Jahreszeit. Für einen Musher wie Sie würde sich bestimmt eine andere Aufgabe finden, dabei würde ich Ihnen gerne helfen.«

»Darauf kann ich verzichten, junger Mann!«, erwiderte Josies Vater aufgebracht. »Und ich bezweifle, dass Sie recht haben. Im Sommer, wenn die Sonne scheint, vielleicht, obwohl ich auch das nicht glaube. Und im Winter schon gar nicht. Die Gegend ist viel zu wild und zu unübersichtlich, um sich dort mit einer Flugmaschine zurechtzufinden. Sie mögen ein guter Pilot sein, aber das kriegen Sie nicht hin. Nicht am Lake Minchumina.«

»Mein Vater hat recht«, bekräftigte Josie seine Worte. »Ich bin mit Jimmy geflogen und weiß, dass er ein ausgezeichneter Pilot ist, aber die Wildnis am Lake Minchumina ist nichts für Flugzeuge, schon gar nicht im tiefen Winter.«

»Kein Grund, sich zu echauffieren«, beruhigte Marshall die Gemüter. »Ich bin genauso skeptisch wie Sie, muss aber auch mit der Zeit gehen und alles versuchen und tun, um die Post schneller ans Ziel zu bringen. Für die Siedlungen am Lake Minchumina, die Sie mit Ihrem Hundeschlitten bedienen, Ben, sind Sie im Winter die einzige Verbindung zur Außenwelt. Wenn wir die Post auch in diese Dörfer mit dem Flugzeug ausliefern könnten, wäre das ein riesiger Schritt nach vorn. Deshalb habe ich mir Folgendes ausgedacht …«

Josie hielt den Atem an. Seine nächsten Worte würden vielleicht entscheiden, wie die Zukunft für sie und ihren Vater aussehen würde. Ob Jimmy ihnen die Arbeit wegnehmen und sie einen großen Teil ihres Einkommens verlieren würden, oder ob sie sich neue Einnahmequellen suchen mussten.

»Vorausschicken möchte ich, dass die neue Regelung, wie immer sie aussehen mag, erst ab nächsten Oktober gelten wird«, fuhr Marshall fort. »Entscheiden wird ein Wettrennen, wie die Menschen es im Wilden Westen beim Bau der Eisenbahn beobachten konnten. Damals traten Kutscher gegen Lokomotivführer an, boten sich Züge und Postkutschen dramatische Rennen. Wir werden etwas Ähnliches veranstalten. Nach Rücksprache mit dem Post Office Department in Washington habe ich die Erlaubnis, ein Wettrennen zwischen einem Flugzeug und einem Hundeschlitten zu veranstalten. Aus Zeitgründen soll schon die nächste Posttour entscheiden, es wird also Josie mit ihrem Schlitten gegen Jimmy in seinem Flugzeug antreten. Nur auf den ersten Blick eine ungleiche Konkurrenz, wie ich weiß, da es mehrere Dörfer und sogar vereinzelte Hütten zu beliefern gilt und zudem die Wetterverhältnisse eine wichtige Rolle spielen könnten. Wir lassen es, wie im wirklichen Leben, darauf ankommen. In genau zwei Wochen starten beide auf dem Weeks Field, vor Zuschauern, versteht sich, jeder mit einem Teil der Post.«

Josie war sekundenlang sprachlos, blickte ihren Vater an, der ebenfalls zu keiner Reaktion fähig war. Alles hätten sie erwartet, nur nicht einen solchen abenteuerlichen Vorschlag. Ein Wettkampf um ihre Zukunft? Gegen Jimmy?«

»Das ist doch nicht Ihr Ernst«, sagte ihr Vater endlich.

»Warum denn nicht?«, erwiderte der Postmaster. Jimmy, sonst nicht auf den Mund gefallen, hielt sich glücklicherweise zurück. »Damit schlagen wir doch mehrere Fliegen mit einer Klappe. Einen spannenden Wettkampf, der uns viel Publicity bringen wird, und bei dessen Start wir begeisterte Zuschauer haben werden. Eine faire Entscheidung darüber, wer in Zukunft die Postroute zum Lake Minchumina bedienen wird. Und ein besseres Standing gegenüber der Zentrale in Washington, die unseren Wettkampf sicher aufmerksam verfolgen wird. Mehr kann man doch von einem Event nicht verlangen.«

»Und daran ist nicht mehr zu rütteln?«, fragte Josies Vater.

»Alles schon abgemacht, Ben. Die andere Variante wäre gewesen, den Vertrag für die Postroute sofort einem Flieger zu geben, aber ich wollte fair sein. Auch wenn ich, ehrlich gesagt, schon eine Weile darüber Bescheid wusste. Aber was hätte ich machen sollen? Sie hatten schon genug Ärger.«

»Und jetzt hab ich weniger?«

»Wir schaffen das, Vater«, war Josie überzeugt. »Wir kennen die Gegend wie unsere Westentasche. Jimmy hat keine Ahnung, wie es dort wirklich aussieht, schon gar nicht, wenn es mal stürmt und schneit. Gar kein Problem.«

»So mag ich das!«, freute sich Marshall. »Immer auf Sieg!«

»Meine Tochter!«, verkündete ihr Vater stolz.

Doch ihre entschlossene Miene täuschte darüber hinweg, wie hundeelend sie sich eigentlich fühlte. Ein Traum nach dem anderen platzte vor ihren Augen und zu einer Zeit, die sie ohnehin schon hart auf die Probe stellte. Auch sie wusste, dass Jimmy mit seiner Stinson tausendmal schneller als sie mit ihrem Hundeschlitten war und es vielleicht sogar fertigbrachte, in einem der Dörfer zu landen. Zwischen den Gletschern am Denali hatte er bewiesen, was er mit seiner Maschine alles anstellen konnte. Er könnte den Lebenstraum ihres Vaters zerstören und sie gleich ein zweites Mal demütigen. Nach seiner Affäre mit Annie Rose würde er sie vielleicht auch mit der Stinson aus dem Rennen werfen. So sehr hatte sie sich noch nie in einem Menschen getäuscht. Warum enttäuschte er ausgerechnet sie? Und warum hatte er sich keine andere Postroute ausgesucht? Tat er das nur, um sie zu ärgern?

»Dann sind wir uns ja einig«, sagte Marshall, während er sich erhob. »In zwei Wochen um acht Uhr morgens auf dem Weeks Field, einverstanden?«

»Sicher«, antwortete Josie. »Unser Lohn bleibt gleich?«

Marshall lachte. »Natürlich. Nur der Herausforderer bekommt nichts.«

Josie schlüpfte in ihren Anorak und begleitete den Postmaster und Jimmy nach draußen. Wieder empfingen die Huskys sie mit einem ohrenbetäubenden Jaulkonzert. »Nicht nervös werden!«, rief sie ihnen zu.

»Ich fahre nicht mit!«, sagte Jimmy.

»Sie wollen noch hierbleiben?«, fragte Marshall.

Bevor Josie etwas einwenden konnte, sagte Jimmy: »Wenn Sie nichts dagegen haben? Die Verträge für den Wettkampf lassen Sie uns zukommen?«

»Selbstverständlich. Ich freue mich auf das Spektakel.«

Der Postmaster fuhr in seinem Wagen davon und hupte noch zweimal, bevor er zwischen den Bäumen verschwand. »Endlich allein!«, sagte Jimmy.

»Ich habe dich nicht eingeladen.«

Er blickte sie entsetzt an. »Josie! Wie meinst du das?«

»Wie ich's sage. Mir ist lieber, wenn du gehst.«

»Weil ich mich um den Postjob beworben habe?«

»Du willst meinem Vater und mir den Job wegnehmen!«, schimpfte sie.

»Wir könnten uns die Routen doch aufteilen?«

»Du hättest dich nicht bewerben dürfen! Das war … unanständig!«

»Aber das war schon, bevor ich wusste, dass es dich gibt«, verteidigte er sich. »Ich hab mich überall beworben, wo es ein paar Dollar für mich zu verdienen gab. Ich weiß, ich hätte dir sagen sollen, dass ich für die Post fliegen will, das tut mir leid. Aber wenn ich mich nicht beworben hätte, wäre dir Eddy oder irgendein anderer Pilot in die Quere gekommen. Die Postzustellung wird modernisiert, das ist nicht meine Schuld. Ich würde doch niemals …«

»Du hast uns reingelegt! Tauchst hier mit dem Postmaster auf und tust so, als gäbe es noch was zu bereden, dabei habt ihr längst schon alles unter euch ausgemacht.«

Sie wischte sich einige Tränen aus den Augen. »Wenn es das Einzige wäre, was du mir angetan hast, wäre ich vielleicht bereit, dir zu verzeihen, aber dass du mich nicht ein Mal, sondern gleich zwei Mal betrügst …«

Jimmy verstand die Welt nicht mehr. Selbst in dem trüben Licht, das der Schnee reflektierte, wirkte er ungewöhnlich blass. »Was hab ich getan, Josie? Willst du mich loswerden? Hat dir Eddy irgendwelche Lügen über mich erzählt? Du wirst dich doch von diesem Mistkerl nicht beeinflussen lassen!«

»Es stimmt, er hat mir etwas über dich erzählt«, sagte sie, »aber ich kann ihn genauso wenig leiden wie du und hab mir selbst ein Bild gemacht. Du hast mir was vorgemacht, Jimmy. Wir sind weder verheiratet noch verlobt, und ich kann von dir keine Treue erwarten, aber dass du so tief sinken würdest …« In ihren Augen brannten Tränen. »Es geht nicht anders, Jimmy. Ich liebe dich noch immer, daran kann ich nichts ändern, aber ich muss jetzt erst mal eine Weile allein sein. Das hättest du nicht tun dürfen.«

»Was denn, Josie? Wovon redest du?«

»Ich kann darüber nicht reden, Jimmy. Es ist mir peinlich. Ich habe mich selbst schon erniedrigt, um die Wahrheit herauszufinden, und will nichts mehr damit zu tun haben. Lass mich allein, zumindest für eine Weile, okay?«

»Wenn du meinst, Josie. Aber du bist im Unrecht.«

»Ich wollte, ich wär's, Jimmy.«

Jimmy ließ nicht locker, war sichtlich getroffen. »Glaubst du Eddy vielleicht mehr als mir? Hast du schon vergessen, dass er uns über den Gletschern beinahe gerammt hätte? Ich werde ihn zur Rede stellen, und er wird dir gestehen müssen, dass er gelogen hat. Er lügt doch, wenn er den Mund aufmacht!«

»Lass ihn in Ruhe, Jimmy! Das würde alles noch schlimmer machen.«

»Und wenn schon. Hauptsache, du erfährst die Wahrheit.«

Sie begann zu schluchzen. »Geh jetzt … geh jetzt bitte! Lass mich allein! Gib mir … gib mir Zeit zum Nachdenken!«

»Ich liebe dich, Josie!«, sagte er und ging zur Straße.

Josie blieb weinend zurück und begrub ihr Gesicht in beiden Händen. »Warum?«, rief sie in den eisigen Wind. »Warum hast du das getan, Jimmy?«

16

Ihr Vater erschien humpelnd in der offenen Tür und rief: »Wie lange willst du denn noch in der Kälte rumstehen, Josie? Komm rein und hol den Moonshine aus der Vorratskammer! Auf den Schrecken brauche ich ein großes Glas.« Er stützte sich am Türrahmen ab und bemerkte erst jetzt ihre Tränen. »Weinst du? Wegen dem Piloten? Ich dachte, ihr hättet euch gerade ausgesprochen.«

»Jimmy hat hinter unserem Rücken mit dem Postmaster verhandelt, Vater! Er will uns den Job wegnehmen! Und das ist noch nicht alles!« Sie konnte plötzlich nicht mehr an sich halten. »Er trifft sich mit einer anderen, Vater! Und mir spielt er den treuen Verliebten vor! So eine Gemeinheit! Ich will ihn nicht mehr sehen! Mit so einem Mann will ich nichts zu tun haben.«

»So was kommt in den besten Familien vor, Josie.«

»Mit einem leichten Mädchen?« Sie schniefte wieder und rannte an ihrem Vater vorbei ins Haus. »Ich muss hier raus, Vater! Mir den Wind um die Nase wehen lassen. Keine Angst, spätestens zum Abendessen bin ich wieder da.«

Sie lief in ihr Zimmer und zog ihre Wollhose und ihre Stiefel an, wusch ihr Gesicht mit dem kalt gewordenen Wasser aus der Schüssel und stieg mit dem Schlittensack nach unten. Vor ihrem Vater, der immer noch in der offenen Tür stand, schmierte sie rasch zwei Sandwiches, packte sie in den Schlittensack und rannte nach draußen. Mit zittrigen Fingern und feuchten Augen schnallte sie den Schlittensack fest und spannte die Huskys vor den Schlitten. Buddy freute sich, schon wieder an der Reihe zu sein, und konnte es gar nicht erwarten, auf Tour zu gehen. Skip zog sich beleidigt zurück. »Nächstes Mal«, rief sie ihm unter Tränen zu. »Was meinst du, wie oft wir noch trainieren müssen, bis wir gegen … gegen Jimmy antreten können.«

»Mach keinen Unsinn!«, warnte ihr Vater sie. »Und pass auf dich auf!«

»Ich muss … ich muss weg!«, erwiderte sie nur.

Sie feuerte die Hunde an und trieb sie über einen breiten Trail in den Wald hinein. Der Himmel war noch dunkel, aber klar und mit seinem schimmernden Nordlicht viel zu schön für schlechte Nachrichten. Der Wind rauschte versöhnlich in den Bäumen. Nur wenn er Schneelasten von Ästen und Zweigen wehte, wurde Josie von kühlem Schneeregen eingehüllt. Die Huskys freuten sich, ihre Schnelligkeit und Kraft unter Beweis stellen zu können, und nur Buddy drehte sich manchmal um, als ahnte er, welche Sorgen sie plagten.

Erst nach einigen Meilen, als der Wind ihre Tränen getrocknet hatte und sie wieder einigermaßen klar denken konnte, verlangsamte sie das Tempo. Selbst die Huskys blickten sie verwundert an, als sie mit der Faust auf die Haltestange schlug und einen lauten Fluch ausstieß.

Wie hatte sie sich nur so in Jimmy täuschen können? Ausgerechnet er wollte ihrem Vater und ihr den Job wegnehmen. Nicht einmal Ben Eielson, der legendäre Flieger, wäre so dreist gewesen und hätte mehr Respekt vor ihrer Familie gezeigt. Auch wenn er sich schon früher um die Postroute beworben hatte, wäre es doch nur fair gewesen, ihr Bescheid zu sagen. Aber was konnte man von einem Mann, der seine Freundin mit einem leichten Mädchen betrog, auch anderes erwarten?

Sie wendete das Gespann und fuhr nach Fairbanks. Ein hektischer Trip in die Wildnis reichte nicht mehr aus, um ihre Probleme zu lösen, sie brauchte jemanden, dem sie vertrauen und mit dem sie reden konnte. Jemanden wie Mary. Noch war es nicht Mittag, über den Bergen zeigten sich gerade erst orangefarbene Streifen, doch der Besitzer des Eisenwarenladens war ein kulanter Mann und hatte bestimmt nichts dagegen, wenn Mary ihn für eine halbe Stunde allein ließ. Sie fuhr vor den Eisenwarenladen, blieb aber noch auf den Kufen stehen und atmete mehrmals tief durch. Die vergangenen Stunden hatten ihr einiges abverlangt. So schlapp hatte sie sich lange nicht gefühlt.

Mary hatte sie gehört und erschien in der Tür. »Josie!«, erschrak sie. »Was ist denn mit dir los? So fertig hab ich dich noch nie gesehen!« Sie kam ihr trotz der Kälte entgegen und legte einen Arm auf ihre Schultern. »Es ist doch hoffentlich nichts passiert? Dein Vater? Deine Großmutter? Alles okay?«

»Hast du eine halbe Stunde, Mary?«, fragte Josie.

»Ich glaube schon, aber ich muss erst Mister Bowman fragen.« Sie verschwand im Laden und kam wenig später in Mantel und Mütze zurück. »In einer halben Stunde muss ich wieder im Laden sein. Lust auf Milchkaffee?«

»Immer.«

Sie liefen zu ihrem Lieblingscafé, das nach dem Frühstück nur spärlich besucht war. Der Besitzer, der sie schon kannte, brachte ihnen den Milchkaffee.

»Also, was hast du auf dem Herzen?«, fragte Mary.

»Viel zu viel«, begann Josie und erzählte ihr, was während der letzten beiden Tage passiert war. Eddys Angriff in der Luft. Ihre Notlandung auf dem Schneehang. Ihr Besuch bei Annie Rose. Der geplante Wettkampf zwischen Jimmy und ihr. Ihre schmerzvolle Trennung am frühen Morgen.

»Wow!«, erwiderte Mary. »Du hast mit ihm Schluss gemacht?«

»Nicht wirklich.«

»Aber du hast ihn beschimpft.«

»Was denn sonst? Er will uns den Job wegnehmen, Mary! Das mit dem Wettkampf ist doch bloße Augenwischerei. Er weiß ganz genau, dass er mit seinem Flugzeug zehnmal schneller als ein Hundeschlitten ist. Aber wenn es nur das wäre. Ausgerechnet Eddy hat mir verraten, dass er es mit einem leichten Mädchen treibt. So was lass ich keinem Mann durchgehen!« Sie seufzte schwer. »Ich weiß, ich hätte ruhiger bleiben sollen. Er hat geschworen, nichts mit einer anderen gehabt zu haben, und Eddy wollte ihm nur eins auswischen … aber deswegen hab ich doch mit Annie Rose gesprochen. Ich wollte es von ihr hören, und sie hat kein Blatt vor den Mund genommen. Warum sollte sie auch lügen? Eine Prostituierte braucht sich um ihre Kunden nicht zu kümmern.«

»Und wenn sie doch lügt? Wenn Jimmy unschuldig ist?«

»Du meinst ...«

»Es kann gut sein, dass du unfair warst, Josie«, sagte Mary. »Ich bin deine Freundin, ich darf dir das sagen. Du hast einem Rabauken wie Eddy und einem leichten Mädchen mehr geglaubt als dem Mann, den du liebst. Keine Ahnung, ob ihr das wieder hinkriegt, er ist sicher auch sauer. Aber wenn er dich noch liebt ...«

»Er hat gesagt, dass er mich über alles liebt.«

»Dann gibt es vielleicht noch eine Chance. Es sei denn, du verzeihst Jimmy nicht, dass er sich auf diesen ungleichen Wettkampf mit dir einlässt.

»Ich weiß nicht, Mary. Ich weiß nur, dass ich die Sache mit Annie Rose klären ... und dass ich noch mal mit ihm reden muss.«

»Aber nicht gleich«, warnte Mary, »du würdest dir nur ins eigene Fleisch schneiden. Lass zwei, drei Tage ins Land gehen, mindestens, er und diese Annie laufen dir ja nicht weg!«

»Wenn du meinst ...«

»Hör auf mich, Josie! Besuch deine Großmutter und koch deinem Vater was Gutes zu essen! Fahr mit deinen Huskys spazieren! Tu irgendwas, was dich von deinem Kummer ablenkt!«

Josie hörte auf ihre Freundin, obwohl es sie einige Kraft kostete. Im gemächlichen Tempo fuhr sie über die Brücke zum Krankenhaus. Ihre Huskys nahmen den erneuten Halt widerspruchslos zur Kenntnis, hatten sich an diesem Morgen schon genug ausgetobt. Sie begrüßte die Schwester am Empfang und ging zu ihrer Großmutter. Grandma war nicht mehr angeschnallt und lag friedlich in ihrem Bett, war aber sichtlich ruhiggestellt und öffnete nur zögernd die Augen. Sie schien während der vergangenen Tage gealtert zu sein und wirkte im Licht der Nachttischlampe besonders blass.

»Josie! Lässt du dich auch mal wieder blicken?«

Josie zog einen Stuhl heran. »Wie geht es dir?«

»Wie soll's mir schon gehen? Sie geben mir irgendwelche Spritzen, die mich so müde machen, dass ich Tag und Nacht schlafen könnte. Und wenn ich brav bin, bekomme ich morgens und abends einen Teelöffel Laudanum.«

»Dann geht's dir langsam besser?«

»Sie wollen mich auf einen Löffel am Tag runterbringen.«

»Das wäre toll, Grandma.«

Ihre Großmutter verzog das Gesicht. »Klappt aber nur, wenn sie mich mit dem anderen Zeug vollpumpen. Wann holst du mich endlich hier raus?«

»Wenn Doctor Guinn sein Okay gibt.«

»Der will doch nur Geld mit mir verdienen!

»Das ist nicht wahr, Grandma. Da gibt's andere Patienten, mit denen er viel mehr verdienen könnte. Er will, dass du von deiner Sucht loskommst.«

»Sucht … warum musst du immer übertreiben?«

Josie fasste sich ein Herz und griff nach einer Hand ihrer Großmutter. Grandma hatte ihre Zuneigung nur selten durch zärtliche Berührungen gezeigt, auch vor ihrer Krankheit nicht, ließ es aber widerspruchslos geschehen. »Du musst jetzt durchhalten, Grandma! Auch wenn es etwas länger dauert, als wir gedacht haben. Wir wollen doch alle, dass es dir wieder besser geht.«

»Vergebliche Liebesmüh!« Die neuen Tabletten schienen sie depressiv zu machen. »Ich liege euch sowieso nicht mehr lange auf der Tasche. Zu was tauge ich denn noch? Zum Rumsitzen und Jammern. Ich koste nur Geld.«

»So was darfst du nicht sagen, Grandma!«

»In meinem Alter denkt man an so was, Josie.«

»Du hast noch einige Jahre, ganz bestimmt.«

»Ich mache mir nichts vor. Wie geht es Vater?«

»Schon viel besser«, antwortete Josie. Sie sagte ihr weder etwas über seine beschädigten Lungen noch über den geplanten Wettkampf zwischen Jimmy und ihr, die schlechten Nachrichten hätten sie nur belastet. »Ich soll dich von ihm grüßen, und das nächste Mal würde er bestimmt wieder mitkommen.«

»Er mag keine Krankenhäuser. Nicht mal Ärzte. Wie ich.«

»Niemand ist gerne krank, Grandma.«

»Am besten steckt ihr mich in ein Heim.«

»Daran denken wir nicht einmal, Grandma!«

»Natürlich denkt ihr daran. Irgendwann wird meine Krankheit so schlimm, dass ihr das gar nicht mehr schafft.

Dann bringt ihr mich in ein Heim, und ich jammere und schreie, bis mich der Herrgott zu sich ruft. So ist das nun mal.«

»So darfst du nicht reden, Grandma.«

Nach dem Besuch bei ihrer Großmutter sprach Josie mit Dr. Amos Guinn und erfuhr nicht viel Gutes. »Es spricht viel dafür, dass Ihre Großmutter recht hat«, sagte er. »Irgendwann wird sie ohne professionelle Hilfe nicht mehr auskommen, und die Schmerzen werden so groß sein, dass sie zu viel Laudanum nehmen und an einer Überdosis sterben könnte. Aber wir versuchen, diesen Zeitpunkt natürlich so weit wie möglich hinauszuzögern. Es wird einige Zeit dauern, bis wir ihre Abhängigkeit vom Laudanum auf ein Minimum beschränkt haben und sie mit anderen Schmerzmitteln auskommt, aber je weniger sie nimmt, desto größer sind die Chancen, noch ein paar Jahre zu leben.«

»Dann wollen Sie meine Großmutter hierbehalten?«

»So lange wie möglich, Miss Haskell.«

Josie bedankte sich und fuhr nach Hause. Ihr Vater hatte sich geräucherten Elchschinken und etwas Brot aus der Vorratskammer geholt, saß kauend am Tisch und blätterte in einer alten Zeitschrift. Er fragte nicht nach Jimmy und brummte nur, als sie ihm berichtete, was der Arzt über Grandma gesagt hatte.

Zum Abendessen setzte sie einen Braten mit Kartoffeln und Gemüse auf den Herd und ließ ihn langsam köcheln, so schmeckte er am besten. Mit einem guten Essen war es ihr bisher meist gelungen, die Laune ihres

Vaters aufzubessern. Aber er hatte auch noch nie eine so schwere Last auf den Schultern tragen müssen wie jetzt. Da half nur ein kräftiger Schluck von dem Moonshine, dem er während der vergangenen Tage wieder stärker zugesprochen hatte. Süchtig würde er nicht werden, da war Josie beinahe sicher, er trank immer noch weniger als die meisten anderen Männer. Unterwegs verzichtete er ganz auf Moonshine.

Zwei Tage lang hielt Josie durch. Sie kümmerte sich um die Huskys, fuhr abwechselnd mit beiden Teams über die Trails, erledigte die Hausarbeit und kochte ihrem Vater seine Lieblingsspeisen. Am frühen Nachmittag des dritten Tages hatte sie genug. Während sie mit dem Sechserteam unterwegs war, lenkte sie ihren Schlitten nach Weeks Field und hielt vor Jimmys Baracke. Er war nicht zu Hause, doch sie blieb, bis sein gelber Doppeldecker am Himmel erschien, eine weite Runde drehte und sicher auf der Landebahn aufsetzte.

Jimmy hatte sie und ihre Huskys anscheinend schon aus der Luft erspäht, übergab die Maschine nach der Landung einem Mechaniker und kam langsam auf sie zu. Er nahm die Fliegerkappe und die Schutzbrille vom Kopf und fuhr sich mit gespreizten Fingern durch die Haare. »Josie!«, sagte er leise.

»Jimmy! Ich muss mit dir reden.«

»Was gibt es noch, Josie?« Er schien nicht erfreut zu sein, sie zu sehen.

»Du hast doch Eddy nicht verprügelt?«

»Ich habe gar nichts mit ihm angestellt. Ich mache mir meinen Job doch nicht durch eine Prügelei kaputt.« Er öffnete die Tür seiner Baracke, ging hinein und warf Fliegerhaube und Schutzbrille auf den Tisch. Josie folgte ihm und blieb in der offenen Tür stehen. »Was willst du hier, Josie?«, fragte er.

»Mich entschuldigen.«

»Du hast mir nicht vertraut, Josie.«

»Ich weiß, und es tut mir leid. Ich glaube inzwischen, dass man mich reingelegt hat. Eddy wollte uns auseinanderbringen. Mary hat mir die Augen geöffnet. Und ich hätte auch wissen sollen, dass du zu so was nicht fähig bist.«

»Ich hab noch immer keine Ahnung, was ich getan haben soll.«

»Ich zeige es dir. Kommst du mit?«

»Wohin?«

»In die Fourth Avenue Line.«

Er blickte sie verwirrt an. »Ins Rotlichtviertel?«

»Zu einer gewissen Annie Rose«, sagte Josie. »Nachdem wir gelandet waren, wollte mir Eddy weismachen, du hättest ein Verhältnis mit ihr. Ich hab ihm nicht geglaubt, aber er hat mich ausgelacht. Ich könnte sie doch fragen.«

»Du warst allein hinter dem Holzzaun?«

»Ich hätte dir gleich vertrauen sollen, ich weiß.«

»Und du hast mit dieser Annie Rose gesprochen?«

»Sie hat steif und fest behauptet, du wärst ein Stammkunde.«

»Dann hat Eddy sie dafür bezahlt.«

»Das werden wir gleich haben. Lass uns hinfahren!«

»Ich weiß nicht recht.«

»Dauert doch nicht lange.«

Er setzte sich auf den Schlitten, und sie fuhren in die Stadt und parkten am Straßenrand. Neben dem Eingang stand derselbe Polizist wie beim letzten Mal. »Ich glaube nicht, dass Sie es schaffen, eine dieser Damen auf den Pfad der Tugend zurückzubringen«, sagte er. »Immerhin haben Sie diesmal männliche Unterstützung dabei. Ich hab mir letztes Mal schon Sorgen gemacht.«

»Wir kommen zurecht, Officer.«

Sie betraten die sündige Meile, auf der auch zu dieser ungewohnten Zeit einiges los war, zumindest in den Saloons und Spielhallen, die Tag und Nacht geöffnet hatten. Mit dem Alkoholverbot nahm man es in Fairbanks nicht so genau, selbst die Polizei drückte meist ein Auge zu. Gegen eine entsprechende Beteiligung, versteht sich. Aus den Kneipen drangen Musik und Gelächter.

Als sie bemerkte, wie verwundert Jimmy über die sündige Umgebung war, fühlte sich Josie noch schuldiger als vor ein paar Minuten. Er war zum ersten Mal hier, daran gab es keinen Zweifel. So gut konnte man sich nicht verstellen. Obwohl der Tag längst begonnen hatte, brannte Licht in dem Haus mit der Nummer 8. Annie Rose öffnete in demselben Kattunkleid wie vor ein paar Tagen. In dem ungewohnt hellen Licht, das inzwischen über der Stadt lag, wirkten ihr gepudertes Gesicht und die bemalten Lippen noch liederlicher.

»Sie schon wieder, Schätzchen. Was wollen Sie denn diesmal?«

»Kennen Sie diesen Mann, Annie Rose?«

»Woher soll ich den kennen?« Sie musterte ihn genauer. »Kann sein, dass ich sein Foto in der Zeitung gesehen hab. Zu mir kommen oft Prominente.«

Josie fühlte sich immer schlechter. »Das ist der angebliche Stammkunde von Ihnen. Der Pilot, der jeden Tag zu Ihnen gekommen sein soll. Haben Sie gesagt. Anscheinend haben Sie gelogen. Weil Eddy Sie gezwungen hat?«

Annie Rose wusste nicht, was sie sagen sollte.

»Wie viel hat Eddy Ihnen bezahlt, Miss?«

»Zwanzig Dollar. Aber die gehören mir!«

»Kein Problem«, sagte Josie, »das war es schon.«

Josie und Jimmy verließen die Fourth Avenue Line und fuhren mit dem Schlitten zum Flugfeld zurück. Vor seiner Baracke stieg er ab und blieb mit Tränen in den Augen vor ihr stehen. »Du hättest mir vertrauen sollen, Josie.«

»Und du hättest mit mir über deine Bewerbung reden müssen.«

»Ich hab auch Mist gebaut, ich weiß.«

»Kriegen wir das wieder hin?«

Sie wussten beide keine Antwort.

17

Auf Weeks Field wimmelte es von Menschen. Etliche hundert Schaulustige waren trotz der frühen Stunde gekommen, um beim Start des legendären Wettrennens dabei zu sein. Der Postmaster hatte zahlreiche Plakate aufhängen lassen, die es als »Event des Jahres« ankündigten und einen Doppeldecker und eine Musherin auf einem Hundeschlitten zeigten. Als feierlichen Rahmen für das Ereignis gab es etliche Buden und Stände, ein Kinderkarussell und ein Podest für die Reden des Bürgermeisters und des Postmasters.

Josie war bestens für die lange Tour gerüstet. Auf ihrem Schlitten waren der Sack mit Kleidung, Werkzeugen und Proviant, das Futter für die Huskys und zwei Postsäcke geschnallt. Jeder der Postsäcke wog ungefähr fünfzig Pfund und war mit wasserdichten Planen gegen Feuchtigkeit geschützt. Ihre Schneeschuhe und ihr Revolver lagen griffbereit in ihrem Schlittensack. Sie hatte die Huskys von einem Tierarzt untersuchen lassen, ihre Pfoten in *booties* aus Elchhaut gesteckt und die ledernen Leinen und Geschirre überprüft.

Der Bürgermeister betonte in seiner kurzen Rede, wie stolz er auf alle Musher sei, die ihren Beitrag zur Erschließung des Landes geleistet und eine Bresche in die sonst ungangbare Wildnis geschlagen hätten. Er betonte sogar, dass auch Frauen ihren Anteil daran hätten: Frauen wie »unsere Josie Haskell«, eine Musherin, die in die Fußstapfen ihres Vaters getreten sei und schon so manches Abenteuer bestanden hätte. Mit den Buschpiloten ständen neue Abenteurer bereit, die Entwicklung Alaskas voranzutreiben, »Männer wie unser Jimmy Ferguson, der es dem legendären Ben Eielson gleichtun und zu einem der Helden unserer neueren Geschichte werden will. Wie immer dieses Wettrennen ausgehen mag, wir werden stolz auf euch beide sein. Viel Glück!«

Nicht ganz so übertrieben äußerte sich E.G. Marshall. Dem Postmaster war vor allem daran gelegen, die Bedeutung des US Post Office und die immer schnellere Lieferung von Päckchen und Briefen zu unterstreichen. »Noch vor wenigen Jahren war ein Brief von New York nach Fairbanks bis zu drei Monate unterwegs, inzwischen dauert es nur wenige Wochen, und mit den Hundeschlitten kommen wir sogar in die entlegenen Winkel der Wildnis.« Er blickte auf Josie und Jimmy. »Freuen wir uns auf einen fairen Wettkampf!«

Die beiden Kontrahenten standen vor dem Hangar von Alaska Airways, Josie vor ihrem Schlitten und Jimmy vor seiner Maschine. Der Fotograf des *News-Miner* bat sie, etwas näher zusammenzurücken und sich die Hand zu geben. Josie hielt nur mühsam die Tränen zurück, als sie einander berührten und sich zum ersten Mal seit langer Zeit wieder in die Augen blickten. Sie hatten sich seit ihrem Besuch im Rotlichtviertel nicht mehr gesehen, aber sie fühlte immer noch wie damals und glaubte auch in seinen Augen noch Zuneigung zu sehen. Reichte es ihm nicht, dass sie sich entschuldigt hatte? Und war sie bereit, ihm zu verzeihen, dass er sie vielleicht gerade um ihren Job brachte?

Der Bürgermeister hielt eine Schreckschusspistole in der Hand. Er wartete ungeduldig darauf, dass die Fotografen endlich alle Aufnahmen im Kasten hatten, und stand schussbereit auf dem Podest. Nur noch wenige Minuten.

»Viel Glück!«, brachte Josie heiser hervor.

»Ebenfalls!«, antwortete er.

Er kletterte in seine Stinson und startete den Motor, sie ging zu ihren Huskys und kraulte jedem einzelnen das Fell. »So, jetzt geht es los, meine Lieben! Wir haben zwei harte Wochen vor uns und müssen alles geben, wenn wir eine Chance haben wollen. Ich verlasse mich auf euch!« Sie überprüfte noch einmal die Geschirre, Riemen und Leinen und stieg auf die Kufen.

Was der Bürgermeister vor dem Start sagte, verstand sie nicht. Sie war viel zu konzentriert, steckte in einem Tunnel und hörte nur seine Kommandos.

»Auf die Plätze, fertig, los!«

Mit dem Startschuss heulte der Motor der Stinson auf. Jimmy lenkte sie auf die Startbahn und startete gegen den Wind. Seine gelbe Maschine leuchtete bereits am Himmel, als Josie ihre Huskys antrieb und den Schlitten über das Flugfeld zur Stadt lenkte. Ihre Strecke über die Cushman Street war abgesperrt und wurde von einigen Schaulustigen gesäumt, darunter auch Mary, die sie mit erhobenen Händen anfeuerte: »Go, Josie, go! Zeig, was du kannst!«

Jenseits der Brücke, am anderen Ufer des Chena River, wurde es ruhiger. Sie folgte dem Fluss und den Schienen der Alaska Railroad, einem festgestampften Trail, der kaum Hindernisse aufbot und relativ einfach zu befahren war. Eine ideale Strecke, um Tempo zu machen und noch vor dem Zwielicht am späten Nachmittag über den eisbedeckten Tanana River zu kommen.

Noch spielte das Wetter mit. Der Himmel war größtenteils bedeckt und der Wind beschränkte sich auf gelegentliche Böen, die allerdings empfindlich kalt waren. Lediglich ihr sechster Sinn warnte sie vor einem Blizzard. Wer lange genug in der Wildnis lebte, und erst recht eine erfahrene Musherin wie sie, entwickelte ein besonderes Gespür für die Gefahren der Wildnis. Ähnlich wie die Huskys. Einige Musher behaupteten, das Wetter der nächsten Tage an ihrem heftigen Jaulen zu erkennen. Eine maßlose Übertreibung, glaubte sie.

Auf dem langen Trail nach Nenana zahlte sich ihr anstrengendes Training besonders aus. Ihre Huskys waren in bestechender Form und hervorragend aufeinander eingestellt. Ein Gespann, wie man es sich besser nicht wünschen konnte. Dennoch waren ihre Chancen gering. Unter gewöhnlichen Bedingungen schaffte es kein Musher der Welt, gegen einen Buschflieger zu gewinnen, selbst am Steuer eines Automobils würde man verlieren. Ihre einzigen Chancen waren das Wetter, das einen Piloten zwingen konnte, tagelang an einem Ort zu verharren, ein technischer Fehler an der Maschine, den man in der Wildnis nicht beheben konnte, und die versteckte Lage mancher Dörfer und Blockhütten, die nur über sehr begrenzte Landemöglichkeiten verfügten.

»Ich kriege dich, Jimmy!«, rief sie kämpferisch.

Auch um von ihrem Liebeskummer abzulenken, hatte sie ihre ganze Kraft in die Vorbereitung investiert. Jeden Tag war sie mehrere Stunden unterwegs gewesen, bis in die White Mountains und sogar in die Alaska Range war sie gefahren, bei jedem Wetter und zu jeder Tageszeit, um mit ihren Huskys in Bestform zu dem Wettrennen antreten zu können. Sie hatte sogar noch die Zeit gefunden, einige Touren mit dem Sechsergespann zu fahren, wenn auch nicht so weit. Buddy und sein Team sollten nicht unter dem Wettstreit leiden.

Den Rest der Zeit hatte sie damit verbracht, ihre Großmutter zu besuchen und sich um ihren Vater zu kümmern. Grandma war ruhiger geworden, musste aber bis nach ihrer Rückkehr im Krankenhaus bleiben, wenn sie die Einnahme von Laudanum unter Kontrolle bringen wollte. Ganz würde sie es wahrscheinlich nie schaffen, hatte Doctor Guinn gewarnt. Im Krankenhaus war Grandma ruhiger geworden und schimpfte nicht mehr ganz so häufig.

Ihr Vater war immer noch auf die Krücken angewiesen. Eine Verstauchung wäre langwierig, hieß es, und auch er könnte sich erst wieder nach ihrer Rückkehr ungehindert bewegen. Mit seiner Lunge sah es schlimmer aus, aber das verriet sein Arzt nur Josie: »Er wird wahrscheinlich nie mehr auf lange Touren gehen können. Er sollte jede Anstrengung vermeiden. Ich weiß, das ist schwer für einen Mann wie ihn, der ständig in der Wildnis unterwegs war, aber wenn er es nicht tut, kann ich leider für nichts garantieren.«

Lautes Motorengeräusch ließ sie zum Himmel blicken. Ein Flugzeug erschien über den Wäldern und flog nach Westen. Jimmy, wollte sie schon flüstern, doch die Maschine hatte einen metallfarbenen Anstrich und gehörte zu Alaska Airways. Jimmy war längst außer Sichtweite, als hätte er es besonders eilig, zum Lake Minchumina und von ihr wegzukommen.

»Wenn du ein bisschen Stil hättest, wärst du gar nicht zu diesem ungleichen Rennen angetreten«, rief sie ihm in Gedanken zu, »aber glaube ja nicht, dass du schon gewonnen hast. Wir sehen uns, Jimmy!«

Die Huskys ließen sich nicht beirren, folgten dem Trail so schnell, als gälte es, noch an diesem Tag den fernen Horizont zu erreichen. Ihre Bewegungen waren rhythmisch, beinahe anmutig, und ihr Muskelspiel war ebenso schön anzusehen wie bei einem Rennpferd im vollen Galopp. Das rasante Tempo schien ihnen kaum etwas abzuverlangen, das harte Training hatte ihnen verraten, was für eine anstrengende Tour sie erwartete. Josie gab sich große Mühe, zuversichtlich wie ihr Vater in die Ferne zu blicken, wusste aber auch, dass seine große Erfahrung nur schwer zu ersetzen war.

Das Tageslicht unterschied sich nur wenig von dem düsteren Zwielicht, das sie am anderen Ufer des Tanana

River erreichte. Sie hatte nicht einmal in Nenana gehalten, war durchgefahren, um so weit wie möglich an diesem ersten Tag zu kommen. Der erste Stopp war einfach für Jimmy. William, ein Goldgräbernest, in dem auch nach dem großen Goldrausch vor beinahe dreißig Jahren noch genug von dem Edelmetall in den Felsen und der Erde lag. Ungefähr dreißig Familien lebten in dem Nest und lebten einigermaßen komfortabel von ihren Goldfunden. Der vereiste William Lake bot sich für eine reibungslose Landung an, ein Leichtes für Jimmy, dort zu landen und zu starten.

Schwieriger würde es am Old Woman Creek weiter südlich werden, an dessen Ufer ein Mann und seine indianische Frau so versteckt lebten, dass man ihre Blockhütte auch aus der Luft nur schwer ausmachen konnte. Da Leonard und Lizzy Weaver zusammen auf die Jagd gingen und ihre Fallen abliefen, war es nicht einfach, sie aufzustöbern, wenn man nicht wusste, welche Jagdtrails sie benutzten. Eine gute Möglichkeit für Josie, Zeit zu gewinnen.

Spätnachts hielt Josie vor einer der Blockhütten, die das US Post Office entlang ihres Trail zum Lake Minchumina errichtet hatte. Eine karge Unterkunft für die Musher, aber auch Fallensteller oder Jäger, die nach einer geschützten Unterkunft suchten. Ein Tisch mit Stühlen, zwei Matratzen, ein altmodischer Ofen, einige Konserven und eine Kiste mit Brennholz, die von manchen Besuchern nachgefüllt wurde, gehörten zur Standardausrüstung.

Die Versuchung, dort den Rest der Nacht zu verbringen, war groß, aber eine längere Pause hätte sie nur zurückgeworfen. Sie zündete ein Feuer an, aß eines von ihren Sandwiches, fütterte die Huskys und machte sich dann wieder auf den Weg. Während sie weiterfuhr, setzte starker Schneefall ein, und auch der Wind frischte auf, für jeden Piloten das Zeichen, sofort zu landen und Schutz zu suchen. Auch für Jimmy, den dieses Wetter sicher etliche Stunden zurückwerfen würde, besonders wenn er abseits einer Siedlung runtergehen musste. Wie sie von Jimmy gelernt hatte, musste man den Motor und auch das Öl während eines längeren Aufenthalts in der Kälte warm halten, kein leichtes Unterfangen, wenn man das Leben in der Wildnis nicht gewohnt war.

Für Josie war das die Möglichkeit, einige Stunden, vielleicht sogar Tage gutzumachen. Ihren Huskys machte der starke Schneefall nichts aus. Im Gegenteil, er schien ihnen großen Spaß zu machen und sie zu beflügeln. Josie hatte es schwerer, war aber durch ihre Kleidung und die Schutzbrille gut geschützt und war fest entschlossen, ihre Chance zu nutzen. Mit inzwischen schon heiserer Stimme feuerte sie ihr Gespann an, froh über jede Meile, die sie in diesem Wetter vorankamen. Sie machte sich ein wenig Sorgen um Jimmy. Sie ging davon aus, dass er sicher gelandet war, wusste aber auch, dass ihm für einen Aufenthalt in der Wildnis noch Erfahrung und Routine fehlten. Es war etwas anderes, auf einem Feld in North Dakota zu landen, als fernab jeder Siedlung und bei eisigen Temperaturen in den Bergen runterzugehen und sich selbst und ein Flugzeug zu beschützen. Wie würde er reagieren, wenn Wölfe kämen?

Der Schneefall hielt drei Tage an und hatte auf einem Anstieg für so tiefen Schnee gesorgt, dass Josie ihre Schneeschuhe anschnallen und den Schlitten anschieben musste. Als der Himmel aufklarte, konnte sie den Lake Minchumina schon in der Ferne sehen. Sie blickte misstrauisch zu den Bergen hinüber. »Das war nur der Anfang«, rief sie ihren Hunden zu. »Mein Bauch sagt mir, dass wir es bald mit einem ausgewachsenen Blizzard zu tun bekommen.«

Im Schutz einiger Bäume legte sie eine kurze Pause ein. Sie verteilte Leckerlis an die Huskys und gönnte sich selbst ein Stück von der Schweizer Schokolade, die sie noch immer in ihrer Anoraktasche trug. Sie schmeckte immer noch so köstlich wie beim ersten Mal, und doch spürte sie, wie ihre Augen feucht wurden, als sie daran dachte, von welchem seltenen Glücksgefühl sie erfüllt gewesen war, als Jimmy sie mit der Tafel überrascht hatte.

Das Scharren von Schlittenkufen trieb aus dem nahen Wald heran. Ein älterer Mann, dessen lange weiße Haare unter seiner Fellmütze hervorlugten, bremste neben ihr und warf einen Blick auf die Postsäcke. »Schicken sie jetzt schon Ladys auf die Postroute? Alle Achtung, Miss, da haben Sie sich auf einiges eingelassen. Ich bin Gabe McElroy, Fallensteller, aber ich such mir eine andere Gegend. Haben Sie die Flugmaschine gesehen? Dieses gelbe Ding, das plötzlich über dem See auftauchte? Bei dem Krach geht mir doch kein Tier mehr in die Falle. Nee, ich hab genug! Ich kann diese Flugdinger auf den Tod nicht leiden.«

»Wann haben Sie die gelbe Maschine gesehen?«

»Vor 'ner Stunde etwa. Wollte wohl nach William.«

»Dann hab ich ihn beinahe eingeholt.«

McElroy blickte sie verwirrt an. »Sie fahren mit dem Ding um die Wette?«

Sie lachte. »Ich versuch's jedenfalls.«

»Na, dann gute Jagd!«

»Ihnen auch, McElroy!«

»Habt ihr das gehört?«, rief sie den Hunden zu, als der Fallensteller gefahren war. »Jimmy hat kaum noch Vorsprung! Wenn wir uns Mühe geben, holen wir ihn vielleicht noch ein! Vorwärts! Ausruhen können wir uns später!«

Die Huskys gaben alles. Sie kannten den Trail von früheren Posttouren und wussten, dass William der nächste Halt sein würde. Dort gab es meist etwas Gutes zu fressen. Die Goldgräber waren so dankbar für ihre Post, dass sie meist einen schmackhaften Lachs-Reis-Eintopf für sie bereithielten.

Am Nordufer des Sees lenkte Josie ihren Schlitten nach Westen. Eine dicke Eisschicht bedeckte den Lake Minchumina, der scheinbar riesige Ausmaße hatte und im bläulichen Zwielicht wie ein verzaubertes Wasser aus einem Märchen aussah. Eisige Nebelschwaden zogen mit dem Wind über das Eis.

William machte nicht viel her. Mehrere Blockhäuser in einem schmalen Tal, das wie ein Keil in die Ausläufer der nahen Berge hineinreichte. Die Gebäude waren auf den ersten Blick kaum zu erkennen, so versteckt lagen sie zwischen den Bäumen. Die Goldmine, die zum Ort gehörte, lag ungefähr eine Meile entfernt in den Felsen.

Bei ihrer Ankunft erhob sich fast augenblicklich ein vielstimmiges Heulkonzert aus zahlreichen Hundekehlen. Der übliche Empfang, nicht nur in entlegenen Siedlungen wie William. Das Geheul hatte zahlreiche Menschen aus den Blockhütten gelockt, alle begierig darauf, den zweiten Teil der Postlieferung zu bekommen. Ein gewisser Big T, ein hünenhafter Mann mit einem weißen Vollbart, dessen wirklichen Namen niemand kannte, empfing sie vor seiner Blockhütte und begrüßte sie mit einem Händedruck, der sie fast in die Knie zwang. »Miss Josie, wenn ich mich nicht irre. Ich bin Big T und hab hier das Sagen. Kommen Sie, bei mir ist es warm, und es gibt Tee mit Rum!«

Big T leerte den Postsack und füllte ihn mit den Briefen und Päckchen, die nach Fairbanks gehen sollten. Sein erwachsener Sohn lud die eingegangene Post in einen Waschkorb und verteilte sie vor der Hütte an die ungeduldig wartenden Leute. »Meine Tochter hat geschrieben!«, hörte sie einen Mann rufen. Und ein anderer jubelte: »Ich hab die Zeitung von letzter Woche!«

Woher Big T. den Rum hatte, erfuhr Josie nicht. Sie brachte den Tee kaum hinunter, so stark war der Alkohol, und schüttelte sich wie ein nasser Hund. »So was trinken Sie? Damit könnten Sie eine Herde Elefanten umbringen!«

»Den muss ich mir merken«, erwiderte Big T kichernd. Er goss sich Rum nach und blickte sie an. »Und ich dachte, dieser Jimmy macht einen Witz!«

»Wann war er hier?«

»Vor ein paar Stunden. Den holen Sie niemals ein!«

»Abwarten, Big T. Ich hab noch einige Trümpfe im Ärmel.«

»Sie meinen es tatsächlich ernst! Respekt, Lady!«

Sie trank den Rest vom Tee und wischte sich den Mund ab. »So, und jetzt muss ich weiter, sonst geht mir Jimmy noch durch die Lappen. Wär doch gelacht, wenn ich so einen lahmen Flieger nicht einholen würde. Wenn ich Ihnen die nächste Zeitung bringe, werden Sie es schwarz auf weiß lesen können: »Sensation: Tapfere Musherin besiegt erfahrenen Flieger!«, zitierte sie vorab.

Sie lachten beide, doch Big T legte ihr zum Abschied liebevoll seine Pranke auf die Schultern und sagte: »Wir drücken Ihnen alle die Daumen, Lady!«

18

Am Horizont zeigte sich ein schmaler, heller Streifen, als Josie den Old Woman Creek am Südufer des Sees erreichte. Sie lenkte ihren Schlitten auf das feste Eis und folgte dem schmalen Fluss nach Süden, war aber schon nach wenigen Meilen gezwungen, den Jagdtrail am Ufer zu benutzen. Selbst mit den *booties* war das schroffe und teilweise aufgeworfene Eis zu gefährlich.

In einem ungeschützten Tal lag der Schnee teilweise so hoch, dass sie ihre Schneeschuhe anschnallen und den Hunden helfen musste. Obwohl sie schon seit mehreren Tagen unterwegs waren, wurden die Huskys nicht müde, schienen immer noch begierig darauf zu sein, einen Schlitten durch die Wildnis zu ziehen. Josie war froh, so hart trainiert zu haben, und genoss die Fahrt sogar. Es machte ihr Spaß, in dieser urwüchsigen Wildnis unterwegs zu sein und sich mit den Kräften der Natur zu messen. Auch über den Bergen in einer kleinen Maschine fühlte man sich frei und ungebunden, doch nichts kam an dieses einmalige Gefühl heran, die Wildnis hautnah auf einem Schlitten zu erleben.

Die Blockhütte der Weavers lag am Ufer eines schmalen Baches, der besonders im Winter kaum zu erkennen war, doch ihre Huskys und sie hätten ihn auch in dunkler Nacht gefunden. Jimmy würde es wesentlich schwerer haben, sich in dieser Gegend zu orientieren, noch dazu standen die Schwarzfichten sehr dicht und würden auch ihn zwingen, aus seiner Maschine zu steigen und zu Fuß nach der Hütte zu suchen. Ob er Schneeschuhe dabeihatte?

Noch hatte sie keine Spuren von ihm gefunden. Am frühen Morgen hatte sie geglaubt, das Motorengeräusch seiner Stinson gehört zu haben, weit entfernt und hinter den Hügeln im Westen. In ihrer Vorstellung hatte er vergeblich nach der Blockhütte der Weavers gesucht, war unverrichteter Dinge irgendwo gelandet und studierte seine Karte. Auch mit der Markierung des Postmasters war es schwer für einen Piloten, die genaue Lage auszumachen, besonders wenn es keine markanten Merkmale gab, an denen er sich orientieren konnte. Außer dem Lake Minchumina, unendlichen Wäldern, vereinzelten Dörfern, die man von oben kaum erkennen konnte, und den Bergen der Alaska Range gab es kaum Anhaltspunkte. Im Sommer folgten die Piloten den Flüssen, im Winter waren die meisten zugefroren und aus der Luft schwer auszumachen.

Sie hielt vor der Blockhütte und wurde wie fast überall in Alaska von aufgeregten Huskys begrüßt. Sie machte sich bemerkbar, wie es in der Wildnis üblich war, bekam aber keine Antwort, stieg ab und klopfte mehrmals an die Tür, bevor sie öffnete. In der Hütte war niemand, doch weit konnten die Weavers nicht sein, sonst würde das Feuer im Ofen nicht mehr brennen, und sie hätten den Hundeschlitten genommen. Sie mussten ganz in der Nähe sein.

Josie fand frische Spuren auf einem der Jagdtrails, die von der Hütte wegführten, und folgte ihnen in den Wald hinein. Schon nach ungefähr einer halben Meile sah sie die Weavers zwischen den Bäumen. Anscheinend waren sie dabei, den Trail von abgebrochenen Ästen und Zweigen zu säubern. Sie rief ihre Namen und amüsierte sich über ihre erstaunten Gesichter, als sie ihnen verriet, dass sie diesmal allein gekommen war. »Vater hat's mit der Lunge und wird wohl keine langen Fahrten mehr machen dürfen. Zu gefährlich.«

»Das tut uns leid«, sagte Leonard. Er gehörte zu den Männern, deren Alter man unmöglich bestimmen konnte, hatte seine Haare lang wie viele Indianer wachsen lassen und trug eine Pelzjacke, für die eine Lady in San Francisco oder New York ein Vermögen bezahlt hätte. Seine Frau Lizzy, eine Dene-Indianerin, sah in ihrem bodenlangen Pelzmantel noch eindrucksvoller aus. Sie strahlte eine Würde aus, die einer europäischen Königin gestanden hätte. »Haben Sie Post für uns? Kommen Sie, wir trinken Kaffee und reden ein wenig. Wir haben schon seit Ewigkeiten keine anderen Menschen getroffen.«

Es wäre unhöflich gewesen, dieses Angebot abzulehnen. »Aber ich habe leider kaum Zeit.« Sie erzählte von dem Wettrennen zwischen Jimmy und ihr. »Weit kann er nicht sein, aber der Arme wird sich schwertun, einen Landeplatz zu finden. Ohne einen langen Fußmarsch wird er das kaum schaffen.«

Sie versöhnte ihre Huskys mit Leckerlis und griff nach dem Päckchen, das für die Weavers bestimmt war, bevor sie ihnen folgte. Für eine Unterkunft in der Wildnis war die Blockhütte erstaunlich sauber und geschmackvoll eingerichtet. Auf dem Tisch standen künstliche Blumen, eine absolute Seltenheit in einer entlegenen Hütte, an der Wand hing ein Kalender mit bunten Blumen.

»Ihre Post«, sagte Josie und legte das Päckchen auf den Tisch.

Vor ihnen standen dampfende Kaffeebecher, als Lizzy das Päckchen öffnete. Ihre Augen strahlten wie bei einem Kind, als eine Blechdose mit bunt verzierten Keksen und ein Brief zum Vorschein kamen. »Von meiner Mom«, freute sie sich, »sie wohnt mit ihrem Mann in Los Angeles.«

»In Los Angeles? Was tut sie denn da?«

»Sie spielt in Cowboyfilmen mit«, erwiderte Lizzy. Ihr schelmisches Grinsen war nicht zu übersehen. »Sie ist die einzige echte Indianerin in Hollywood, und wenn sie nicht als Squaw vor der Kamera steht, steht sie in der Küche und backt die besten Cookies. Die müssen Sie unbedingt probieren.«

Josie aß einen der bunten Kekse und war begeistert. »Himmlisch!«

»Manchmal schickt sie auch einen Kuchen«, sagte Leonard.

»Diesmal vielleicht auch«, machte Josie ihnen Hoffnung. »Jimmy hat noch ein zweites Paket für Sie. Wir haben uns die Post geteilt, damit wir den gleichen Weg haben und keiner abkürzen kann. Es soll ein faires Rennen sein.«

»Fair?«, wunderte Leonard sich. »Flugzeug gegen Hundeschlitten?«

»Hier draußen schon.«

Josie blieb eine knappe Viertelstunde bei den Weavers, dann drängte auch Leonard sie zum Weiterfahren. »Sieht so aus, als bekämen wir bald einen ausgewachsenen Blizzard. Sehen Sie zu, dass Sie dann in einer Hütte sind!«

»Mit dem Wetter kenn ich mich aus«, sagte sie.

»Ganz der Vater, hm?«

»Ich geb mir Mühe. Bis hoffentlich bald!«

Josie stieg auf den Schlitten und fuhr weiter. Bis nach Yutuka, dem Indianerdorf am Ostufer des Lake Minchumina, würde sie mehrere Stunden brauchen. Wenn ihre Rechnung aufging, erreichte sie die Blockhütten noch vor dem Blizzard, wenn nicht, gab es ungefähr zehn Meilen südlich von dem Dorf eine Hütte des US Post Office für die Tour in die Ausläufer des Denali. Um einen Schneesturm zu überstehen, brauchte man ausreichende Deckung.

Das Zwielicht schwand schneller als sonst. Schon bald war sie von scheinbar grenzenloser Dunkelheit eingehüllt, und sie konnte von Glück sagen, dass der Schnee genug Helligkeit reflektierte, um ihr den Weg zu weisen. Jimmy würde es ähnlich gehen. Wenn er schlau war, übernachtete er bei den Weavers und wartete dort den Sturm ab. Alles andere war viel zu gefährlich.

»Vorwärts, Skip!«, rief sie. »Wir haben heute noch was vor uns!«

Josie folgte einem unmarkierten Trail nach Nordosten, würde bald an die Abzweigung zu der Hütte im Süden kommen. Die Nacht war dunkel und geheimnisvoll. Es war ungewöhnlich still geworden, sogar der Wind schien den Atem anzuhalten, kein Vogel krächzte, kein Tier ließ sich blicken. Sie fuhr durch ein erstarrtes Land, eine Wildnis auf einem fremden Planeten, fernab der menschlichen Zivilisation. Am Himmel waren kaum Sterne zu sehen, der Mond hatte sich längst verzogen. Das Scharren der Kufen klang ungewöhnlich laut in der eisigen Stille. »Zur Hütte!«, rief sie den Huskys zu. »Schnell!«

Auch ohne ihr Kommando wären die Huskys wahrscheinlich nach Süden abgebogen. Sie spürten die Gefahr, die ihnen drohte, wenn sie nicht bald eine Unterkunft fanden. Zu befürchten hatten sie nichts in einem Blizzard, ihr Fell war dick genug für die Kälte und der Wind machte ihnen nichts aus. Aber als Schlittenhunde trugen sie Verantwortung für ihre Musherin und die Postsäcke, die auf dem Schlitten lagen. Huskys waren intelligenter als manche Menschen, waren für den Musher so wichtig wie ein Pferd für einen Cowboy.

Auch auf ihrer letzten gemeinsamen Tour mit ihrem Vater hatten sie in der Hütte des US Post Office übernachtet, und Josie kannte den Trail. Auch wenn in dieser Nacht viel Schnee lag, konnten sie die Hütte in ungefähr einer Stunde erreichen. Falls nicht, wäre sie gezwungen, in den nahen Wald auszuweichen und dort ein provisorisches Lager zu errichten. Nicht gerade angenehm und alles andere als bequem in diesem Wetter. Der Trail führte durch eine natürliche Schneise, die historische Stürme in den Wald gegraben hatten, und führte fast ständig geradeaus, bewacht von Schwarzfichten und Laubbäumen.

Als sie die Hütte in der Ferne erspähte, feuerte sie noch mal die Hunde an. »Vorwärts, Skip! Gleich haben wir es geschafft! Nur noch ein paar Schritte.«

Die Hunde legten sich verstärkt ins Geschirr und hielten erst vor der Hütte. Sie lag am Rand einer breiten Lichtung, von dicht stehenden Bäumen bewacht und nur zu erkennen, wenn man von ihr wusste. Sie spannte die Huskys aus und führte sie in den Windschatten der Hütte, verankerte den Schlitten fest im Schnee und nahm den Schlittensack und die Schneeschuhe mit.

Bevor sie die Tür öffnete, blickte sie noch einmal zum Himmel empor. Direkt über ihr türmten sich schwarze Wolken, bedrohlich und unheilvoll wie die atemlose Stille, die vor der Hütte noch intensiver als auf dem Trail wirkte. Vielleicht weil auch die Huskys ungewöhnlich still waren und das Scharren der Kufen nicht mehr zu hören war. Die Stille war so intensiv, dass man sie beinahe hören konnte, eine Bemerkung, die sie von einigen Mushern kannte.

»Bleibt, wo ihr seid, okay?«, rief sie den Hunden zu.

Die Hütte glich den anderen Unterkünften am Trail wie ein Ei dem anderen. Sie zündete die Petroleumlampe auf dem Tisch an, holte einige Scheite von dem gestapelten Holz vor dem Eingang herein und entzündete ein Feuer in dem Kanonenofen, der wohl schon während des Goldrauschs in Betrieb gewesen war. Es wurde rasch warm, das musste man dem antiken Ofen lassen.

Sie nahm ihre Wollmütze ab und trat nervös ans Fenster, wollte gerade erleichtert durchschnaufen, als der

Wind zu heulen begann und dichte Flocken vom Himmel wirbelten. Die bösen Wintergeister feierten ein Fest, hatte sie Indianer und Fallensteller über einen Blizzard sagen hören, sie wollten den gewöhnlich Sterblichen mal wieder zeigen, wer auf der Erde das Sagen hatte.

Fast gleichzeitig erklang das Brummen eines Flugzeugmotors.

Josie erstarrte. »Jimmy!«

Sie stülpte sich die Wollmütze wieder über die Haare und schnallte die Schneeschuhe an. Mit der Schutzbrille vor den Augen trat sie in den Flockenwirbel hinaus. Der heftige Wind riss ihr beinahe die Tür aus den Händen. Sie lehnte sich mit aller Macht gegen die Hüttenwand und spähte in den aufkommenden Sturm, bekam Schnee und winzige Eisbrocken ins Gesicht.

Entsetzt beobachtete sie, wie Jimmys gelbe Stinson über den Bäumen auftauchte und schwankend in ihre Richtung taumelte. Jimmy musste die Lichtung gesehen haben und versuchte eine Notlandung. Die Maschine schwankte bedenklich, sackte plötzlich ab und wurde wie von Zauberhand wieder nach oben getrieben, kam mit ständig aufheulendem Motor nur langsam näher.

»Jimmy! Hier bin ich!«, rief sie, obwohl er sie nicht hören konnte.

Jimmy war ein guter Pilot. Wie es ihm gelang, die kleine Maschine selbst in einem aufbrausenden Sturm in der Luft zu halten, grenzte an Zauberei. Langsam kam er näher. Je tiefer er mit der Stinson ging, desto unruhiger wurde sein Flug. Seine Maschine wurde zum Spielball der aufbrausenden Natur, würde jeden Moment abstürzen. In dem Sturm konnte man nicht landen!

»Du schaffst das, Jimmy! Du schaffst das!«

Die Stinson berührte den Boden, wurde noch mal nach oben gehoben und klatschte erneut nach unten. In einer dichten Schneewolke pflügten die Skier durch den Schnee. Selbst auf dem Boden schaukelte die Maschine noch, verlor mit einem Skier die Bodenhaftung und sackte zurück. Ungefähr hundert Schritte entfernt glitt sie bis dicht an den Waldrand und blieb stehen. Der Motorenlärm verstummte, und nur das Heulen des Windes war noch zu hören.

Josie stapfte durch den tiefen Schnee zu der Maschine. Auch mit den Schneeschuhen kam sie nur langsam voran. Sie sah Jimmy aus der Kabine klettern und in den Schnee stürzen, rief: »Jimmy! Jimmy! Hier bin ich!«, und erreichte ihn völlig außer Puste. »Jimmy! Ist dir was passiert?«

Jimmy blickte sie entgeistert an. »Du … hier?«

»Ein glücklicher Zufall! Komm in die Hütte, da ist es warm.« Sie half ihm vom Boden hoch und hielt ihn fest. »Alles okay? Du bist doch nicht verletzt?«

»Ich lebe noch!«, erwiderte er heiser. Er stützte sich an der Maschine ab, wirkte noch ein wenig benommen. »Du musst mir helfen, die Maschine festzuzurren, Josie! Sonst fliegt sie uns davon!« Er tastete sich zur Passagiertür vor und holte lange Stahlseile heraus. »Wir binden sie an die Bäume dort!«

Die Arbeit war Routine für Jimmy, gehörte zu den Vorsichtsmaßnahmen, die man überall in stürmischem Wetter traf. Es hatte schon Maschinen gegeben, die waren vom Wind durch die halbe Stadt getrieben worden. Er ließ das Öl ab und füllte es in einen Kanister und bedeckte den Motor mit Wolldecken und Planen. »So kommt mein Baby gut durch den Sturm!« In dem immer stärker aufheulenden Sturm war er nur schwer zu verstehen, aber er hatte seine unsanfte Landung gut überstanden und war wenigstens nicht verletzt.

Zusammen stapften sie zur Hütte. Josie musste ihn stützen, weil er ohne Schneeschuhe alle paar Schritte einbrach, war heilfroh, als sie endlich aus dem Sturm kamen und die Tür hinter sich schließen konnten. Beide schafften es gerade noch, ihre Winterkleidung und die Schutzbrillen abzustreifen, und sanken auf die Matratze. Erschöpft und schwer atmend blieben sie liegen. Die Wärme aus dem Ofen fühlte sich angenehm an, brauchte aber einige Zeit, um die Kälte aus ihren Körpern und ihrer Kleidung zu vertreiben. Sie waren dem Sturm, der draußen zu toben begann, gerade noch rechtzeitig entkommen.

Josie regte sich zuerst. »Jimmy!«, sagte sie nur.

»Als hättest du auf mich gewartet«, sagte er.

Sie lächelte. »Du bist mir nachgeflogen, gib's zu!«

»Bin ich nicht!«

»Du hast es allein nicht mehr ausgehalten!«

Jimmy wurde für einen Augenblick ernst und blickte sie schuldbewusst an. »Das stimmt! Ich war ein ziemlicher Idiot neulich … eine Frau wie dich lässt man nicht stehen.« Dann blitzten seine Augen wieder vor Erleichterung. »Du wolltest mir doch lediglich zeigen, was ich im Rotlichtviertel verpasst habe.«

»Annie Rose, die Königin der Fourth Avenue Line.«

»Die Prinzessin der Wildnis ist mir lieber.«

Josie musste lachen. »Und du bist der König der Lüfte? Das könnte dir so passen. Wenn du ein König bist, will ich eine Königin sein. Das heißt, eigentlich will ich nur Josie sein, die Frau, die den König der Lüfte besiegt hat.«

»Kommt gar nicht in die Tüte!« Er beugte sich über sie und packte sie spielerisch an den Oberarmen, dann wurde er ernst. »Du hast mir gefehlt, Josie! Können wir nicht weitermachen, wo wir damals aufgehört haben?«

»Was meinst du, warum ich hier auf dich gewartet habe?«

»Um den König der Lüfte zu retten?«

»Du hast mir auch gefehlt, Jimmy.«

»Ehrlich?«

»Ganz ehrlich. Willst du mich nicht endlich küssen?«

Sie küssten sich leidenschaftlich, beflügelt von der Wärme, die sich in der Hütte ausbreitete, und vergaßen alles, was sie während der letzten zwei Wochen getrennt hatte. Für geraume Zeit gab es nur sie und ihre Liebe, das seltene Gefühl, jemanden gefunden zu haben, den es sonst nur in Märchen oder Träumen gab. Seine Küsse und Berührungen verwöhnten sie und versetzten sie in eine Euphorie, die sie bisher nicht gekannt hatte. Rosarot statt dunkel und abweisend, wie sich der Himmel vor der Hütte zeigte, warm und behaglich statt eisig kalt und abweisend wie der Schneesturm vor dem Fenster.

»Ich liebe dich!«, sagte sie. Es klang banal, aber ihr fielen keine anderen Worte ein, um ihm ihre Liebe zu erklären. Auch wenn die Worte etwas abgenutzt waren, schlossen sie doch alles ein, was sie damit ausdrücken wollte: das Verlangen, ihn zu berühren, zu umarmen und zu küssen, die Zufriedenheit, die sich einstellte, wenn sie mit ihm zusammen war und sein Lächeln spürte, das Vertrauen in eine gemeinsame Zukunft. In guten wie in schlechten Tagen … sie waren füreinander geschaffen und wehrten sich nicht mehr dagegen.

»Wir waren beide dumm«, sagte sie.

»Das kannst du laut sagen.«

»Aber glaub bloß nicht, dass ich dir jetzt einen Vorsprung gebe.«

Er erwiderte ihr Grinsen. »Der Bessere möge gewinnen.«

»Warst du schon bei den Weavers?«

»Dem Fallensteller am Old Woman Creek?« Er schüttelte verlegen den Kopf. »Der Sturm war schneller. Außerdem hab ich seine Hütte nicht gefunden. Die Gegend ist nicht gerade ideal für eine Landung, ich gebe es ja zu.«

»Meine Rede.« Ihr Grinsen verstärkte sich. »Dann liege ich in Führung.«

»Ich hole dich schon noch ein!«

Sie zog ihn lachend zu sich herunter. »Aber vorher gibst du mir einen Kuss!« Sie küssten sich und versanken in ihrer eigenen Welt, während draußen der Blizzard tobte und aufgewirbelten Schnee gegen das Fenster trieb.

19

Der Blizzard tobte mehrere Stunden, dann ließ er plötzlich nach, und sie wurden wieder zu Gegnern, aber jetzt in der beruhigenden Gewissheit, auf jeden Fall zu gewinnen, egal, ob sie als Erster oder Zweiter ihr Ziel erreichten.

Josie wartete, bis Jimmy seine Maschine startklar gemacht hatte und gestartet war, und fütterte ihre Huskys, bevor sie auf die Kufen stieg. Die Hunde hatten den Sturm unbeschadet überstanden und konnten es gar nicht erwarten, nach der unfreiwilligen Pause wieder zu laufen. »Hast du gehört?«, sagte zu Skip. »Wir haben einen Vorsprung. Zumindest für eine Weile. Aber wer weiß, ob er die Weavers jemals findet? Bis dahin sind wir über alle Berge.«

Es war noch dunkel, als sie ihr Gespann auf den Trail lenkte. Die Fahrt zum Ufer des Lake Minchumina war anstrengend, weil der Blizzard zum Teil hohe Schneewehen aufgetürmt hatte und sie dort nur vorankam, wenn sie ihre Schneeschuhe anschnallte und den Huskys half. Als endlich der See vor ihr auftauchte, sah Josie einen pinkfarbenen Streifen am Horizont. Die Gefahr eines Blizzards war vorüber und die Wildnis zeigte sich wieder von ihrer angenehmen Seite. Die Schwarzfichten und vereinzelte Felsen hoben sich als dunkle Flecken vom Himmel ab und statt des düsteren Schleiers, der über Schnee und Eis gelegen hatte, verbreitete sich das pinkfarbene Licht, das vom Himmel fiel, auf dem vereisten See, trat über die Ufer und drang ungehindert wie feiner Nebel in die Wälder und Täler der Umgebung.

Das Licht beflügelte Josie und trieb die Hunde an, die sich den kürzesten Weg durch das vereiste Sumpfland des Südufers suchten. In zahlreichen Windungen schlängelte sich der Trail am Ufer entlang und führte durch einen lichten Wald, der so viel Licht durchließ, dass sie ihr Tempo beibehalten konnte. Die Chancen, Jimmy schlagen zu können, waren immer noch gering. Spätestens auf der letzten Etappe nach Fairbanks würde er sie überholen, wenn nicht ein Wunder geschah. Aber sie wollte wenigstens versuchen, dem Postmaster zu zeigen, zu was eine Musherin und ihre Huskys fähig waren.

Um die Mittagszeit erreichte sie das Indianerdorf. Eine Ansammlung weniger Blockhütten am Ufer einer versteckten Bucht, bewohnt von fünf Familien, die vom Fischfang und der Jagd lebten und keine Lust verspürten, ihre traditionelle Lebensweise aufzugeben und so wie die meisten Weißen zu leben. Wie fast überall empfing sie auch hier ein aufgeregtes Jaulkonzert, als sie ihren Schlitten vor die Hütte des Häuptlings lenkte und von den Kufen stieg. Einige Kinder, die im Schnee gespielt hatten, rannten zu ihren Eltern.

Der Häuptling hieß Joseph, seitdem er von einem katholischen Priester getauft worden war, ein gebeugter Mann mit einem von Wind und Wetter zerfurchten Gesicht und langen und zu Zöpfen geflochtenen Haaren. Er trug einen schäbigen Fellmantel über seiner Alltagskleidung. Auch aus den anderen Hütten kamen jetzt Bewohner und umringten sie neugierig. »Willkommen in Yutuka!«, begrüßte er sie. »Sie sind Josie Haskell, nicht wahr? Sie waren schon mal mit Ihrem Vater hier. Ich erinnere mich an Sie. Wo ist Ihr Vater?«

Josie berichtete auch ihm von dem Wettkampf zwischen Flugzeug und Hundeschlitten und reichte ihm den Postsack. Zahlreiche Bewohner hatten Waren von einem Versandhaus bestellt, nicht selten, indem sie ihrer Bestellung einen kleinen Goldnugget beigelegt hatten. Das Versandhaus ließ ihn schätzen und schrieb ihnen den Restbetrag gut. Joseph reichte den Sack einem seiner Söhne weiter, der den Inhalt an die Empfänger austeilen sollte.

»Ein Becher Tee?«, bot er ihr an. Indianer hatten es selten eilig und hätten es nicht verstanden, dass sie sich beeilen musste. »Kommen Sie rein, Josie!«

In dem Blockhaus, das nach dem Eintopf duftete, der auf dem Ofen köchelte, traf sie Elise, die Frau des Häuptlings, und seinen Bruder Kuzik, der traditionell mit Rentierfellen gekleidet war und ein Hirschgeweih als Kopfschmuck trug. Josie erinnerte sich an ihn und hatte ihn als geduldigen Mann in Erinnerung, der selten sprach und der weise Schamane des Dorfes war.

Während sie ihren Tee trank und viel zu süße Kekse knabberte, blätterte Elise in dem neuen Versandhauskatalog, der mit der Post gekommen war, und Kuzik saß in seinem Schaukelstuhl neben dem Ofen und rauchte Pfeife.

»Ich habe von Ihnen geträumt«, sagte der Schamane unvermittelt.

Josie blickte ihn ungläubig an. »Sie wussten, dass ich komme?«

»Ihr Vater hatte einen Unfall«, erwiderte er. »Das habe ich nicht geträumt, das weiß ich von einem Jäger, dem ich vor einigen Tagen begegnet bin. In meinem Traum habe ich gesehen, dass er uns nicht mehr besuchen wird.«

Er konnte unmöglich von dem Lungenleiden wissen. »Weil Jimmy die Post mit seinem Flugzeug schneller ausliefern kann? Das ist noch nicht raus.«

»In meinem Traum war er sehr einsam. Es ist manchmal schwer, sich von dem Leben zu verabschieden, das man jahrelang geführt hat. Wer weiß das besser als wir Indianer. Viele Dene sind schon den Weg des weißen Mannes gegangen und blicken einer ungewissen Zukunft entgegen. Uns wird es bald ähnlich ergehen. Es gibt nichts, was den Fortschritt, wie ihr Weißen es nennt, aufhalten könnte.« Er setzte seine Pfeife ab. »Wollen wir ein Stück gehen?«

Josie entschuldigte sich bei Joseph und seiner Frau und folgte dem Schamanen ins Freie. Sie schätzte den weisen Alten und wollte ihn nicht enttäuschen. Am Ufer der Bucht entlang stapften sie durch den hier nur knöcheltiefen Schnee, die blasse Wintersonne im Gesicht. Der Himmel war inzwischen ungewöhnlich klar, und es war kälter geworden. Es ging kaum noch Wind.

»Mit den Flugmaschinen wird sich viel verändern in Alaska.«

»Zum Besseren«, glaubte Josie.

»Nicht nur«, widersprach der Schamane. Er blieb stehen und blickte über den vereisten Lake Minchumina hinweg, als suchte er am Horizont nach einer Antwort. »Der Lärm, den so eine Flugmaschine macht, passt nicht in diese Wildnis. Er verjagt unser Wild und erschreckt unsere Kinder. Ich war in Anchorage, wollte sehen, wie das Leben in einer eurer Städte aussieht. Habt ihr keine Angst vor den Automobilen? Dem Lärm und dem Schmutz? Dem Leben in steinernen Häusern, die kaum noch Platz für einen Baum lassen? Ich habe mir sagen lassen, in großen Städten wie New York soll es noch schlimmer sein. Ich glaube, wir sollten uns vor diesem Fortschritt hüten. Die Erde ist unsere Mutter, sagen wir, warum sollten wir ihr denn Schaden zufügen?«

»Warum sagen Sie das mir?«, fragte sie. »Wegen Jimmy?«

»Weil Sie noch jung genug sind und dabei helfen können, den Fortschritt daran zu hindern, uns alle zu vereinnahmen. Ich will nicht, dass sie unserer Mutter Erde so großen Schaden zufügen, dass man sie nicht mehr erkennt.«

Darüber hatte Josie noch nie nachgedacht. Alaska war so weit und riesig, glaubte sie, dass man seine Natur niemals zerstören könnte. Weder mit Flugzeugen noch mit Automobilen, nicht einmal durch das Fällen von Bäumen und die Förderung von Kupfer oder Gold, obwohl das Land nach einer Rodung oder sogar Urbarmachung nicht immer einladend aussah. Aber sie war davon ausgegangen, dass die Verantwortlichen schon darauf achten würden, die Natur zu erhalten. Auch deshalb hatten sie schließlich vor vielen Jahren den McKinley National Park gegründet.

Sie gingen langsam weiter, schienen sich in der Weite des Landes am Lake Minchumina zu verlieren. Der Schamane hatte recht. Diese Natur durfte man nicht zerstören. Einheimische wie sie nahmen die Wildnis als beinahe selbstverständlich an, aber sie erinnerte sich an eine Besucherin aus San Francisco, die vollkommen überrascht von der urwüchsigen Natur gewesen war. Wie gebannt hatte sie auf die Gipfel der Alaska Range geblickt und sogar Tränen in den Augen gehabt. »So schön«, hatte sie gesagt, »so unsagbar schön!«

»Sie sind sehr mutig«, sagte Kuzik, »keine andere Frau würde gegen einen Mann in einer Flugmaschine antreten. Sie kennen diesen Mann, nicht wahr?«

»Woher wissen Sie das?«

»Es steht in Ihren Augen, wenn Sie über ihn sprechen.«

»Ja … ich kenne ihn. Wir sind … zusammen.«

Er lächelte schwach. »Und zusammen werden Sie gewinnen.«

»Glauben Sie wirklich?«

»Wie sollte es anders sein, wenn Sie sich mögen?«

»Sie haben recht«, sagte Josie.

Kuzik blieb erneut stehen. Er blickte nach Südwesten und lauschte angestrengt. »Ich verstehe nicht viel von Flugmaschinen, aber ich weiß, wie sie sich anhören. Das muss Ihr Jimmy sein. Ich befürchte, er ist in großer Not.«

»Jimmy? Schon wieder?«

Sie folgte seinem Blick und hörte es jetzt auch. Ein Flugzeug, das sich von Südwesten näherte und rasch näher kam. Die Stinson, erkannte sie schon, bevor sie die gelbe Maschine am Himmel auftauchen sah. Sie sank schneller als sonst und schien sich nur mühsam in der Luft zu halten. »Jimmy«, bestätigte sie, »das ist er! Irgendwas stimmt nicht mit seiner Maschine, der Motor ...«

Sie hatte noch nicht ausgesprochen, als der Motor aussetzte, wieder ansprang und gleich darauf wieder aussetzte. Im Gleitflug driftete die Maschine über die Bäume hinweg, war viel zu dicht über dem Wald und verlor so rapide an Höhe, dass sie jeden Augenblick in einem der Stämme zu zerschellen drohte. Selbst aus der Entfernung glaubte sie zu erkennen, wie Jimmy versuchte, die Maschine in der Luft zu halten und einen Crash zu vermeiden.

»Jimmy!«, rief sie verzweifelt. »Du schaffst das, Jimmy!«

Sie griff nach dem Arm des Schamanen, als Jimmy eine Baumkrone rasierte, und atmete befreit auf, als er den Wald hinter sich ließ und das vereiste Sumpfland am Seeufer anflog. Er drückte die Maschine entschlossen nach unten, ging in eine leichte Rücklage, damit die Stinson nicht mit den Skiern hängen blieb, setzte auf und glitt scheinbar endlos lange über Schnee und Eis.

Doch gerade, als sie glaubte, er hätte es geschafft, blieb die Maschine an einer aufgeworfenen Eisscholle hängen und war immer noch schnell genug, um ruckartig nach vorn zu kippen und mit der Nase im Schnee zu landen. Der Propeller zerbrach, eines der Teile flog wie ein Bumerang über das Eis.

»Jimmy!« Josie rannte sofort los und erreichte die verunglückte Maschine vor Kuzik und den Männern, Frauen und Kindern, die neugierig zum Seeufer gelaufen kamen. »Jimmy! Um Himmels willen! Doch nicht schon wieder?«

Sie riss die Kabinentür auf und sah, dass er aus einer harmlosen Wunde an der Stirn blutete und sicher einige Schrammen abbekommen hatte, aber ansonsten unverletzt war. Er richtete sich auf und fluchte wie ein Kutscher.

Josie half ihm aus dem Cockpit und hielt ihn fest, bis er sein Gleichgewicht wiedergefunden hatte. »Jimmy! Du hast schon bessere Stunts gezeigt.«

Ihm war nicht nach Lachen zumute. »Josie! Was machst du denn hier?«

»Das hast du gestern auch gefragt. Einer muss doch auf dich aufpassen.«

»Sieht ganz so aus«, stimmte er ihr zu. »Die Benzinleitung … es muss was an der Benzinleitung sein, sonst wäre der Motor bestimmt nicht ausgefallen.«

»Wie kann das passieren?«

Er zuckte die Achseln. »Keine Ahnung. Ich hätte vor der Hütte genauer unter die Motorhaube sehen sollen. Zum Glück konnte ich die Kiste noch abfangen. Um ein Haar wäre ich in die Bäume gerast, das hätte böse geendet.«

»Du bist ein guter Pilot.«

»Weil ich eine Bruchlandung gebaut habe?«

»Weil du noch am Leben bist.« Josie berührte ihn am Oberarm. »Die Landung im Blizzard und die Notlandung heute … andere Piloten wären gleich zweimal tot gewesen.« Sie zog ein Taschentuch hervor und tupfte das Blut von der Wunde. »Nicht so schlimm, das kriegen wir mit einem Pflaster hin.«

Er zeigte auf die verunglückte Maschine. »Dafür hat es die Stinson erwischt. Nicht so schlimm, wie es sich anfühlte, aber schlimm genug.« Er griff sich an den Kopf, hielt einen Augenblick inne und wandte sich an die Dorfbewohner. »Ich bin Jimmy Ferguson und bringe die restliche Post. Haben wir ein paar starke Männer hier? Helfen Sie mir, die Maschine aufzurichten?«

Mit vereinten Kräften stellten sie die Maschine auf. Ein riskantes Unterfangen, das viel Sorgfalt erforderte, vor allem wegen der Skier, die zwar nicht gebrochen waren, aber unter einem Eisbrocken klemmten. Einer der Männer zertrümmerte das Eis mit seiner Axt, bevor sie die Maschine befreiten und auf die Skier schoben. Sie ächzte unter der Erschütterung, als sie endlich stand. Die doppelten Tragflächen der Stinson bestanden aus Holz und ließen sich leicht heben, eines der neuen Metallflugzeuge hätte sich wesentlich stärker gewehrt.

Jimmy ging um die Maschine herum, klopfte die Tragflächen und den Rumpf ab und nickte zufrieden. An den Motor war schwerer als sonst heranzukommen, auch weil er nach seiner Bruchlandung noch etwas benommen war. Er suchte nach dem Fehler und wurde sofort fündig. »Dachte ich mir's doch«, sagte er, »die Benzinleitung ist undicht. Ich hätte schwören können, dass sie bei meiner Inspektion vor dem Abflug in Fairbanks noch okay war.«

Josie blickte ihn entsetzt an. »Soll das heißen …«

»… dass jemand daran herumgebastelt hat? Gut möglich … sogar wahrscheinlich, wie ich gerade sehe.« Er strich mit dem Daumen über den lädierten Schlauch. »Da hat irgendjemand meinen neuen Schlauch gegen einen alten aus dem Abfall ausgetauscht. Nach der Inspektion stand die Stinson noch zwei Stunden im Hangar, ein Leichtes für den Täter, ihn zu ersetzen.« Er schüttelte angewidert den Kopf. »Und ich kann mir auch denken, wer das war. Mit Annie Rose hat es nicht geklappt, also manipuliert er die Benzinleitung mit einem Schlauch, der nur noch wenige Flugstunden durchhält.«

»Eddy?«, fragte sie vorsichtig.

»Wer denn sonst? Wenn ich eine Bruchlandung hinlege, berichten die Zeitungen doch groß darüber, und er kann mir die großen Aufträge wegschnappen. Wer lässt denn einen Bruchpiloten zum Denali fliegen? Und bei wem buchen Besucher einen Rundflug? Leider können wir ihm nichts beweisen.«

Josie war optimistischer. »Das ist noch gar nicht raus. Wir können die Lüge mit Annie Rose an die große Glocke hängen. Wenn sie für uns aussagt, und wir ihm Betrug nachweisen können, ist sein guter Ruf auch dahin.«

»Sie glauben einer Prostituierten eher als einem Piloten?«

»Ich werde Eddy zur Rede stellen.«

»Du wirst nichts tun, was dich in Gefahr bringt«, sagte Jimmy. »Bevor dir was passiert, gebe ich die Fliegerei auf und stelle mich in einen Laden.«

»So weit wird es nicht kommen. Hast du einen Ersatzschlauch dabei?«

»Im Werkzeugkasten. Für die Reparatur brauche ich nicht lange.«

»Aber der Propeller …«, sagte Josie.

»Zerbrochen … das war's dann wohl für mich.«

»Kann man den nicht reparieren?«

»Wenn du unbedingt abstürzen willst?«

»Und Ersatz hast du nicht dabei?«, fragte sie.

»Niemand schleppt einen Propeller mit sich rum.«

»Und das bedeutet?«

»Dass du gewonnen hast«, sagte Jimmy. Er schien sich schon mit seiner Niederlage abgefunden zu haben. »Ich komme erst von hier weg, wenn mir jemand einen Propeller vorbeigebracht hat. Hier gibt's keine Telegrafenstation und kein Telefon, also musst du für mich in Fairbanks einen besorgen. Alaska Airways hat welche auf Lager. Ich bleibe so lange im Dorf, wenn ich darf.«

Der Häuptling hatte mitgehört. »Kein Problem, wir haben eine leer stehende Hütte, da können Sie schlafen. Und heute Abend sind Sie zum Essen mit meiner Familie eingeladen.« Er straffte sich und strahlte trotz seiner schäbigen Kleidung einige Würde aus. »Sie können das Rennen nicht gewinnen?«

»Nein, ich hab verloren. Fluch der Technik.«

»Fortschritt«, murmelte der Schamane hinter Josie.

Josie konnte sich nicht darüber freuen. »So möchte ich nicht gewinnen«, sagte sie. »Das wäre gemein. An der Bruchlandung ist allein Eddy schuld, nicht du! Ich werde dem Postmaster sagen, dass ich auf den Sieg verzichte.«

»Das wirst du nicht tun, Josie! Du brauchst den Job dringender als ich. Ich halte mich mit Rundflügen über Wasser. Ich kann nicht beweisen, dass jemand an der Benzinleitung herumgespielt hat. Ich könnte nicht mal beschwören, dass es nicht doch mein Fehler war. Ich hab verloren … fertig.«

»Du hättest so was nicht übersehen.«

»Vor Gericht brauchst du Beweise.«

»Und Eddy lassen wir davonkommen?«

»Dem sag ich ordentlich die Meinung! Wenn er einigermaßen bei Verstand ist, verschwindet er aus Fairbanks, denn noch mal lasse ich mich nicht von ihm reinlegen. Und wenn er's doch versuchen sollte, erwische ich ihn auf frischer Tat, und er landet im Gefängnis.« Sein Ärger über die Bruchlandung schien verflogen. »Hol dir den Sieg, Josie! Du hast ihn verdient.«

Einige Männer halfen Jimmy, die Stinson zu sichern. Josie begleitete ihn in die leer stehende Hütte und klebte ein Pflaster auf seine Schramme an der Stirn. Sie brachten den Ofen in Gang und genossen die Wärme. Trotz der Bruchlandung waren beide zufrieden.

»Bleibst du noch zum Essen?«, fragte er.

»Wäre doch unhöflich, wenn ich gleich fahren würde.«

»Dann haben wir etwas Zeit?«

»Eine Stunde bestimmt«, sagte sie und küsste ihn.

20

Josie fühlte sich nicht wie eine Siegerin. Sie zweifelte nicht daran, dass Jimmy nicht durch eigenes Verschulden eine Notlandung gebaut hatte und froh sein konnte, ohne eine ernsthafte Verletzung davongekommen zu sein. Ein anderer, wahrscheinlich Eddy, hatte die schadhafte Benzinleitung in seine Maschine eingebaut und darauf gehofft, dass sie nicht lange halten würde. Ein schändliches Verbrechen, schwer genug, um ihn ins Gefängnis zu bringen.

Über ein Missgeschick ohne fremde Beteiligung hätte sie sich gefreut. Kein Problem, wenn ihm das Benzin ausgegangen wäre oder er tagelang nach dem Fallensteller und seiner Frau gesucht hätte. Oder wenn ihn der Blizzard noch länger als sie am Aufbruch gehindert hätte. Auf andere Weise hätte sie nicht gewinnen können, ein Flugzeug war immer schneller, wenn keine Hindernisse im Weg waren. Aber sie wollte auch beweisen, dass es in der Wildnis nicht nur auf Schnelligkeit, sondern auch um eine genaue Kenntnis des Landes und seine vielfältigen Gefahren ankam. Sobald es ins Hinterland abseits eingefahrener Trails ging, war sie mit dem Hundeschlitten im Vorteil.

Aber so blieb ein bitterer Nachgeschmack. Sie wollte ihren Sieg nicht einem so schäbigen Verbrechen zu verdanken haben. Nur weil Jimmy darauf bestand, war sie weitergefahren.

Allmählich fand sie wieder Gefallen an dem Rennen und der Vorstellung, als überraschende Siegerin und unter dem Jubel der Zuschauer ins Ziel zu kommen. Jimmy und sie hatten sich ihre Liebe gestanden, was spielte es da für eine Rolle, wer gewann? Wenn sie heirateten, würden sie ihre Geschäfte ohnehin zusammenlegen, und es käme nicht mehr darauf an, wer die Posttouren zum Lake Minchumina bekommen würde. Vielleicht konnten sie sich den Auftrag teilen, wer wusste das schon?

Der Himmel war klar geblieben, und der Mond badete in einem Meer von Sternen, als sie spätabends über eine Reihe von sanften Hügeln fuhr. Am klaren Himmel zeigte sich das Nordlicht in allen Farben des Regenbogens und verzauberte die verschneiten Täler. Beinahe so bunt schimmerten die Schneeschleier, die der böig auffrischende Wind über die Hügel und gegen die Schwarzfichten trieb, die weiter unten dunkle Flecken bildeten.

Die Wölfe kamen, als Josie die Hügel hinter sich gelassen hatte und dem Trail in einen lichten Wald folgte, der bis zum Kantishna River reichte. Wie vor einigen Wochen in den Ausläufern der White Mountains waren anfangs nur ihre gelben Augen zu erkennen, dann tauchten dunkle Schatten zwischen den Bäumen auf, parallel zu ihr und bedrohlich nahe. Sie dachte an das Rudel, das vor einigen Jahren aus den Bergen herabgestiegen war. Die Wölfe hatten damals sogar Menschen angegriffen, weil es keine Beute mehr für sie gegeben hatte. Wölfe müssen sehr verzweifelt sein, um Menschen anzufallen.

So bedrohlich war die Lage eigentlich nicht, aber wer kannte schon das Schicksal dieses Rudels? Auch ihre Huskys hatten es längst bemerkt, waren schneller geworden und wurden von dem Gedanken getrieben, möglichst schnell aus dem Dunstkreis ihrer wilden Vorfahren zu kommen. Bis zur nächsten Hütte des US Post Office waren es ungefähr zwei Meilen, eine Entfernung, die sie in wenigen Minuten schaffen konnten. »Vorwärts!«, rief sie. »Keine Angst, die tun uns nichts!«

Sie dachte wohl mehr an sich, als sie die Huskys anfeuerte. Das Mondlicht zeigte ihnen den Weg durch den Wald und schimmerte auf dem Fell der Hunde. Durch die Bäume flackerte das Nordlicht, ein Feuerwerk, das über den Berggipfeln explodierte und Josie auch an das Ufer des Kantishna River begleitete, als sie den Wald hinter sich ließ. Dort führte der Trail am Ufer entlang, verschwand teilweise unter dem Eis und tauchte wie durch Zauberei wieder auf. Der Schlitten schlingerte gefährlich über den verschneiten Untergrund.

»Weiter, Skip!«, rief sie. »Ich kann die Hütte schon sehen!«

Die Wölfe kamen erst näher und fielen dann aber wieder zurück, anscheinend ein Kommando ihres Anführers, der zu ahnen schien, dass Josie sicheres Terrain erreichte. Sie hatte den Revolver aus dem Schlittensack gezogen, nur für alle Fälle, und behielt ihn in der Hand, als sie den Schlitten vor der Hütte bremste und von den Kufen stieg. Damit die Wölfe nicht auf dumme Gedanken kamen, schoss sie in die Luft, was so viel heißen sollte wie: Ihr habt euren Spaß gehabt, aber jetzt verschwindet endlich. Ich will meine Ruhe, verstanden?

Die Wölfe waren nicht mehr zu sehen, als sie die Huskys versorgte und mit dem Schlittensack die Hütte betrat. Eingerichtet war sie wie alle anderen, nur die Matratze war etwas sauberer und staubte kaum, wenn man darauf klopfte. Josie zündete ein Feuer an und aß ein Sandwich und Bohnen aus der Dose, die sie auf dem Ofen erhitzte. Über dem Feuer ließ sie Schnee in einem Topf schmelzen und nutzte das heiße Wasser für Kräutertee und eine notdürftige Wäsche.

Während sie am Tisch saß und aß, wanderten ihre Gedanken zu Jimmy, der sehr wahrscheinlich ein schmackhafteres Abendessen bekam als sie und spannende Geschichten mit dem Häuptling und seinen Angehörigen austauschte. Er war sicher wütend, wünschte Eddy die Pest an den Hals und überlegte vor dem Einschlafen, wie er ihm am besten beikommen konnte. Eine Schlägerei, selbst eine lautstarke Auseinandersetzung, würden nur Jimmy selbst schaden. Er hatte keinen Beweis gegen Eddy. Vielleicht aber träumte er auch von ihr, wie sie sich küssten und nahe waren und eine gemeinsame Zukunft begründeten. Er gehörte zu den wenigen Männern ihrer Zeit, die sich eine Frau an ihrer Seite wünschten, die nicht nur in der Küche stand und ihrem Mann die schmutzige Wäsche wusch, sondern auch ihren eigenen Träumen nachging.

Josie hatte es nicht mehr eilig und würde sich drei, vier Stunden Schlaf gönnen, bevor sie weiterzog. Bis dahin wären auch die Wölfe nicht mehr in der Nähe. Doch als sie auf der Matratze lag und gerade die Augen schließen wollte, begannen ihre Huskys aufgeregt zu jaulen, und gleich anschließend drang das bedrohlich nahe Heulen eines Wolfes vom Waldrand herüber. Die Wölfe hatten sich doch nicht verzogen! Sie stand auf und ging zum Fenster, blickte zum Waldrand hinüber und sah die Schatten der Wölfe im Mondlicht umherhuschen.

Das Jaulen der Huskys war ohrenbetäubend und schien auch die Wölfe aus der Ruhe zu bringen. Sie würden vielleicht nicht angreifen, aber in der Nähe bleiben und sie nach ihrem Aufbruch weiter begleiten, zumindest so weit, wie ihr Revier reichte. Um das Rudel zu vertreiben, suchte sie nach etwas Brennbarem, fand eine mehrere Monate alte Zeitung und bastelte sich eine Fackel. Nachdem sie sich angezogen hatte, warf sie neues Holz in den Ofen, zündete die behelfsmäßige Fackel an und trat in die Kälte hinaus.

Sie stapfte durch den Schnee auf die Wölfe zu. »Verschwindet!«, rief sie ihnen zu. »Macht, dass ihr wegkommt! Wir wollen unsere Ruhe! Geht in die Berge zurück!« Sie schwang die Fackel wie eine Flagge, ging immer weiter auf das Rudel zu. Ihren Revolver hatte sie in der Tasche.

Die Wölfe ahnten wohl, dass die Zweibeinerin keine Lust verspürte, sich weiter mit ihnen abzugeben, und fürchteten das Feuer. Während der letzten Jahre war es mehrfach zu Waldbränden gekommen, die auch das Leben zahlreicher Wölfe gekostet hatte. Feuer war eine Gefahr, der sie hilflos ausgeliefert waren, wenn ihnen die Flammen zu nahe kamen. Selbst den erfahrensten Leitwölfen gelang es oft nicht, dieser Bedrohung aus dem Weg zu gehen.

Als sie sicher sein konnte, dass die Wölfe verschwunden waren, beruhigte sie ihre Huskys und kehrte in die Hütte zurück. Sie schaffte es gerade noch, ihren Anorak auszuziehen, bevor sie auf die Matratze sank und einschlief. Traumlos und von der Welt entrückt sammelte sie neue Kraft und fühlte sich einigermaßen munter, als sie die Augen öffnete, obwohl sie nur drei Stunden geschlafen hatte. Sie trank einen Becher von dem heißen Tee, gönnte sich zwei Riegel der Schweizer Schokolade, die sie inzwischen beim Proviant in ihrem Schlittensack aufhob, und brach zur letzten Etappe auf. Trotz der neun Stunden Fahrt, die noch vor ihr lagen, wollte sie keine Pause mehr einlegen.

Sie erreichte Nenana am frühen Morgen. In den meisten Häusern brannte schon Licht, und sie winkte einigen Leuten zu, die ihre Huskys fütterten. Vor dem neuen Bahnhof lud ein Mann seinen Koffer von der Pritsche eines Pick-ups, und die Frau neben ihm rief: »Josie Haskell?« Sie wurde immer aufgeregter. »Das ist Josie, die Musherin, die den Piloten herausgefordert hat! Sie gewinnt das Rennen! Hey, Josie! Sie schaffen es! Wir rufen in Fairbanks an und sagen, dass Sie in ungefähr drei Stunden dort sind!«

Josie winkte zurück, trieb ihre Huskys am Bahnhof vorbei und an den Schienen der Alaska Railroad entlang, bis der Trail nach Norden abbog und durch den Fichtenwald zog. »Vorwärts, Skip! Hier beginnt der Endspurt!«

Die Huskys kannten den Trail und wussten, dass es nicht mehr allzu weit nach Fairbanks war. Sie holten noch einmal alles aus sich heraus, liefen so rhythmisch und schnell, als gälte es, einen jahrealten Rekord zu brechen. Auch in Josie wuchs die Aufregung. Vergessen die Bedenken wegen des gemeinen Anschlags auf Jimmy, jetzt wollte sie das Rennen auch als Siegerin beenden und sich von den Leuten feiern lassen. Ihr Vater sollte stolz auf sie sein, und sie sollten den Vertrag behalten und damit ihre Zukunft absichern.

Schnurgerade zog sich der Trail an manchen Stellen durch den Wald, ein einsamer Pfad, auf dem um diese Zeit keine anderen Hundeschlitten und erst recht keine Automobile zu sehen waren. Selbst robuste Autos sollten sehr empfindlich auf die eisige Kälte in Alaska reagieren und schon nach wenigen Meilen liegen bleiben, wenn man keine Vorsichtsmaßnahmen traf. Die Frau am Bahnhof in Nenana musste tatsächlich angerufen haben, denn als sie über die Brücke auf die Cushman Street fuhr, warteten dort bereits zahlreiche Schaulustige. Unter ihnen war auch Mary, die einige Schritte neben dem Schlitten herlief und ihr zurief: »Großartig, Josie! Das hast du toll gemacht! Was ist mit Jimmy? Habt ihr euch versöhnt? Werdet ihr heiraten?«

»Was denn sonst?«, erwiderte Josie in ihrer überschwänglichen Begeisterung. »Ich hole dich nachher auf einen Apple Pie ab, einverstanden? Wenn der Rummel hier vorbei ist. Hast du Marshall gesehen, den Postmaster?«

»Der wartet mit dem Bürgermeister auf Weeks Field!«

Josie ließ die Hunde wieder schneller laufen und erreichte das Flugfeld im ersten Zwielicht des Tages. Überrascht blickte sie auf die vielen Menschen, die dort auf sie warteten und begeistert klatschten, als sie den Schlitten bremste und von den Kufen stieg. »Josie! Josie!«, setzten manche zu Sprechchören an. Sie nahm ihre Schutzbrille ab und schüttelte Marshall und dem Bürgermeister die Hand.

»Willkommen zurück!«, sagte der Postmaster. »Sie waren schneller als Ihr Vater bei den letzten Touren! Meinen Glückwunsch! Wie haben Sie das geschafft?«

»Ich komme besser in die versteckten Ecken als Jimmy«, antwortete sie, »und brauche nicht so lange, um Fallensteller in den Wäldern aufzuspüren. Aber um der Wahrheit die Ehre zu geben, hatte ich auch großes Glück. Irgendjemand hatte Jimmys Benzinleitung manipuliert und es wohl darauf abgesehen, dass er eine Bruchlandung baut. Leider zerbrach dabei sein Propeller. Jimmy wartet in Yutuka auf uns. Wir müssen ihm einen neuen bringen.«

»Auf uns?«, fragte Marshall. »Und wer soll das tun?«

Josie sah Eddy vor dem Hangar von Alaska Airways stehen und hatte eine Idee. »Ich bin gleich zurück«, versprach sie. »Muss was erledigen.«

Sie ging zu dem Piloten, dessen freches Grinsen immer mehr verblasste, als er die Entschlossenheit in ihren Augen sah. »Wir wissen, dass Sie an der Benzinleitung von Jimmys Maschine rumgespielt haben«, bluffte sie, »wir haben sogar einen Zeugen. Sie hatten Glück, Jimmy ist unverletzt. Aber er musste notlanden, und sein Propeller ging zu Bruch. Wenn ich zur Polizei gehe, landen Sie im Gefängnis. Es sei denn …« Sie hielt kurz inne. »Es sei denn, Sie bringen ihm einen neuen Propeller und verschwinden anschließend aus dieser Gegend. Spätestens bis morgen früh haben Sie Ihre Sachen gepackt, sonst gehen Sie für einige Jahre in den Knast. Haben Sie mich verstanden, Eddy?«

»Schon gut«, antwortete er widerwillig.

»Und keine faulen Tricks!«

Sie kehrte zu Marshall und dem Bürgermeister zurück, ließ sich als Siegerin feiern und setzte gerade zu einer kurzen Ansprache an, in der sie auch die Verdienste von Jimmy hervorheben wollte, als ein Flugzeug über Weeks Field erschien. Eine gelbe Stinson, die sich kaum in der Luft halten konnte, in einer steilen Kurve beinahe das Gleichgewicht verlor und schwankend auf die Landebahn zuhielt. Sie setzte mit einem Ski auf, geriet ins Schleudern, drehte sich einmal um die eigene Achse und glitt quer über das vereiste Flugfeld.

Mitten auf dem Flugfeld kam sie zum Stehen. Der Motor verstummte, der Propeller drehte langsamer, und erst jetzt wurde deutlich, dass Jimmy den abgebrochenen Flügel mit einem Holzscheit und einigen Rohhautschnüren geflickt hatte. Ein wagemutiger Trick, den er Ben Eielson abgeschaut hatte.

Josie rannte auf ihn zu, und sie fielen sich in die Arme. »Jetzt hättest du mich beinahe noch abgefangen«, sagte sie. Sie küssten sich, ungeachtet der vielen Schaulustigen, und traten gemeinsam vor Marshall und den Bürgermeister. »Tut mir leid, Gentlemen, ich habe mich etwas verspätet«, begrüßte Jimmy die beiden.

Der Postmaster blickte staunend auf den geflickten Propeller. »Josie hat das Rennen gewonnen«, sagte er, »aber ich habe selten so einen großartigen Zweiten gesehen. Am liebsten würde ich Ihnen beiden einen Vertrag geben.«

Jimmy legte einen Arm um Josie. »Es wird Ihnen auch nichts anderes übrig bleiben, Sir. Josie und ich werden nämlich heiraten und gemeinsam eine Firma betreiben. Ob Hundeschlitten oder Flugzeug – bei uns finden Sie beides.«

»Sie wollen heiraten? Das müssen Sie der Presse erzählen.«

»Später«, versprach Josie, »zuerst fahren wir bei meiner Grandma und meinem Vater vorbei, die warten schon auf uns.« Sie lächelte. »Und dann …«

»Und dann brauchen wir etwas Zeit für uns.«

Die beiden stiegen auf den Schlitten, riefen den Huskys zu, dass es jetzt nach Hause ging, und winkten den Schaulustigen zu. Über der Stadt strahlte der Himmel im pinkfarbenen Morgenlicht und ließ die Gipfel der Berge leuchten.

»Warten Sie! Ihr Vertrag!«, rief der Postmaster, als sie davonfuhren.

»Morgen!«, rief Jimmy zurück. »Wir haben noch was vor.«

Weder er noch Josie hörten, was der Postmaster zum Bürgermeister sagte: »Liegen in der Wildnis tagelang im Clinch, nur um nach ihrer Rückkehr zu heiraten und den Auftrag gemeinsam zu kassieren. Das soll einer verstehen!«

»Dafür sind wir zu alt«, erwiderte der Bürgermeister grinsend.

Christopher Ross
Northern Lights
Der Wolf vom Eagle Mountain

256 Seiten
Hardcover
ISBN 978-3-7641-7087-5

ebook **Auch als E-Book erhältlich!**

Auf den Spuren des Wolfs

Als man eine bewusstlose Frau mit Bissspuren am Arm ins Krankenhaus einliefert, wird die junge Wolfsexpertin Carla Gorman herangezogen. Sie soll ermitteln, ob die Bisse von einem Wolf stammen. Carla begibt sich auf die Suche nach dem Wolf, doch sie ist nicht allein. Ebenfalls unterwegs in der Wildnis ist Jason, ein professioneller Wolfsjäger. Während Carla den Wolf finden und gesundpflegen möchte, hat es der Wolfsjäger auf das Tier abgesehen. Carla und Jason sind Gegner – doch sie fühlen sich auch zueinander hingezogen. Werden ihre Gefühle füreinander am Ende gewinnen? Und wie werden sie sich entscheiden, wenn sie dem Wolf gegenüberstehen?

Wieder überzeugt Christopher Ross mit seinem unverwechselbaren Mix aus Romantik, Natur, Abenteuer und Krimi, eingebettet in die wilde Kulisse Alaskas.

www.ueberreuter.de
www.facebook.com/UeberreuterBerlin

Christopher Ross
Der Wanderwolf
Folge deinem Herzen

256 Seiten
Hardcover
ISBN 978-3-7641-7078-3

ebook **Auch als E-Book erhältlich!**

LChoice
Hier bestellen

Eine Ausreißerin und ein Wolf

Zwei Getriebene, deren Wege sich in den Wäldern Nordamerikas kreuzen: Shadow ist ein sogenannter Wanderwolf. Er hat sein Rudel verlassen, überquert Straßen und Autobahnen und legt Tausende von Kilometern zurück, um eine neue Partnerin zu finden. Als Alana eine Autopanne hat, muss sie sich zu Fuß durch die Wildnis durchschlagen. Dort begegnet sie Shadow, der inzwischen zahlreiche Ranger und die Medien in helle Aufregung versetzt. Sofort fühlt Alana eine tiefe Verbindung zu dem Tier. Schafft sie es, genauso unbeirrt die Hindernisse in ihrem Leben zu überwinden? Und finden am Ende beide ihre große Liebe?

www.ueberreuter.de
Folgt uns bei Facebook & Instagram

Christopher Ross
Die Nacht der Wale

256 Seiten
Hardcover
ISBN 978-3-7641-7100-1

Auch als E-Book erhältlich!

Hier bestellen

Der Ruf der Freiheit

Vancouver, 1932: Als die 17-jährige Caroline dem weißen Wal zum ersten Mal begegnet, ahnt sie nicht, wie sehr sich ihr Leben bald verändern wird. Sie flieht vor ihrem aufdringlichen Verehrer und ihrer tyrannischen Mutter und folgt dem Ruf des Wales auf die sagenumwobenen Queen Charlotte Islands. Auf den nebelverhangenen Inseln vor der Westküste Kanadas kommt sie einem dunklen Geheimnis auf die Spur, das ihr den Weg in eine neue Zukunft weist. Und sie lernt das Glück der wahren Liebe kennen ...

Ein romantisches Abenteuer voll Spannung und Poesie in der atemberaubenden Landschaft Kanadas.

www.ueberreuter.de
Folgt uns bei Facebook & Instagram